रश्मि शर्मा

रश्मि शर्मा का जन्म 2 अप्रैल, 1974 को मेहसी, पूर्वी चम्पारण, बिहार में हुआ। राँची विश्वविद्यालय से पत्रकारिता में स्नातक तथा इतिहास में स्नातकोत्तर। एक दशक तक सक्रिय पत्रकारिता करने के बाद अब पूर्णकालिक रचनात्मक लेखन एवं स्वतंत्र पत्रकारिता कर रही हैं। उनकी प्रकाशित पुस्तकें हैं—'बन्द कोठरी का दरवाजा' (कहानी-संग्रह); 'नदी को सोचने दो', 'मन हुआ पलाश', 'वक़्त की अलगनी पर' (कविता-संग्रह); 'झारखंड से लद्दाख' (यात्रा-वृत्तान्त); 'धूप के रंग' (सम्पादन)। उनकी अनेक कहानियों और कविताओं का अंग्रेजी, उर्दू और मराठी में अनुवाद हुआ है।

उन्हें पत्रकारिता के लिए 'सी.एस.डी.एस. नेशनल इन्क्लूसिव मीडिया फेलोशिप' प्राप्त है। वे 'सूरज प्रकाश मारवाह साहित्य रत्न सम्मान', 'शैलप्रिया स्मृति सम्मान' तथा 'झारखंड गौरव सम्मान' से सम्मानित हैं।

ई-मेल : rashmiarashmi@gmail.com

सपनों के ढाई घर

रश्मि शर्मा

लोकभारती पेपरबैक्स

लोकभारती पेपरबैक्स में
पहला संस्करण : 2025

लोकभारती पेपरबैक्स : उत्कृष्ट साहित्य के जनसुलभ संस्करण

लोकभारती प्रकाशन
पहली मंजिल, दरबारी बिल्डिंग, महात्मा गांधी मार्ग
प्रयागराज-211 001
द्वारा प्रकाशित

शाखाएँ : 1-बी, नेताजी सुभाष मार्ग, दरियागंज, नई दिल्ली-110 002
अशोक राजपथ, साइंस कॉलेज के सामने, पटना-800 006
1, अनमोल सोराबजी सन्तुक लेन, धोबी तलाव, मरीन लाइंस, मुम्बई-400 002

वेबसाइट : www.lokbhartiprakashan.com
ई-मेल : info@lokbhartiprakashan.com

विकास कम्प्यूटर एंड प्रिंटर्स
ट्रॉनिका सिटी-201 102
द्वारा मुद्रित

मूल्य : ₹299

SAPNON KE DHAI GHAR
Stories by Rashmi Sharma

ISBN : 978-93-49180-55-0

दादी के लिए
जिनसे कहानियाँ सुनकर बड़ी हुई।

क्रम

स्टूल

सुनकर कुछ देर के लिए एकदम चुप-सी हो गई मैं। फिर लगा, ऐसा भी क्या हो गया कि माँ भुनभुना रही हैं...

एकदम सामान्य-सा स्टूल ही था, जिस पर पीले रंग का वार्निश लगा था। कितना पुराना था, यह तो मुझे याद नहीं, मगर जब से होश सँभाला, उसे देखती रही हूँ। न जाने कितनी बार उसे उठाकर कभी पायताने रखा है, कभी सिरहाने। कभी उसे आँगन में रख मग में पानी लेकर नहलाया है, तो कभी ऊपर छत पर सुखाया है।

उसी स्टूल पर कभी गरम पानी का गिलास रखा जाता, तो कभी बाल काढ़ने के लिए छोटा शीशा किसी गिलास की पीठ पर टिकाकर उसे ड्रेसिंग टेबल में बदल दिया जाता।

नानी ने दो चीजों से कभी समझौता नहीं किया। वैसे समझौता तो उन्होंने और भी बहुत-सी चीजों से नहीं किया, मगर उन दिनों यह लगता था कि वह अपने गोरे रंग को सहेजने और निखारने के लिए केवल अफगान स्नो ही लगाया करती थीं। यह एक ब्यूटी क्रीम थी और नानी के अलावा मैंने किसी और को इसे लगाते नहीं देखा था। चूँकि दादी का काम बोरोलीन से ही चल जाता था, इसलिए अफगान स्नो लगाती नानी को देखना और उसकी महक महसूस करना मुझे किसी और ही दुनिया में खींच ले जाता था। नानी की आदत थी कि वह हमेशा बाथरूम से नहाकर कमरे में आने के बाद ही क्रीम लगाती थीं। इस दौरान मैं वहीं आसपास मँडराती रहती और इस भीनी-भीनी खुशबू को जोर से साँस खींचकर नथुनों में भर लिया करती थी।

माँ बताती हैं कि नानी को इन्दिरा गांधी बहुत पसन्द थीं और क्योंकि उनका फोटो इस क्रीम के ऊपर लगा था, इसलिए यह नानी की एकमात्र क्रीम थी। ऐसा नहीं कि पूरा घर ही इसका इस्तेमाल करता हो। इसे लगाने का शौक और अधिकार भी केवल उनको ही था, उनकी बेटियों को भी नहीं। शायद वह खुद को विशेष मानती थीं, या सबकी नजरों में खास बनना चाहती थीं।

सुना था कि अफगान के बादशाह जब हिन्दुस्तान आए और उनके सामने यह क्रीम पेश की गई तो सूँघकर उन्होंने कहा था कि इससे अफगान की बर्फीली खूशबू आती है। शायद यही कारण था कि बिना किसी दाग-धब्बों के नानी का चेहरा हमें बर्फ की तरह सफेद दिखता और गालों पर छाई ललाई देख ऐसा लगता जैसे वहाँ दो सुर्ख गुलाब खिल आए हैं। हमेशा दमकती रहती थीं नानी। इस उम्र में भी काले केश थे उनके और अपने बालों में हमेशा कपूर डला नारियल तेल ही लगाया करती थीं। मुझे लगता कि मेरी नानी वैजयन्ती माला से भी ज्यादा सुन्दर हैं, तो मेरे मौसेरे भाई-बहनों को वह शर्मिला टैगोर लगतीं।

नानी को अफगान स्नो जितना ही पसन्द था बाम्बे डाइंग का बेडशीट। मुझे याद नहीं कि उन्होंने अपने बिस्तर पर कभी किसी और कम्पनी की बेडशीट बिछाई हो। हर तीन महीने पर उनके बेड पर नई बेडशीट बिछी होती, जिसका रंग और डिजाइन सब उनकी ही पसन्द का ही होता, और इसके लिए वह खुद बाजार जातीं। खरीदारी के लिए तैयार होने जाने से पहले ही वह नाना को आदेश देतीं कि सड़क पर जाकर उनके लिए रिक्शा बुला लाएँ। अगर नाना न होते तो कोई बच्चा या फिर पास-पड़ोस से ही कोई दौड़ जाता।

दरअसल, बहुत ठसक वाली थी उनकी जिन्दगी। नाना दबंग थानेदार रहे और उनसे दबंग नानी। फिर नानी के पीछे नखरा उठाने के लिए अर्दली और नौकर-चाकर। उससे कुछ बचा तो तीन बेटियाँ थीं, जो अपनी माँ को एक काम नहीं करने देती थीं। वो आधी से ज्यादा जिन्दगी ठाठ से जीती आईं, तो नाना के रिटायरमेंट के बाद भला यह आदत कहाँ चली जाती! इसलिए

नानी को जब बाजार जाना होता, रिक्शावाला गेट खोलकर अन्दर आकर तब तक इन्तजार करता जब तक नानी तैयार होकर बाहर न आ जाएँ। फिर वह रिक्शावाला सारे दिन के लिए बुक हो जाता। नानी को उनकी मनचाही दुकान के आगे उतारना, अगर किसी सहेली से मिलने जाना हो तो वहाँ ले जाना और वापस उन्हें उनकी कोठी तक छोड़ना होता था।

घर क्या, बड़ी-सी कोठी ही थी और उससे भी बड़ा था अहाता, अंग्रेजों के जमाने का। बीच में घर और चारों तरफ बागान जिसमें तरह-तरह के फूल-सब्जी भरे होते। पुताई से नीले रंग वाला घर और उसी से मैचिंग गेट भी नीले रंग का ही था। घर में चार बड़े-बड़े कमरे थे और बाहर एक बैठक, जिसमें एक किताबों से अटा अलमीरा भी था, जिसे कभी-कभार ही खोला जाता था। घर के बीच आँगन, जहाँ कपड़े धुलते तो कभी अनाज सुखाया जाता। ठंड में धूप के लिए बाहर जाने की जरूरत नहीं, आँगन में धूप पर्याप्त होती। उसी आँगन के बाईं ओर रसोई और दाहिनी ओर डायनिंग स्पेस। इन दोनों के बीच एक भंडार घर और छोटा-सा मन्दिर।

मगर हम बच्चों का सबसे बड़ा आकर्षण था ऊँची-नीची छत, जिसमें हम छुपम-छुपाई खेला करते थे। मुझे कभी समझ नहीं आया कि आखिर नाना ने इतनी भूलभुलैया जैसी छत क्या सोचकर बनवाई थी। आँगन से जुड़ी थीं छत जाने की सीढ़ियाँ। एक छत्ता इतना ऊँचा कि लाख उछल लें, चढ़ नहीं पाते थे तो दूसरा इतना गहरा, कि कोई नीचे उतार दे तो बिना हाथ धरे ऊपर निकल ही न पाएँ। अपने से छोटों को सजा देने के लिए अक्सर नीची छत पर उतारकर छुप जाया करते थे हम लोग, चाहे बाद में शिकायत होने पर मार ही क्यों न खानी पड़े। छत भी जैसे दुतल्ला, और इतनी ऊँची सीढ़ियाँ कि दस बार चढ़ो-उतरो तो टाँगें दुख जाएँ।

घर के बाहर लाल रंग का गोल बरामदा था, जिसमें बैठने को बेंत की चार कुर्सियाँ और टेबल लगी थी। उसी कुर्सी पर बैठकर नानी बागवानी कराया करती थीं। सामने कतार से जीनिया, डहलिया और गुलाब के फूल खिले रहते। इधर घर की बाईं तरफ अमरूद, आम और अनार के कई-कई पेड़ों के अलावा जो खास था, वह था काजू का पेड़। यह पेड़ हमें बहुत

आकर्षित करता क्योंकि नानी घर के अलावा मैंने कहीं काजू फलता नहीं देखा था। दाहिनी तरफ एक कुआँ और उसके बाद वाली बड़ी-सी जमीन पर अक्सर अरहर लगा होता, तो कई बार मौसमी सब्जियाँ। इनकी निगरानी नानी कमरे के अन्दर से ही कर लेतीं क्योंकि सभी कमरों की खिड़कियाँ उधर ही खुलती थीं।

बाहर अहाते में नाना की फटफटिया यानी उनकी बुलेट लगी होती, जिसे वह अपने हाथों रोज धो-पोंछकर साफ करते। नाना को उनके प्रभुत्व, वाले दिनों की याद दिलाती थी उनकी बुलेट, जिस पर बैठकर जाने कितने अपराधियों को धर-दबोचा था उन्होंने।

नानी ठाठ से घर से निकलकर रिक्शे पर बैठतीं और रिक्शेवाले को इन्द्रपुरी बाजार चलने का आदेश देतीं। वहीं मेन मार्केट था, जहाँ से नारंगी रंग के बड़े से बास्केट में तमाम चीजें खरीदकर भर लातीं और अपने कमरे से सटे कमरे में रखी लकड़ी की अलमारी में छुपा देतीं।

वह लकड़ी की अलमारी बड़ी रहस्यमय थी हमारे लिए क्योंकि तमाम खाने-पीने की चीजें वहीं छुपाई जातीं। कई बार हम बच्चे उस अलमारी की चाभी पार करने का प्लान करते, मगर कभी कामयाब नहीं हुए। असली थानेदारनी थीं नानी। उनके किसी भी समान को जरा-सा कोई हाथ लगाता तो उन्हें पता चल जाता। वैसे वह अपनी चाभियों का गुच्छा तकिए के नीचे ही रखती थीं, मगर हमारे हाथ नहीं लगा कभी। बड़ी तेज निगाहें थी उनकी।

जब वह अलमीरा खोलतीं तो उस अलमीरे से अलग तरह की गन्ध आती, जो कपाट बन्द होते ही जाने कहाँ गायब हो जाती। ऐसी अनोखी गन्ध उस अलमीरे के अलावा और कहीं से नहीं फूटती। वहाँ तमाम तरह के बिस्कुट, चीनी के डब्बे, चॉकलेट, केक, ड्राई फ्रूट, हॉर्लिक्स और कॉफी का स्टॉक होता था। हमने अपने घर में बड़ों को होश सँभालने के साथ ही चाय सुड़कते देखा था पर नानी हमेशा नफासत के साथ कॉफी के सिप लिया करती थीं, उसी स्टूल पर रखकर।

नानी का बहुत प्रिय था वह स्टूल और शायद साझेदार भी, इसलिए मुँहलगे की तरह सारी उम्र उनकी पलंग से सटा रहा और आज उसी स्टूल की चारों टाँगें छितरा गईं और उसके ऊपर पानी गर्म करने के लिए रखी मशीन टूट के बिखर गई। जो बिखरा, उसे देखकर नानी बिखरीं, सुनकर माँ हतप्रभ।

मैं सोच में पड़ गई कि उस स्टूल में आखिर था क्या कि...

नाना के जाने के बाद नानी के लिए वह स्टूल और ज्यादा प्रिय हो उठा था। मुझे नहीं पता, मगर लगता है नाना की खास निशानी था वह। कई बार अकेले में नानी को उस पर हाथ फेरते देखा है, जैसे वह कोई मुलायम वस्तु या जीव हो, जिसे प्यार से सहलाया जाए।

बढ़ती उम्र के साथ दाँतों में कनकनी रहने लगी, इसलिए अब गर्म पानी की दरकार होने लगी है उन्हें। बेटियाँ ब्याह के ससुराल गईं, तो पहले-सी सुविधा नहीं रही। दो बहुएँ हैं मगर नानी की ठसक सह लें, इतनी शक्तियाँ नहीं उनमें। अब बार-बार पानी गरम करके कौन दे, इसलिए छोटी बेटी से कहकर पानी गरम करने की केटली रख ली थी उसी स्टूल के ऊपर और जब मन होता, पानी गरम करतीं, जब मन होता, कॉफी या चाय बनाकर पी लेतीं।

"आजकल बाजार नहीं जा पातीं न, घुटनों में दर्द होता है इसलिए रिक्शे पर भी बैठ नहीं सकतीं। वैसे भी अब बाम्बे डाइंग की बेडशीट कौन बिछाता है। इतने तो सस्ते बेडशीट मार्केट में आ गए हैं। क्रीम भी एक अफगान स्नो ही रह गया क्या। जो मिल जाए, लगा लो। बुढ़ापे में क्या इतना सजना-सँवरना।"

मामी को यह कहते सुना माँ से, तो मैं बोल पड़ी थी कि "आजकल तो ऑनलाइन मिलता है सब कुछ। आप कहिए तो नानी का फेवरेट अफगान स्नो और बेडशीट भी आर्डर कर दूँ।" सुनकर मामी के चेहरे पर इतने अजीब से भाव उभरे कि मैं आगे कुछ कहे बिना ही बाहर निकल गई थी।

बाद में समझ आया कि बेचारी नानी के हाथ जो पेंशन आती है, उसी से तो उनका अपना खर्च चलता है। अपने लिए दूध भी वही मँगवाती हैं और मेरे जैसे नाती-नातिन के आने-जाने के समय हाथ में कभी पैसे, कभी मिठाई

धरने का इंतजाम भी खुद ही करती हैं। अब उम्र भर देने की आदत रही है तो कैसे छोड़ दें सब? फिर बेटी-दामाद का स्वागत वह खुद नहीं करेंगी तो कौन बैठा है तीन-तीन दामादों की सेवा-टहल करने को।

अब कुनबा बड़ा है उनका तो जन्मददिन और एनिवर्सरी पर गिफ्ट तो देना बनता है। एक समय था कि अपने मातहतों पर भी पर्व-त्योहार के समय खुले दिल से खर्च करती थीं। अब उनको न सही, बेटे-बहू को देती हैं तो बेटियाँ कैसे छूटेंगी? आखिरकार वह उमर भर महारानी बनी रहीं, तो इन्हीं बेटियों की बदौलत न। वैसे भी जितनी जमीन-जायदाद है, वह तो बेटे ही लेंगे, जरूरत पर कुछ पैसे बेटियों को न दें, यह कैसे हो सकता है। मुझे अक्सर लगता इतनी दबंग नानी सारे जमीन-जायदाद पर सिर्फ बेटों का ही हक क्यों मानती हैं? क्या उन्हें नहीं मालूम कि कानूनन इसमें बेटियों की भी बराबर की हिस्सेदारी है या फिर उनकी तमाम ठसक के बावजूद यह कोई ऐसा कोना था जहाँ से वे भी हमेशा से बनी-बनाई लीक को लाँघ नहीं पाती थीं। मैं कई बार सोचती इस बाबत कहूँ उनसे कुछ, पर उनसे सवाल करने की हिम्मत नहीं जुटा पाई कभी।

बीच वाली मौसी के बच्चे छोटे थे, तभी मौसाजी गुजर गए। एक तरह से वह नानी की जिम्मेदारी हो गईं। नाना ने अपने सामर्थ्य, भर खूब किया। बच्चों की पढ़ाई-लिखाई, दौड़-धूप कर मौसी के लिए नौकरी का इंतजाम। मौसी जब लौटकर मायके आईं तो, वहीं की हो गईं। नाना-नानी की देखभाल और दोनों मामाओं के भोजन-पानी की व्यवस्था उनके ही जिम्मे हो गई थी। मामा भी उन्हीं पर निर्भर हो गए थे। मौसी बहुत प्यार करतीं उनको और मामा भी जान देते अपनी बहन पर। वैसे भी नानी काम करने से ज्यादा करवाने पर विश्वास करतीं। बचपन में जब गर्मी की छुट्टी में माँ सप्ताह भर के लिए नानी के घर जातीं तो मजबूरन मुझे भी जाना पड़ता। यहाँ तो मजे से खेलती-कूदती रहती थी और वहाँ नानी हमेशा कोई-न-कोई काम अढ़ा ही देतीं।

"बेबी, जरा मच्छरदानी खोंस दो तो पलंग के चारों तरफ। वहाँ एकठो मच्छर भुनभुना रहा है। घुस गया तो सोने नहीं देगा...। बेबी, जरा रजाई पैताने

से खींच कर पैरों के नीचे दबा दो तो, तलुवा में ठंडा घुसल जा रहा...। बेबी, जरा दरवाजा भिड़ा आओ तो, सर्र-सर्र हवा पूरे घर में चली आ रही है...। खिड़की से उठा के रेडियो पकड़ाओ, विविध भारती में लता मंगेशकर का गाना आ रहा होगा...।"

वह अपने आसपास रहनेवालों को चकरघिन्नी के जैसे अपने इशारों में नचाती रहतीं। कुछ नहीं तो हर गर्मियों में नानी घर जानेवाले हम जैसे छोटे बच्चों से नहाते समय कभी पीठ रगड़वाती कभी तेल लगवातीं। मगर क्या मजाल कि उस स्टूल का इस्तेमाल कर ले कोई। जमीन में बैठो, चौड़ी-सी खिड़की में बैठो, टँगो, मगर उनके स्टूल को हाथ नहीं लगाओ। हमीं क्यों, न उनकी बेटियाँ उसका इस्तेमाल कर सकतीं, न दोनों बेटे, जो अभी कंपटीशन की तैयारी कर रहे थे।

नानी के पाँच बच्चों में तीनों बेटियों की शादी तो नाना के सर्विस के समय ही हो गई। बच गए दोनों मामा, जो नाना के रिटायरमेंट के बाद भी नौकरी नहीं पा सके थे। अब उनकी पेंशन से घर चलाना थोड़ा मुश्किल हो रहा था, मगर नानी इन सबसे बेफिक्र थी। जो करना है, नाना करेंगे, नानी तो नाश्ते के बाद एक गिलास स्पेशल दूध वाली चाय बनातीं अपने लिए, और अकेले ही पीती रहतीं। हमें आश्चर्य होता कि इस चाय के हिस्सेदार नाना भी नहीं बने कभी। उन्हें किसी के हाथों की बनी चाय पसन्द ही नहीं आती। छोटे मामा के हाथ की भी नहीं, जो रसोई के कामों में नानी का हाथ बँटाते क्योंकि नानी ने कभी अकेले घर और रसोई की जिम्मेदारी नहीं उठाई थी। वैसे छोटे मामा नानी के दुलारे बेटे थे और बड़े होने के बाद भी नानी के पास आकर किसी भी चीज के लिए ठुनकते, और नानी उनकी इच्छा पूरी कर देती।

नानी कहती हैं कि छोटे मामा की आँखें उनके बड़े भैया से बहुत मिलती हैं, जो छुटपन में ही तालाब में डूबकर मर गए थे।

धीरे-धीरे अकेली पड़ती नानी के पास अब हुकुम बजाने के लिए न नाना बचे थे न नौकर-चाकर। दोनों बेटों की शादी हो गई और घर की सारी बागडोर उनके हाथों से सरककर बहुओं के हाथों चली गई। मगर इससे

नानी के स्वभाव में कोई फर्क नहीं पड़ा। अब भी वह अपनी ही चलाने की कोशिश करती हैं। भले ही चिल्लाते हुए थक जाएँ कि जरा दरवाजा लगा दो, मजाल है कि उनके पोते-पोतियाँ कान दें। वो तो दोनों पल्ले धड़ाक से खोलकर नानी को मुँह चिढ़ाते हुए बाहर भाग जाते हैं। झींकती नानी गठिया के दर्द से टहकते अपने घुटने पर हथेलियाँ रखे बड़बड़ाती हुई किसी तरह घसीटते हुए खुद जाकर दरवाजा बन्द करती हैं। इन दिनों उनकी मच्छरदानीयाँ भी कोई नहीं लगाता। पीठ में खुजली उनको हमेशा से होती है, इसलिए अब अमरूद की एक सूखी टहनी को अपने बिस्तर के किनारे रखती हैं हमेशा, और उसी को ब्लाउज में घुसाकर पीठ खुजाती हैं। कई बार छिल जाती है पीठ, पर क्या करें।

अब कपड़े धोने, बिस्तर लगाने और पानी गर्म करने के लिए बेटियाँ तो पास रहतीं नहीं। बीच वाली मौसी मामा की शादी के समय ही किराये के घर में रहने चली गईं। जाना तो वह नाना की मृत्य के बाद ही चाहतीं थी, पर नानी के लिए रुकी रहीं। जब घर में मामी आ रही थीं, तो जाने क्यों उन्होंने अलग रहना ही उचित समझा।

जीवन पटरी पर आने ही वाला था कि मौसी के बेटे का एक्सीडेंट हो गया और आईसीयू में रखकर उसका इलाज चल रहा था। अस्पताल के खर्च ने उनको तोड़ दिया। जीवन ने कम दुख नहीं दिए थे उनको कि एक नई परेशानी सामने आ पड़ी। पति के बाद पुत्र ही सहारा था। बेचारी दुखड़ा रोतीं भी कहाँ, अपनी माँ के सामने ही न। माँ का दिल पिघल गया और चेकबुक निकालकर अपनी पेंशन के जमा रुपयों में से तीन लाख का चेक काटकर बेटी के हाथ में थमाया ही था कि दनदनाते हुए छोटे मामा पहुँचे और मौसी के हाथ से चेक लेकर देखा और नानी का स्टूल उठाकर धड़ाम से नीचे पटक दिया।

अब स्टूल ही तो टूटा है...माँ को इतना परेशान देखकर और नानी की हालत सोचकर जाने क्यों मेरे अन्दर भी कसक होने लगी। स्टूल तो नानी का टूटा, कौन-सा वह स्टूल मुझे देनेवाली थी? और देती भी तो मैं लेती क्यों? क्या हीरे-मोती जड़े थे उसमें?

माँ मुझे लेकर चल पड़ी थीं नानी के घर। बस चार घंटे का ही रास्ता था हमारे यहाँ से नानी के घर का मगर आज माँ की खामोशी से लग रहा था कि यह दूरी बढ़कर बारह घंटे की हो गई है।

माँ बड़बड़ा रही थीं..."अनिकेत ने सिर्फ स्टूल नहीं तोड़ा है, उसने माँ के उस संसार में सेंध लगाई है जहाँ जाने की कोई कभी हिम्मत नहीं कर सका...उनकी उस ताकत को छीन लिया है जिसके बलबूते अब्र तक राज करती रही हैं वो...।"

इतनी देर बाद भी नानी बदहवास-सी थीं। माँ ने नानी से कुछ नहीं कहा, बस उनका हाथ पकड़कर बगल में बैठ गईं।

"नानी, आप परेशान मत होइए। अभी आपके लिए प्लास्टिक का स्टूल खरीदकर ले आते हैं नीलकमल या किसी और बढ़िया ब्रांड का, जो गिरने से टूटेगा भी नहीं।" मैंने कहा।

नानी चुप-सी स्टूल के पायों को घूर रही थीं, जैसे किसी चमत्कार से वे वापस जुड़ जाएँगे। उन्होंने मेरे कहे पर कोई ध्यान भी नहीं दिया था जैसे। मुझे लगा, उन्हें प्लास्टिक का स्टूल बिलकुल नहीं चाहिए। उन्हें पुराने डिजाइन के उसी लकड़ी के स्टूल की आदत है। मैं अमेजन की साइट पर जाकर उसी पुराने स्टूल से मिलते-जुलते स्टूल के कुछ फोटो अपनी मोबाइल से नानी को दिखाने लगी। नानी ने एक उड़ती नजर उस पर डाल हाथ से फोन परे कर दिया और कह उठीं—"बेबी, अब कितना भी महँगा और सुन्दर स्टूल ले आओगी, इसकी जगह कोई नहीं ले सकता।"

नानी अपलक किसी शून्य में देख रही थीं...

उनकी बस देह भर कमरे में थी जैसे और खिड़की से बाहर एकटक देखती उनकी आँखों में चालीस बरस पीछे का एक दृश्य हवा में खुले किसी किताब के पन्नों की तरह फड़फड़ा रहा था...

बूटे कद वाली एक दस वर्षीया दुल्हन विवाह मंडप में खड़ी है... दूल्हा उससे उम्र में कोई दस वर्ष बड़ा और ऊँचे कद का है जो बैठने पर भी लड़की के लगभग बराबर लग रहा है। फोटोग्राफर के कहने पर लड़की के पिता ने एक स्टूल मँगवाया है और पीढ़े पर बैठे दूल्हे के बगल में उस

पर अपनी बेटी को बिठाया है। विदाई के समय पीढ़े के साथ वह स्टूल भी दुल्हन के साथ उसके ससुराल की तरफ चल पड़ा है...

अचानक बोल उठती हैं नानी—"तुम्हारे नाना अक्सर चिढ़ाते थे कि स्टूल पर बैठने से मेरे बराबर थोड़ी हो जाओगी।" मैं चाहकर भी उन्हें यह नहीं समझा पाती कि यह सिर्फ स्टूल भर नहीं था मेरे लिए। यह तो बाबा की वह निशानी थी जो मेरे साथ आ गई, जिसमें उनका वह छुपा सपना था कि इस पर बैठ मैं शादी की तस्वीरों में उनके दामाद के बराबर हो आई थी। जब अपनी यह बात मैं उनसे कह नहीं पाती तो गुस्से से आगबबूला हो जाती थी। बाबा के जाने के बाद यह स्टूल और करीब हो गया था मेरे। तिलक में मिले बर्तन तो जाने कहाँ गुम हुए...चोरी-डकैती के डर से जेवर भी लॉकर में ही रहते हैं। अब तो मायके में भी कोई नहीं बचा...एक यह स्टूल ही था जो...।"

नानी जैसे खुद से ही बोल रही थीं...बोले जा रही थीं...।

हमेशा की दबंग नानी की आँखों का यूँ झर-झर बहना मेरे लिए जितना नया था उतना ही अप्रत्याशित भी...।

मैंने सोचा नानी को एक सरप्राइज देना चाहिए। मोबाइल पर धीरे से अमेजन की साइट खोली और उनका पसन्दीदा अफगान स्नो खोजने लगी...।

मोटिफ

डूर्रर...डूर्रर...चल...चल...आ...आ...इन्हें...हिने...!

रूदनी अपने गाय-बैलों को आवाज लगा-लगा के एक जगह समेटने की कोशिश कर रही थी। हाथ में एक पतली झूरी थी, जिसके सहारे मवेशियों को हाँक-हाँक कर बरगद पेड़ के नीचे इकट्ठा करने में उसका पसीना छटक जा रहा था। पानी बरसने से पहले की उमस से अजीब सी गर्मी हो गई थी।

सुबह जब वह गाय-बैलों को हाँकती हुई नदी किनारे तक लाई थी, तब आसमान एकदम साफ था। बादल का एक टुकड़ा भी नजर नहीं आ रहा था, वरना वह अपने साथ छतरी लेकर जरूर आती। इधर पश्चिम में कोनार नदी से सटे जंगल में भरपूर घास मिल जाती है, इसलिए रूदनी अपने मवेशियों को हाँकते हुए हमेशा इधर ही आ निकलती है।

काली घटाएँ घिर-घिर के बरसतीं, उसके पहले ही वह सब पशुओं को समेटने में सफल हुई। बूँदें शुरू होने के साथ ही घटाटोप आकाश में बिजली कौंधी, फिर तेज गर्जन की आवाज सुनाई दी। बिजली की चमक देखते ही अस्त-व्यस्त रूदनी एकदम सतर खड़ी होकर अपने कपड़े सँभालने लगी। तभी एक बार फिर तेज चमक हुई आकाश में और अचानक ही उसके मुँह से निकला—"धुत तोरा की।" फिर अपने-आप ही हँसने लगी और हँसती ही चली गई। उसकी आवाज से चौंककर चरकी गैया ने उसकी तरफ ऐसे देखा, जैसे पूछ ही हो—"पगला गेले का?"

रूदनी उसके सिर पर प्यार से हाथ फिराकर बोली—"हाँ चरकी... कभी-कदार पगलाइये जा हियै। याद आ जा है कि ऐसन चमक के समय

कमर में खोंसल साड़ी के नीचे कर देवे चाही और अँचरा से छाती ढक लेवे चाही, नै तो सब कहतै—गँवार के गँवार ही रह गेलै रूदनी।"

मैं सब बातें गाय-बैल को नहीं, अपने-आप को ही सुना रही थी वह। उन्हें बातों से नहीं, इशारों से समझना होता है कि रूदनी क्या कहना चाह रही है। हाँ, इतना जरूर समझ आ गया था उनको कि जब तक पानी बरस रहा है, इसी पेड़ के नीचे रुकना पड़ेगा और आसपास की घास चरकर ही अपनी भूख मिटानी होगी क्योंकि अब उधर नीचे हरियाली की तरफ रूदनी उन्हें जाने देने से रही। जोर-जबरदस्ती, या भागकर गोट से निकलने की कोशिश भी की तो उन्हें दे सोंटा, दे सोंटा मार पड़ेगी।

जम के पानी बरस रहा है। कुछ देर तक तो खड़ी रहकर पानी के झटास से सिहरती मन-ही-मन दिन जोड़ने लगी रूदनी। अभी-अभी तो कनवा नक्षत्र पार हुआ है तो हथिया सिर पर ही है। या कौन जाने यह झड़ी हथिया की ही हो। उँगलियों पर जोड़ बिठाने लगी...यानी आसिन चल रहा है, उसके बाद कातिक...अरे...इतना जल्दी आ गया कातिक! सुखद आश्चर्य से भर उठी कि सोहराई आ रहा है। घर की रंगाई-पोताई करनी होगी। हर बरस सोचती है वह कि परबतिया को इस बारी सिखा देगी, मगर वह तो इ करकी कटखनी गाय की तरह दुलत्ती मारती है। अभी तो उसी का काम था कि वह ढोर-डाँगर लेकर जंगल आए, मगर क्या मजाल कि उसका स्कूल खुला हो तो एक गिलास पानी भी गगरी से ढार के किसी को दे दे। बड़का चली है मास्टरनी बनने। कौन सा विलायत ही चल जाएगी पढ़-लिख के।

विलायत के नाम से चवनिया मुस्कान आ गई रूदनी के चेहरे पर। विलायत तो विलायत है। वह परबतिया की तरह स्कूल नहीं गई तो क्या हुआ, थैली में रंग-रोगन और कंधिया साज के केतना दफा जहाज में उड़ी है, उसका गिनती तो कर ले कोई। पढ़-लिख के कितना लोग चला जाता है विलायत?

वह तो इसलिए गई कि उसका बड़ा नाम हो गया था सोहराई, कोहबर पेंटिंग बना-बना के।

पेड़ की छतनार से हाथ निकालकर देखा रूदनी ने...पानी बरस ही रहा था। झड़ी देखकर लगा कि घंटा-दू-घंटा तो कहीं नहीं गया। खड़ी-खड़ी थक

गई तो बरगद के मोटे तने के सहारे पीठ लगाकर टिक गई। उसे बैठते देखकर रंभाती हुई गायें भी आगे-पीछे खुर करके एक-दूसरे से सट गईं। शायद उनको भी अहसास हो गया था कि अभी देरी होगी घर जाने में।

रूदनी तो जब देखो तब विलायत का ही सपना देखने लगती है। क्या जिन्दगी मिली थी उसको। वो कुछ दिन किसी स्वर्ग की तरह थे उसके लिए। यह सब उसकी माई की कृपा है। उसी ने सब कुछ छुटपन से ही सिखा दिया था। वैसे भी सोहराई उनका बहुत बड़ा परब होता है। माई ने जो कहानी अपने पुरखिनों से सुनी वही सबको सुनाती है—"मंचपुरी मतलब धरती पर जब आदमी पैदा होने लगे तो बच्चों के लिए दूध की जरूरत महसूस हुई। तब धरती पर कोई जानवर नहीं होता था। आदमियों ने अपने देवता मरांगबुरु से परेशानी बताई। वह सुरग पहुँचे और गाय-बैलों से मंचपुरी चलने के लिए कहा। पर वो लोग तैयार नहीं हुए। तब मरांगबुरु ने उनसे कहा कि मंचपुरी चलोगे तो वहाँ रहने वाले इंसान जुगों तक तुम्हारी पूजा करेंगे। तब जाकर वे अलौकिक जानवर सुरग से धरती पर आए। उनके आगमन के साथ ही गाय-बैल की पूजा कर सोहराई परब की शुरुआत हुई। इसी सोहराई में गाय-बैलों को सजा-धजाकर छह दिन का परब मनाते हैं और उसी समय अपने घर को दूधी माटी से लीपकर अलग-अलग रंगों से गाय-बैल और दूसरे कई जानवर बनाते हैं घर की दीवारों पर।"

रूदनी को खूब मजा आता था बचपन से सोहराई की तैयारी करने में। एक गहरे बर्तन में चावल का आटा लेकर पानी मिलाती और गाढ़ा घोल तैयार करती, जिसे अरपन कहते हैं। छोटी थी तो ढोर-डाँगर का स्वागत करने के लिए बाहर दरवाजे से गोहाल घर तक अरपन से जमीन पर फूल-पत्ती बनाया करती थी। बाद में माई की देखा-देखी वह भी दीवारों पर बेल-बूटे बनाने लगी।

यादों में खोई रूदनी हाथ में पकड़ी झूरी से जमीन पर घोड़ा, खरगोश और फूल-पत्तियाँ बनाते हुए सोचने लगी कि उसके हाथ में कला है, तब न उसे विलायत लेकर गए थे ऊ बड़ी कोठी वाले साहब। वह नहीं सीखती अपनी माई से तो आज कैसे पूरा गाँव और देश-विदेश के लोग उसको पहचानता। जाने क्यों पार्वती के दिमाग में यह अटता ही नहीं है।

बहुत दिनों तक लोगों को बार-बार बताने के बाद उसे विदेशों के शहर का नाम याद हुआ। पहले वह सिडनी को सिरनी और लन्दन को ननन्न बोलती थी। जर्मनी को जनमनी तो बहुत बाद तक बोलती रही थी, जिसे अपने सामने बार-बार बुलवाकर कोठी वाले साहब खूब हँसते थे। पहले तो उसे गुस्सा आता था मगर बाद में वह भी याद कर हँसती है कि शुरू में कितने मुश्किल लगते थे यह सब नाम।

कोठी वाले साहब ने उसके जैसी छह औरतों को चुना और सबको अपने साथ घर ले गए थे। कहे थे कि पहले प्रैक्टिस करना होगा, तब ही बाहर लेकर जाएँगे। इसके लिए उन्हें घर-बार छोड़कर हजारीबाग वाली कोठी में रहना होगा, ताकि वहाँ पेंटिंग के साथ-साथ लोगों से बातचीत का सलीका भी सीख सके।

रूदनी और उसके साथ की पाँच और महिला कलाकार महीनों तक पहले दीवारों पर, फिर कागज और कपड़ों पर भी वैसा ही चित्र बनाती रहतीं। रूदनी के लिए यह सब बनाना जरा भी मुश्किल नहीं था। वैसे भी बचपन से हाथ सधा हुआ था। सोहराई के समय उसकी माई दौड़ा देती थी अलग-अलग रंग की माटी लाने के लिए। काली, पीली और गेरुआ माटी को पीसकर पहले चलनी से चाल कर फुलाने छोड़ देती। फिर उसमें गोंद मिलाकर रंग तैयार किया जाता था। मगर यह सब दीवारों के लिए था। बड़ी कोठी वाले साहब तो उनसे कागज और कपड़े पर भी काम कराने लगे थे। अब तो इतना हाथ बैठ गया है उसका कि वह लेदर में भी मोटिफ बना लेती है।

हाँ, मोटिफ ही कहते हैं शहर वाले। वह भी धीरे-धीरे बहुत कुछ सीख गई थी शहरी भाषा बोलना।

पानी बरस के खत्म हो चुका था। रूदनी मवेशियों को हाँकते हुए घर लौटने लगी। उसे तो अब भी यह सपना ही लगता है कि वह कैसे हवाई जहाज में बैठकर विलायत गई है। विलायत क्या गई, गाँव वालों के लिए बहुत खास हो गई रूदनी। जाने कहाँ-कहाँ से दुनिया भर का लोग आता है उससे मिलने, मगर उसकी बेटी परबतिया...

"एतना विदेश घूम के अइले हे तो क्या फायदा होलव? गोरू ही चरावे पड़ हौ न! एतना मोटिफ-मोटिफ कर हें तो ओ ही कमाई से घर चलाके देखाओ तब जानबो। नानी के आँख फोड़े पड़ है, तब दू पैसा आव है।"

ई लड़की बाप के नहीं होने का फायदा उठाती है। यह ठीक है कि इसका पेट स्कूल में मिलनेवाले सरकारी खाना से ही भर जाता है। मगर इसका मतलब यह तो नहीं कि इसको हमारे काम से ही चिढ़ हो।

रूदनी आज तक समझ नहीं पाई परबतिया की नफरत का कारण।

घर पहुँचकर अँगना में खूँट दीं अपनी दोनों गैया और पड़ोसी के बैल-गाय उनके घर छोड़ आई। भात राँधेगी तब न खाना खाएँगे सब। उसके घर में बस तीन लोग हैं। वह, उसकी बेटी और उसकी अस्सी साल की बूढ़ी माँ।

"सब काम हमरे जिम्मा हैय," बड़बड़ाने लगी रूदनी। हालाँकि वह भी अच्छी तरह जानती थी कि बूढ़ी माँ से अब दौड़-दौड़कर काम नहीं होता और बेटी का मन पढ़ाई में रमा है। मगर उसका भी तो मन है, जो चाहता है कि कोई गरम-गरम भात राँध के उसके सामने परस दे, मगर...

झाँककर भीतर कोठरी में देखा तो पार्वती किताब खोलकर पढ़ रही है और उसकी माई लेदरा में मोटे धागे से घोड़ा काढ़ रही है। माई को बड़ा मन लगता है यह सब बनाने में। जब से सरकारी अस्पताल में शामियाना लगा के गाँव के लोगों के साथ-साथ माई के मोतियाबिन्द का ऑपरेशन हुआ है, अब पहले से बहुत साफ दिखने लगा है। इसलिए रोशनी में तेजी से हाथ चलाकर लेदरा सीने का काम करती हैं माई।

रूदनी सोच रही है कि अब जल्दी से भात राँध ले तो वह भी लेदरा का दूसरा छोर लेकर मोर काढ़ने बैठ जाएगी। जितनी जल्दी और जितना ज्यादा बनेगा लेदरा, उसकी बिक्री से घरखर्ची उतना ही आसान हो जाएगा।

भात के साथ रूदनी का मन भी खदक रहा था। कोई नहीं समझता उसके मन को। एक मन कहता है शहर जाकर वही काम करे, जिससे बार-बार विलायत नहीं तो कम से कम राँची और दिल्ली जाने का तो मौका मिले। बड़ी कोठी में बताया गया था कि अब सरकार शहर में जगह-जगह दीवारों पर भी सोहराई पेंटिग करवाने लगी है और इसके अच्छे पैसे भी देती है। शहरी

बाबू बोल रहे थे—"बहुत अमीर लोग तो अपने घर की दीवार पर भी शौक से सोहराई और कोहबर पेंटिग करवाने लगे हैं। उनका मानना है कि—फोक आर्ट और ट्राइबल आर्ट का ही ट्रेंड चल रहा है इन दिनों।"

कोहबर केवल शादी-ब्याह के समय ही बनाया जाता है, यही बताया था रूदनी को उसकी माई ने। दुल्हन के कमरे की दीवार पर रंगों से कुछ तस्वीर बनाई जाती हैं, जिनमें फूल-पत्ते, जानवर, राजा-रानी की तस्वीर और कई बार दुल्हन की डोली लिए कहार का चित्र भी होता था।

कहती थी माई, बादम राज में ब्याह के बाद कोई जुवराज जिस कमरे में अपनी नई-नवेली दुल्हन से पहली बार मिलता था, उस कमरे की दीवारों पर मिलन को यादगार बनाने के लिए कुछ चित्र बनाया जाता था और वहाँ की भाषा में कुछ मंत्र भी लिखा जाता था जिसे वृद्धि मंत्र कहते थे। असल बात यह है कि बंस बढ़ाने और दीवाली के बाद उपज बढ़ाने के लिए बनाया जाता है इसे।

नहीं चाहते हुए भी रूदनी को कोहबर नाम के साथ ही अपनी जिन्दगी का सुनहला समय याद आ जाता है। वैसे भी कौन भूल पाया है अपना बीता दिन। याद आते ही आह निकल जाती है। वह अट्ठारह की भी नहीं हुई थी कि उसकी शादी कर दी गई। हमेशा सबके ब्याह में कोहबर बनाते-बनाते उसके मन में भी छुपा हुआ अरमान था कि ब्याह के बाद पहली रात जिस कमरे में गुजरे, उसमें कोहबर इतना सुन्दर बना हो कि जीवन भर उसको याद कर खुश होती रहे वह।

जिस गाँव वह ब्याही गई, वहाँ कोहबर का चलन नहीं था। पर उसके आदमी ने उस रात को बहुत खास बना दिया था। रात कमरे का दरवाजा अन्दर से बन्द हुआ तो बजाय पास आ बैठने के उसने खटिया के नीचे से रंग और कूची निकालकर दिया था उसे। मारे खुशी के उछल पड़ी थी रूदनी।

हाँ, वह जान गई थी कि यह हाथ से बनाया रंग नहीं। पर, वह तो इसी में खुश थी कि उसके आदमी को पता है उसका शौक।

वह जिन्दगी में पहली बार खरीदे गए रंगों से कोहबर बना रही थी और उसके साथ लकीरें खींच रहा था उसका मर्द। नई-नवेली दुल्हन बनी रूदनी

का चेहरा जाने क्यों टमाटर-सा लाल हुआ जा रहा था। वह फूल उकेरती तो वह पत्ता बनाता। वह मछली आँकती तो वह उसकी पूँछ रँगता। किसी मर्द के साथ सटकर काम करने का यह पहला अनुभव था उसका। अनजाने ही दोनों के हाथ टकराते तो झन्ना-सा बजता था कुछ उसके अन्दर। कुछ देर वह खुद ही मूर्ति की तरह खड़ी हो जाती। यह एक अबूझा सुख था, जो तन की छुअन के रास्ते मन में उतरा जा रहा था। उसे ठहरा देख जब उसका आदमी पूछता कि क्या हुआ...तो जैसे नींद से उठती और फटाफट हाथ चलाने लगती।

उसे माई की सीख याद थी कि सोहराई में चमकीले रंग नहीं लगाए जाते। पर क्या हुआ...उसकी सुहागरात थी वह। उसे तो उन बेजान फूलों से भी सरई और महुआ की खुशबू आने लगी थी। बाद के दिनों में भी जब-जब देखती उस कोहबर को, खिल उठता रूदनी का मन।

यह अलग बात है कि शादी के दो साल बाद ही बेटी को लेकर मायके लौटना पड़ा था क्योंकि अपने आदमी के बिना वह घर उसे काटने दौड़ता था। साँझ को जब-जब लालटेन बारती, उसे याद आता कि कैसे लालटेन की हल्की रोशनी में कभी दीवारों को रंगते तो कभी बतियाते हुए पूरी रात गुजारी थी दोनों ने। दीवारों पर बने चित्र जैसे सजीव हो उठते थे उसके आगे और वह बौराई-सी इधर-उधर डोलती घर-अँगना एक कर देती थी।

रूदनी जब शादी के बाद पहली बार पति के साथ मायके आयी तो रुई-सी हल्की होकर इधर-उधर घूमती-फिरती थी। खेतों में दौड़ने और गाय-बैलों को हाँकने तक में उसके अन्दर की खुशी छलक कर बाहर दिखने लगी थी। अपने आदमी को गुफा में भित्ति-चित्र दिखाने ले गई। गुफा में घूमते हुए उसने सुनाई थी माई से सुनी कहानी कि जिस घर की दीवार पर कोहबर और सोहराई की पेंटिंग होती है, उनके घर में वंश और फसल की बढ़त होती है। यहीं तो बादम राजा ने अपनी सुहागरात मनाई थी, कहते-कहते शरमा गई थी रूदनी। वहाँ गुफा में बहुत देर तक एक-दूसरे से सटकर बैठे रहे थे दोनों। रूदनी को लग रहा था कि वह राजकुमारी है और उसका आदमी राजकुमार। यह पूरी गुफा उसका अपना राजपाट है। वहाँ से लौटकर रूदनी ने अपने

ससुराल की दीवारों को रंग के इतना सुन्दर बना दिया था कि गाँव वाले दंग रह गए और बार-बार आने लगे थे देखने।

चट्ट से लकड़ी चटखी तो रूदनी यादों से बाहर आई। करछुल से निकालकर भात को उँगली से दबाकर देखा, सीझ गया था भात। उसने चूल्हे से लकड़ी खींचकर बाहर निकाली ताकि आँच धीमी हो जाए। भात पसाती रूदनी के मन में तो केवल यह आ रहा था कि कैसे भी करके वह खूब-खूब सुन्दर डिजाइन से दीवारों को रँगे। वह उन औरतों में नहीं थी जो पति के मरने के बाद रंगों से हिलना-मिलना ही छोड़ देती हैं। उसका बस चले तो जंगल से सब फूल-पत्ते लाकर उसका रंग बनाए और दीवारों पर उकेर दे। केवल अपने घर की दीवार पर नहीं, पूरे छोटानागपुर, बिहार और दिल्ली जैसे हर शहर की दीवारों पर उसके हाथों के हुनर की छाप हो और लोगबाग खूब सराहें। खूब फोटो खींचे जाएँ और अखबार के पन्नों में उसका ही फोटो चमके, जिसको बाद में वह फ्रेम में मढ़वाकर अपनी दीवार पर सजा ले और गाँव में आनेवाले सभी आदमियों को दिखाए।

मगर ई परबतिया...उसकी राह का रोड़ा बन रही है। बड़ी होती लड़की है, अभी नहीं सँभाली तो कहीं बिगड़ न जाए। वैसे शुरुआत में जब वह शहर जाकर रही थी, तो लौटने पर उसे देखकर बहुत रोई थी। तब माई ने सँभाल लिया था छोटी-सी लड़की को। फिर तो जब-जब विलायत गई, उसकी आदत हो गई थी नानी के साथ रहने की। उन दिनों उसके लौटने पर खुश होती थी पार्वती कि शहर से लौटते समय माँ उसके लिए फ्रॉक लेकर आती है और नानी के लिए कोरा साड़ी।

रूदनी हमेशा ही अतीत में विचरती रहती है, यह अब पूरा गाँव जान गया है। जब कभी वह अकेले में चुपचाप बैठी रहती है तो अक्सर कोई-न-कोई साथी उसकी आँखों के आगे आकर हाथ लहरा के पूछता है—"कहाँ तक पहुँचले रूदनी, घूम के तनी आव घरे।" वह इस छेड़छाड़ से झेंप जाती है मगर क्या करे, आदत से मजबूर है। जाने कहाँ से सीख गई है इ परबतिया भी, जो उसको चिढ़ाती है—"देख-देख माँ के...देखथौ मुंगेरीलाल के हसीन सपने।"

जाने कौन है ये मुंगेरीलराल और क्या है उसका सपना, मगर वह तो सोते-जागते सोहराई के ही सपने देखती है। बचपन में जब बकरियाँ लेकर पहाड़ी पर जाती थी तो पत्थरों पर की गई ऐसी चित्रकारी को देर तक टटोलकर देखती रहती थी। कई बार उनको मिटाने की भी कोशिश की थी, मगर उससे मिटा नहीं। माई ने ही बताया था कि इस गुफा का नाम 'इसको' है और यहाँ हजारों साल पहले से पत्थर की दीवारों पर तरह-तरह के चित्र बने हुए हैं। यह कहते हुए जंगली झाड़ और मकड़ी का जाला हटा-हटा के दिखाया था दीवारों पर बनाए गए उन चित्रों को। माई को पता था कि गुफा में घना अँधेरा है इसलिए अपने साथ टार्च ले जाती थी आँचल में छुपाकर। एक-एक चित्र पर रोशनी डालते हुए बताती थी कि मछली का चोंया तक कैसे बनाना है। उन्होंने ही रूदनी को चेताया था—

"गुफवा में कोकरो ले के नै अइबे। तू अच्छे से सीख ले और जब सब बनावे में एक्समपट हो जैबे तो सोहराई में घर के दीवाल के चमका देबै। देखबे, तोहर बनावे से चितरवा सबसे अलगे लगतौ। तब न समूचे गाँव में तोहर नाम और खोजाई होतौ। सब धर-धर के अपन घर में कोहबर बनावे ले जैतौ।"

और यही हुआ भी। माई की अक्लमंदी की कायल हो गई थी रूदनी। यह अलग बात है कि जब से शहर के बाबू एक बार गुफा घूम आए, तब से कोई-न-कोई रोज चला ही जाता है 'इसको' की गुफा देखने। सती पहाड़ में सौ मीटर लम्बा बड़का चट्टान में बहुत-सा चित्र बना है। अब रूदनी के बचपन की छुपी हुई गुफा का दरवाजा सबके लिए खुल गया है और लोगों का आना-जाना लगा ही रहता है। मगर माई की सीख के कारण ही तो वह शहरी बाबू उसे लेकर गए और वह विदेश घूम आई। बड़ी कोठी जाते समय शहरी बाबू से पूछकर अपने गाँव से तीन और बगल के गाँव से दो और सहेलियों को लेकर गई थी वह। वैसे दोनों गाँव के सोहराई में अन्तर है, मगर उससे क्या? माई कहती है कोस-कोस में पानी और बानी सब बदल जाता है तो चित्तरकारी में क्यों नहीं अन्तर आएगा। माई से कहती नहीं रूदनी पर लगता है कि उसकी माँ बहुत ज्ञानी है।

अभी भी याद कर-कर के कितना हँसती है रूदनी कि जहाज चढ़ते समय शुकरमनि कितना तमाशा की थी। "हम नै चढ़बौ जहाज गे माई, गिर जैबो असमनवा से...हमर टुकड़ो नै चुने सकबे कोई...गे माई।" वह जहाज में चढ़नेवाली सीढ़ी की रेलिंग इतनी जोर से पकड़कर बैठ गई कि हाथ छुड़ाना मुश्किल हो गया था। यह देखकर ऊ शहरी बाबू का सफेद मुँह शरम से लाल हो गया था। वह तो रूदनी ही थी कि उसे पोटराकर ले गई और रास्ता भर हाथ पकड़े बैठी रही। आज भी कितना नाम लेती है उ सब कि रूदनी के कारण जहाज पर बैठ के गदहा जनम उतार लिए।

जब-तब जी लेती है रूदनी अपनी पहली यात्रा को। अगर बीते हुए को सुधारा जा सकता तो वह कितना कुछ सुधार लेती, जो गलतियाँ उससे पहली बार में हो गई थीं। मगर यही तो मानुष जीवन है कि जो बीत गया उसे याद कर खुश हुआ जा सकता है या इस्सा कर अपने दाँत से जीभ काट लिया जा सकता है मगर कुछ भी बदला नहीं जा सकता।

नीचे उतरने के बाद रूदनी को लगा था कि उसके कानों में सीटियाँ बज रही हैं। एक बार तो डर गई कि जहाज में बैठने से उसका कान खराब हो गया है। मगर पता लगा, सबके साथ यही हुआ है। दिल्ली तक तो फिर भी ट्रेन से गई थी, इसलिए कोई दिक्कत नहीं हुई क्योंकि देसी लोग ही दिख रहे थे आसपास। मगर सिडनी एयरपोर्ट से बाहर निकलते ही सब गोरे और अनजाने चेहरों को देखकर भौचक रह गई। उस पर कान में लगातार बजती सीटी। लग रहा था कि कान बन्द हो गया और अनजाने ही तेज आवाज में बोलने लगीं सब की सब। यह देखकर शहरी बाबू ने चुप रहने का इशारा किया तो सब की सब सहमकर चुप हो गईं। यह तो बाद में किसी ने बताया कि जहाज में ऐसी दिक्कत बहुत लोगों को होती है। फिर तो हमेशा जहाज में बैठते ही दोनों कानों में रुई ठूँस लिया करती थी।

उधर शहरी बाबू विदेशियों से उनकी भाषा में गिटपिट कर रहे थे। यह देख रूदनी मन-ही-मन घबरा रही थी कि उन लोगों को जरा भी अंग्रेजी नहीं आती। कोई कुछ पूछ लिया तो कैसे बोलेगी, क्या जवाब देगी। जवाब तो बाद की बात है। वह तो सवाल भी कहाँ बूझ पाएगी।

शहरी बाबू ने जैसे बिना कहे ही रूदनी की चिन्ता समझ ली थी और उन्हें सचेत किया था—"अगर कोई तुम लोगों से कुछ पूछना चाहेगा तो उनका सवाल हम तुम लोगों को समझा देंगे और तुम लोग अपनी भाषा में जवाब दे देना, हम उनको बता देंगे।"

वह अपना सामान हाथ में ले इधर-उधर ताकते निकली बाहर और उसके पीछे-पीछे सब औरतें। बाहर आकर एक लम्बी-सी गाड़ी में उनको बिठाया गया। गाड़ियाँ तो उन्होंने भी देखी हैं, शहर में और गाँव में भी। उसके गाँव के भोला महतो ने भी एक गाड़ी ली है जिसमें बैठकर खुद शहर जाता ही है, पीछे डिक्की में बोरा भर-भरकर सब्जी लाद लेता है। मगर वह गाड़ी तो छोटी थी। यह तो ये लम्बी...।

रूदनी और उसकी सहेलियाँ जब तक गाड़ी की सीट, उसका शीशा और बाहर की चमचमाती सड़क को देखकर थिर होतीं कि होटल आ गया। एक के बाद एक अचम्भा उनके सामने आ रहा था। सीढ़ी चढ़ते ही शीशे का दरवाजा बिना हाथ लगाए 'खुल जा सिमसिम' जैसा अपने-आप खुल गया। वह तो आगे-आगे शहरी बाबू थे कि वे सब बिना पूछे-गाछे पीछे-पीछे चलती चली गईं। एक बार रूदनी को लगा कि वे सब औरत से बकरी में बदल गई हैं और शहरी बाबू चरवाहा बन गया है, जिसके पीछे-पीछे बिना सोचे-समझे चली जा रही हैं सब की सब। शहरी बाबू की एक आवाज में सब एक साथ बोल पड़ती हैं...में...में...एँ...।

मगर अभी कुछ सोचने-समझने का समय नहीं था। सच तो यह है कि जो शहरी बाबू बोलेंगे, जैसा बोलेंगे, उन सबको वही करना है। इसलिए वे सब केवल चकर-मकर ताकतीं, आँखों ही आँखों में एक दूसरे से बतियातीं, ठीक बकरियों की तरह ही झुंड में चलती हुई एक बड़े से कमरे में समा गईं।

अगले दिन उनको जहाँ ले जाया गया वहाँ खूब भीड़ थी। वह कोई आर्ट गैलरी थी। रूदनी की आँखें हैरत से जैसे निकल-सी आईं जब देखा कि उसके गाँव की दीवार का इतना बड़ा फोटो लगा है, जैसे कि सच में वहाँ की दीवार को उठाकर यहाँ लगा दिया गया हो। कुछ फोटो में तो वह खुद भी दिख रही है दीवारों पर रंग उकेरते। अपनी मैली-सी साड़ी देखकर उसे

आज बहुत शरम आ रही थी। क्या सोचता होगा ई विदेशी लोग कि हम लोग साफ लूगा भी नहीं पहनते। मन ही 'मन खुद से वादा किया रूदनी ने कि इस बार लौटकर वह तीन चार-नई साड़ियाँ खरीदेगी ताकि जब कोई आए, तो साफ-सुथरी साड़ी पहनकर उनके सामने जा सके।

'क्लिक' की आवाज से चिहुँक पड़ी थी रूदनी। एक आदमी उसका फोटो निकाल रहा था। उसने सबको पास-पास खड़ा होने का इशारा किया और कहा—'स्माइल प्लीज'। रूदनी को इस शब्द का अर्थ पता था इसलिए सुनते ही उसके होंठ खट से फैल गए और धीमे स्वर में अपनी सहेलियों से कहा—हँसे कहथौ, हाँस गें।

और वे सब की सब यंत्रवत मुस्कराने लगीं।

"फिर सपना देखे लगले। दिन-भर मुस्करइते रहबे कि भात भी देबै।"

कमर की दोनों तरफ हाथ रखकर गुस्से में जैसे फुफकार रही थी पार्वती। रूदनी ने कोई जवाब नहीं दिया और तीन थरिया में माड़-भात और कोनार की चटनी परोस एक थरिया बेटी को खिसकाकर अपनी माई को खाने के लिए आवाज देने लगी। याद के बीच में बाधा पड़ने से मन उचट गया था मगर क्या करे, खाने का बखत भी तो हो गया है।

तीनों जन खा लिए तो सारा बासन-बर्तन समेटकर अँगना में धोने बैठ गई। वह खुली आँखों से गए वक्त को बार-बार दुहराती रहती थी और मजे की बात यह कि हर बार उसका रंग थोड़ा और चटख हो उठता था।

उस रोज ढेर सारा फोटो जब खिंचा गया तो रूदनी और उसकी सहेलियों को शहरी बाबू ने कागज और रंग देकर एक जगह बिठा दिया और कहा, "जब तक मैं मना न करूँ, यहीं बैठकर पेंटिंग करती रहो। जितना बढ़िया बनाना जानती हो, सब बनाओ। दुनिया भी तो देखे हमारे देश के कलाकारों का जादू।"

वो सब मुस्कराती हुई आदेश का पालन करते हुए पेंटिग से कागज रंगती गईं, लोग आते गए, फोटो खींचते गए। यह सिलसिला तीन दिन चला। पहले दिन वाली झिझक दूसरे-तीसरे दिन खत्म हो गई। वे सब की सब रंग उकेरने में ऐसी व्यस्त हो गईं कि कौन आया, कौन गया से कोई सरोकार

ही न रहा उनका। बातचीत में उन्हें हिस्सा लेना ही नहीं था। वह सब शहरी बाबू सँभाल ही रहे थे। वे लोग केवल किसी के कहने पर बस सर उठाकर देख लेतीं, और हो जाता फोटो—क्लिक।

फोटो तो जब लौट के आई तब भी खींचा था सबने। एयरपोर्ट में माला पहनाकर स्वागत हुआ। वहाँ भी किसी कला-दीर्घा में उन सबने सोहराई कला को कागज पर उकेरा। दिल्ली में भी कितने सारे लोग मिले थे उनसे। वह एक लड़की, जिसके छोटे-छोटे बाल थे, वह सबसे अधिक सवाल रूदनी से ही कर रही थी। उसने वादा भी किया था कि एक दिन उसके गाँव आएगी सोहराई के समय देखने के लिए कि पूरा का पूरा गाँव सजा हुआ कितना सुन्दर लगता है। रूदनी भी खुश होकर अपने गाँव और थाना का पता लिखवा दी थी उसको।

यह अलग बात है कि मन-ही-मन हिचकी थी रूदनी यह बात सुनकर कि पूरा का पूरा गाँव सजा होता है। कैसे कहे उससे कि अब तो बहुत कम घरों की दीवारों पर सोहराई बनता है गाँवों में। सब चाहते हैं कि उनका पक्का मकान ही बने। पक्के घरों में सोहराई बनेगा कैसे।

कोई बात नहीं...मन-ही-मन उस दिन तय किया था उसने कि अपने कच्चे मकान को कभी पक्का नहीं बनवाएगी। भले ही साल-दो साल में छप्पर छानना पड़े। मगर जो बात गुफा से निकलकर विदेश तक पहुँच गई है, जीतेजी उसे खत्म नहीं करेगी। माई ने अपनी माँ से सीखा था और मुझे सिखाया। मैं भी अपनी बेटी को सिखाऊँगी, यह निश्चय उसी दिन दिल्ली में किया था रूदनी ने।

याद है कि जब गाँव लौटी तो कितना स्वागत-सत्कार हुआ था उसका। शहरी बाबू अपनी गाड़ी में भिजवाए थे उनको गाँव। गाड़ी के पीछे जैसे पूरा का पूरा गाँव जमा हो गया था। मुखिया ने गेंदा का माला पहनवाया था सबको। सब कितनी खुश थीं। रूदनी, शुकरमनि, रुकमिनो, मीना, बिमली और सहोदरी।

तब पार्वती छोटी थी, दौड़ के गोद में चढ़ गई, मगर अब जैसे-जैसे जवान होने लगी है, इसके तेवर ही समझ में नहीं आते। रूदनी एक ही बार

बाहर गई हो ऐसा नहीं। शुरू के तीन साल तो लगातार गई अलग-अलग देश। फिर साहब टीम में अदल-बदल के लोगों को ले जाने लगे। रूदनी का उत्साह खत्म तो नहीं हुआ मगर कमने लगा था। यह ठीक है कि बाहर चमक-धमक है, बढ़िया खाना मिलता है। हवाई जहाज से आना-जाना है। मगर साल में यह सब एक ही बार न। उसके बाद तो उसको वही अपना पुराना काम करना होता है।

कई बार रूदनी उदास हो जाती है। उसे लगता वह सपना देख रही है, जो एक न एक दिन टूट ही जाएगा। गाँव से शहर, शहर से विदेश उसके बाद वापस गाँव के ही किसी कोने में बची रहेगी यह कला। कहाँ शहर में कोई कच्ची दीवार दिखती है उसको। कई बार लगता है कि जब जंगल जाती है तो सब ओर केवल पेड़ ही पेड़ दिखते हैं। वैसे ही जब शहर जाती है तो जिधर आँख उठाओ, मकान ही मकान।

मगर दीपावली आते ही वह नई रूदनी बनकर पूरे उमंग से घर सजाने लगती है। हालाँकि अब बड़ा-बड़ा मोटिफ यानी घोड़ा-हाथी बनाते-बनाते उसकी कमर दुखने लगी है। मगर परब तो परब है। आज भी तो वह दिन ही जोड़ रही है कि कब क्वार बीते और कातिक चढ़े।

ऐसे ही दिन गुजरता जा रहा है। भूले-भटके लोग उसके गाँव आ जाते। अधिकतर विदेशी लोग। कई बार तो शहरी बाबू अपने साथ फिरंगियों को लेकर आते हैं। उनकी भाषा तो तब भी नहीं बूझती थी रूदनी मगर साथ-साथ डोलती रहती और फोटो निकलवाती थी। गैया का गोबर-सानी करते-करते उसका भी बदन गोबर जैसा गन्धाने लगा है, ऐसा तब लगता जब किसी विदेशी के शरीर से महकती सेंट की खुशबू उसकी नाक तक जाती। बड़ा मन होता उसका कि शहर जाकर कुछ काम करे...ज्यादा पैसे कमाए। थोड़ा इतर-फुलेल ले, होंठों में लाली लगाकर शहर के लोगों की तरह बने। मगर इसके लिए पैसा...?

इधर शहरी बाबू ने उन सबको बुला-बुलाकर अपनी कोठी की दीवार पर पेंटिंग करवा ली है। कहिए तो पूरा गाँव ही बसा लिया है। आसपास के सब गाँवों की औरतें जो सोहराई और कोहबर बनाना जानती हैं, एक न एक बार उस कोठी के अन्दर जरूर गई हैं और अपनी कला को दीवार पर उकेर

आई हैं। इसलिए भी देश-विदेश से आनेवाले बहुत सारे लोग कोठी के गाँव का ही दर्शन कर, देख-सुनकर लौट जाते हैं। कई बार रूदनी को डर लगता है यह सोचकर कि जो सब देशी-विदेशी कोठी के अन्दर का ही गाँव देखकर लौट जाएँ तो उसके जैसी कलाकारों का क्या होगा? मगर जो बात ताजा पेंटिंग में है, वह उस नकली गाँव में कहाँ...यह सोचकर रूदनी उत्साहित हो जाती है। आखिरकार हर बार कुछ नया बनाती है न वह सोहराई में। नये आकार के पत्ते, बिन्दी-बिन्दी से लकीर खींचकर नई डिजाइन, तो कभी खरगोश। आँखें बन्द कर सोचती है, जो दिखता है, उसे दीवार पर उकेर देती है। यह कल्पना तो सबके बस की बात नहीं है न।

सोहराई आनेवाला है। इस बरस इतना पानी बरसा है कि भीग-भीग कर सब दीवार पर पपड़ी पड़ गई। अबकी उसे पूरा घर सँवारना होगा। माँ को क्या कहे, इतनी बूढ़ी हो गई है कि लाठी लेकर चलती है। और बेटी को तो किताब-पाटी से फुरसत नहीं। ऐसे में मन का पाप उभर आता है रूदनी के अन्दर। ई परबतिया के बदले कोई बेटा दिया होता भगवान तो अपनी पतोहू को सिखा-पढ़ा के पारंगत कर देती। फिर उसे इतना नहीं खटना पड़ता। वह भी रुकमणि के जैसा जब पतोहू दीवार पर दूधी माटी का लेप चढ़ा के रखती तो बाद में केवल आकार खींचती। रंग तो भर देती बहुरिया। मगर उसकी किस्मत में बेटा ही नहीं था। बेटा क्या, आदमी भी जिन्दा रहता तो हाथ से हाथ मिलाकर काम कर देता।

लम्बी साँस भरकर सर झटक देती है रूदनी।

रूदनी को बहुत मेहनत करनी पड़ी। खासकर दीवारों पर गोबर लीपने और दूधी माटी चढ़ाने में। बाकी बाद का काम तो उसके मन का ही है। पशु-पक्षी, घोड़ा-हरिण, बिन्दु-लकीर आदि बनाकर फिर से अपना घर रंग-रूँग के चमका लिया है। इस साल उसे न कोठी से बुलावा आया था न ही शहर में कोई काम मिला। थोड़ा-बहुत किसी के खेत में काम करके जीने लायक कमा रही थी। उसकी माँ भी पुराने कपड़े जोड़कर लेदरा बनाती और उस पर रंग-बिरंगे धागों से कढ़ाई करती। खासकर गर्मी के दिनों में माँ-बेटी दोनों यही काम करतीं और पार्वती बगल में बैठकर पढ़ाई करती रहती।

उस दिन भी आज की तरह वह गाय-बैल को लेकर जंगल की तरफ गई थी। धूप चढ़ आई थी और वह सुस्ताती-सी सोच रही थी कि वह अबकी बिना बुलाए ही कोठी जाएगी और शहरी बाबू से कहेगी कि उसे काम दिला दे कोई। वह तो सोहराई भी सिखा सकती है शहर की लड़कियों को। आखिर गाँव में भी तो हमीं लोग बेटी लोग को सिखाते हैं और हम लोगों की बेटियाँ अपनी बेटियों को।

तभी उसे परबतिया की चीखती-सी आवाज सुनाई दी—"माँ गो...चल तोरा बुलाहट हौ...कोई मिले अइले हौ।"

यही दीवाली के बाद का दिन था। उसने अपना घर बहुत सुन्दर और मेहनत से सजाया था। इस बार एक दीवार में उसने कोहबर पेंटिंग भी की है। इसके लिए पहले काली मिट्टी से दीवार को रंगा और फिर दूधी मिट्टी से लिपाई की। लिपाई सूखने से पहले ही टूटी कंघी और उँगलियों से फटाफट बाघ, हिरण, हाथी, फूल आदि बनाया है। असल बात तो यह है कि वह मन-ही-मन यह सोचकर सब बनाई है कि उसे देखकर पार्वती के मन में भी सीखने की इच्छा पैदा हो। मगर...

वह बेतहाशा दौड़ी आ रही थी कि शहर से बुलावा आया है। कोई जोर से बोला—"अगे गिर जइबे, एतना तेज काहे दौड़हें, कोई ट्रेन पकड़ेला हौ का?"

साँसों को थामती हुई पहुँचकर देखा तो एक मैडम और दो साहब उससे मिलने आए हैं। पहले तो पहचान नहीं पाई मगर जब उस मैडम ने नाम से पुकारा तो पहचान गई कि एयरपोर्ट वाली मैडम है जो तीन बरस के बाद आई है, उसका पता पूछते-पूछते। रूदनी ने नमस्ते की तो उस फोटोग्राफर मैडम ने हुलसकर उसे गले लगा लिया। रूदनी सकुचा गई जब मैडम ने कहा—"वाह, अद्‌भुत आकृति उकेरी है दीवारों पर। मेरा तो मन कर रहा है इसी घर में रह जाऊँ। ऐसी जीवन्त कला कहीं नहीं देखी और रंग-संयोजन...वाह।"

वह कभी नजदीक से तो कभी दूर से हर दीवार की फोटो उतारती जा रही थी। घर के बाहर, अन्दर, गोहाल की दीवारों के फोटो तो कभी रूदनी को खड़ा कर तो कभी बिठा कर अलग-अलग एंगल से फोटो लेने लगी।

देखते ही देखते वहाँ छोटी-सी भीड़ इकट्ठी हो गई थी। फोटोग्राफर मैडम का कमीज-पैंट पहनना भी गाँव के लोगों के लिए किसी कौतूहल से कम नहीं था। रूदनी के लिए यह कोई नई बात नहीं थी, क्योंकि वह देश-विदेश के लोगों को अलग-अलग पहनावे में देख चुकी है।

जमा हुई भीड़ में पार्वती भी थी। वह कभी कैमरा वाली मैडम को देखती तो कभी अपनी माँ को जो अपने चेहरे में अलग-सी मुस्कराहट चिपकाए थी। पार्वती सोच रही थी कि उसकी माँ की हँसी ऐसी तो नहीं। मगर रूदनी ओढ़ी हुई मुस्कान के साथ अलग-अलग पोज में फोटो खिंचवाए जा रही थी।

कुछ देर बाद रूदनी का ध्यान अपनी बेटी पर गया। वह उसे पास बुलाती कि फोटोग्राफर मैडम दूर से किसी की फोटो लेने लगी। रूदनी ने देखा कि उसकी माँ लाठी टेकते हुए धीमे-धीमे कदमों से चली आ रही है। वह पास आकर खड़ी हुई तो उसने मिलवाया और कहा, "माई मुझसे भी बढ़िया बनाती है सोहराई, चलिए आपको दिखाएँ।"

वह बगल की एक झोपड़ी में ले गई। वहाँ कई लेदरा तैयार करके रखे हुए थे। उस पर मोटे धागे से उकेरकर वही सब बनाया गया था जो अभी वह बाहर देखकर आ रही थी।

खुश होकर दिल्ली वाली मैडम ने उसके भी कई फोटो खींचे और पार्वती की नानी को पास बैठने के लिए कहा तो नानी ने जरा-सा चिढ़कर कहा, "सब लोग फोटो ही खींचने आता है, कोई पैसा देने नहीं आता।"

यह सुनकर एक चुप्पी पसर गई। रूदनी को याद है कि बात बदलने के लिए उसने बेटी को बुलाकर मिलवाया उस मैडम से और कहा था—"हम लोग तो एक बार में ही पूरा डिजाइन दीवार पर बना देते हैं, मगर ई नई लड़की लोग..." कहकर एक पल को रुकी, फिर हँसते हुए आगे कहा था—"यह मेरी बेटी भी नहीं सीखना चाहती। अब तो घर भी पक्का बनने लगा है। सीख के भी कहाँ बनाएँ इसे?"

मैडम ने भी एक नजर पार्वती पर डालकर प्यार से समझाया था—"माँ का हुनर सीख लो पार्वती, काम आएगा। यह कला सबके हाथों में नहीं होती।"

पार्वती ने कुछ कहने को मुँह खोला, मगर कहा नहीं। तभी धीमे स्वर में, बाहर निकलती रूदनी ने मैडम से कहा, इतने धीमे कि उन दोनों के अलावा और कोई सुन न पाए—"अबकी आइएगा या कोई आएगा तो उसके हाथों कुछ पुरानी साड़ियाँ भेज दीजिएगा। हमारे लेदरा बनाने के काम आएगा।"

यह सुनकर मैडम एक बार तो सन्न रह गईं। फिर चुपचाप अपने पर्स से सौ-सौ के दस-बारह नोट रूदनी के हाथ में थमाए और गाड़ी में बैठते हुए कहा—'देखती हूँ रूदनी क्या कर सकती हूँ तुम लोगों के लिए।'

पार्वती ने सुन लिया था यह सब और शायद उसी दिन से चिढ़ हो गई थी उसे रूदनी की इस कला से। कहती है—"ऐसन काम के लात मार, जेकरा करे से भीख माँगे पड़हौ।"

हजार बार समझाया रूदनी ने कि यह भीख नहीं, ईनाम है, मगर पार्वती मानने को तैयार नहीं हुई। यह अलग बात है कि बड़ी होती पार्वती हर सोहराई पर घर सजाने में माँ का हाथ बँटा देती है। बड़े जतन से दीवारों को लीपती-पोतती है। इसी बीच आसपास के गाँवों में घूम-घूमकर काली, लाल और पीली माटी जमा कर, फिर उन्हें पीस-फुलाकर, रंग तैयार करती है। दातुन को कूचकर उसकी कूची बनाना और साल भर जोगा कर रखी हुई टूटी कंघी से काम लेना जैसे कई काम होते हैं तब जाकर दीवारों की खूबसूरती निखरती है।

रूदनी ने देखा कि पार्वती ने दातुन में कपड़ा बाँधकर उसकी कूची बनाई है, तो हैरान रह गई। इत्मीनान से सब तैयारियाँ कर एक ही बार में हाथ से पेंसिल जैसा आकार खींचकर दीवारों पर ऐसा रंग भरती है पार्वती कि रूदनी भी दंग रह जाती है। पार्वती ठीक वैसा ही तरीका अपनाती है, जो रूदनी को उसकी माँ ने सिखाया था। रूदनी मन-ही-मन सोचती है कि क्या, कुछ गुण और आदत अपने-आप एक पीढ़ी से दूसरी पीढ़ी में चला जाता है?

मगर पार्वती यह सब करती है केवल अपने लिए, अपनी खुशी के लिए। अब भी लोग आ जाते हैं ढूँढ़ते हुए, तो फोटो खिंचाने के लिए अपनी माँ को ही आगे करती है, खुद कोई-न-कोई बहाना बनाकर वहाँ से हट जाती है। पर बाद में जब कभी उसे लगता है कि रूदनी उन्हीं सपनों को

ओढ़-बिछा रही है तो बेरहमी से झिंझोड़कर वापस ले आती है सच की पथरीली जमीन पर—"कुछ काम-धन्धा करे के सोच माँ। कल को तोहरा आँख में मोतिया उतर जैतो तो न दीवाल रंगे सकबै न लेदरा सियतौ। तब भीख माँगबै का?"

समय कैसे बीत जाता है, पता ही नहीं लगता।

रूदनी को भी पता नहीं चला कि छोटी-सी पार्वती बढ़ते-बढ़ते उसके कन्धे से ऊपर हो गई और मैट्रिक के बाद इंटर की परीक्षा भी अच्छे नम्बर से पास कर गई। अब आगे की पढ़ाई के लिए उसे शहर जाना था। बीपीएल कार्ड के कारण उसे अपनी फीस की चिन्ता न गाँव में थी न शहर में। परेशानी थी केवल रहने-खाने की। अपना खर्चा निकालने के लिए पार्वती सुबह-शाम के दो ट्यूशन पकड़ लिए। कुछ पैसे उसे रूदनी भी भेज दिया करती।

रूदनी आँख फोड़कर लेदरा में सोहराई मोटिफ बनाती है। यह बिक जाता है। कई बार गाँव के लोग ही पुरानी साड़ियाँ देकर लेदरा बनवाते हैं और उसके लिए रूदनी को केवल मेहनताना मिलता है। आखिर कच्ची दीवारों को सुन्दर बनाने और फोटो खिंचवाने से पेट तो नहीं भरता न!

मगर कोई जिद, कोई पागलपन है, जिसके कारण रूदनी खुद भी दीवारों पर फूल-पत्ते, जानवर उकेरती रहती है। उसे देखकर आसपास की कुछ महिलाएँ भी हँसी-ठिठोली कर संग-संग सोहराई पेंटिंग करने लगतीं। कभी रूदनी के घर की दीवारों पर कभी अपने। कोई अपने मुँह से कहे न कहे, सब मानती हैं कि रूदनी उन सबसे बढ़िया डिजाइन बनाती है, इसलिए हमेशा सीखने की ललक से कोई-न-कोई उसके पास रहती ही है।

इधर कई नये लोग आने लगे हैं गाँव में। कुछ महीने पहले शहर से एक साहब आए थे। उन्होंने सोहराई एवं कोहबर जाननेवाली महिलाओं को एक जगह जमा कर उनका नाम-पता रजिस्टर में लिखा। काम दिलाएँगे कहकर शहर लौट गए। अगले सप्ताह गाड़ी लेकर आए और नाम गिनकर गाड़ी में बिठाने लगे। अपनी गठरी बाँधकर इसी झुंड में रूदनी भी शामिल हो गई। पहले हजारीबाग की दीवारों पर पेंटिंग की, फिर राँची, दुमका और कई अन्य शहरों में उन्हें ले जाया गया दीवारों को रंगने के लिए।

जब काम शुरू किया तो वही सब रंग इस्तेमाल किए जो आज तक करती आई हैं। मगर वे रंग धूप और धूल के साथ-साथ जल्दी फीके पड़ने लगे तो उनके हाथों में कृत्रिम रंग और ब्रश थमा दिए गए। यह देखकर रूदनी को धक्का लगा कि यह वह कला नहीं है, जिसे देखती-साधती आई है वह, अपने छुटपन से। उसी पल छनाक से उसके अन्दर एक याद ने हिलोर मारी। उसके पति ने भी तो पहली बार ऐसे ही रंग लाकर दिए थे उसे। एक बार को मन बड़ा कच्चा हो आया। माना बहुत दिनों का साथ नसीब नहीं हुआ था, मगर जितना था, भरपूर था।

सर झटककर यादों को भी दूर झटक दिया खुद से और हाथ आए रंगों में चुनकर वह गिने-चुने काले, पीले, गेरुआ, कत्थई, और सफेद रंगों से ही दीवारों को सुन्दर बनाने लगी। उन्हें पूरे दिन की मेहनत के बाद पाँच सौ रुपया मिलता है। मगर कहाँ पोसाई पड़ता है इससे। बाहर रहने से खर्चा अधिक होता है, उस पर उसे माँ और बेटी को भी देखना है। मगर जब काम मिलता, कर ही लेती है रूदनी, कुछ शौक से, कुछ जरूरत से।

अबकी बार गर्मी की छुट्टी में पार्वती आई और रूदनी के पास बैठकर सोहराई के बारे में बतियाने लगी तो रूदनी को बहुत आश्चर्य हुआ। यह भी हैरानी की बात थी कि जब तक पार्वती यहाँ रही, उसने गुफा के दीवार वाले चित्रों को देखने की कभी इच्छा नहीं की, जिन्हें देखने दूर-दूर से लोग आते हैं, बल्कि जब-जब रूदनी ने कहा उनको देखने चलने को, वह मुँह बिचकाकर भाग जाती। मगर जाने इस बार उसमें क्या बदलाव आया कि वह गुफा के अन्दर जाकर गौर से एक-एक चित्र को देर तक निहारती है। कहती है कि यहाँ तो आदमी-औरत, पेड़-पत्ती, फूल, फल, शिकार, जानवर आदि के चित्र के साथ-साथ शिव का भी चित्र बना हुआ है। क्या हजारों साल पहले भी टोना-टोटका होता था? मछली, कछुआ आदि को वंश से जोड़कर क्यों देखा जाता है? जाने कितने सवाल उसके मन में पैदा होने लगे हैं इन दिनों।

रूदनी को सबका जवाब नहीं मालूम। वह तो इतने से खुश है कि अब पार्वती उसे नहीं झिड़कती और सोहराई के बारे में रोज-रोज बात करती है। रूदनी के जी में आता है कि पूछे पार्वती से कि शहर में ऐसा क्या हो गया

कि गाँव की दीवारों और गुफाओं में बने चित्र उसे लुभाने लगे हैं। पर इस डर से कुछ नहीं पूछती कि कहीं भड़क न जाए पार्वती।

अबकी पार्वती आई तो दो-तीन मीटर सफेद रंग का कपड़ा लेकर आई और आधा कपड़ा रूदनी को देकर बोली, "शहरी बाबू के यहाँ जैसे कपड़ा में बनाती थीं, वैसा इस कपड़ा में भी बना दो न, हम शहर लेकर जाएँगे।" रूदनी बहुत मन से सोहराई के डिजाइन उतारने लगी उस कपड़े में। आज वह बहुत खुश थी क्योंकि पहली बार पार्वती ने खुद जिद कर कहा है कि वह पेंटिंग बनाए। बढ़िया से बढ़िया बनाएगी, यह सोचकर बहुत मन और ध्यान लगाकर काम कर रही थी वह। जब पूरा मोटिफ उतार लिया कपड़े में तो पार्वती बहुत देर तक उसे हाथों में लेकर देखती रही।

इसके बाद फिर से उसने बचा हुआ एक मीटर कपड़ा दिया अपनी माँ को और साथ में फैब्रिक कलर, अलग-अलग आकार के ब्रश देकर बोली, इससे बनाकर दिखाओ। रूदनी चिहुँककर हाथ खींच ली।

"पार्वती, ऐसन नहीं बनहौ सोहराई। तू नकली काहे बना रहल हे। ऐसा करे से हमनी के पुरखा सब गुस्सा जैतो।"

"ठीक है माँ, तुम रहने दो, हम बनाते हैं," कहकर पार्वती पूरे मन से मोटिफ बनाने लगी। एक कोने से कपड़े को रंगना शुरू किया तो फूल, मछली, हाथी, घोड़े सब बनाती चली गई। चमकीले रंग सफेद कपड़े में खिल रहे थे, जिसे देखकर पार्वती बहुत खुश हो गई और हुलसकर रूदनी को दिखाने लगी।

दिख तो सुन्दर रहा है, यह मन-ही-मन सोचा रूदनी ने, मगर हाथ नहीं बढ़ाया।

"जानती हो माँ, ई गुफा में जो चित्र बना है न वह पाँच हजार साल पुराना है।"

"हमरा मालूम है कि बहुते पुराना है लेकिन ई बात तोहरा कौन बतैलौ?" रूदनी को आश्चर्य हुआ कि यह सब बात उसे कैसे पता चली।

"हम अखबार में पढ़े थे कि यहाँ एक सूर्य मन्दिर था, जिसका खम्बा अब भी है। आजकल हमेशा ही सोहराई पर कुछ न कुछ निकलता रहता है

पेपर में। सरकार भी पुराने धरोहर को सहेजना चाहती है...”

इन दिनों कभी-कभी पार्वती रूदनी से हिन्दी में बात करती है। ऐसे में रूदनी भी हिन्दी में ही जवाब देने लगती है और मन-ही-मन सोचती है कि उसकी बेटी शहर जाकर बहुत समझदार हो गई है। उन दोनों की बातचीत सुनकर पार्वती की माई ताना मारती है—“आग लगे ऐसन शहरी बोली के।”

आज रूदनी बहुत खुश है। जो इच्छा वह पार्वती के बचपन से पाली हुई थी कि उसे अपना हुनर सिखाए, अब वह इच्छा पूरी होने वाली है। बहुत कोशिश करने के बाद उसने तो मान लिया था कि वह फेल हो गई है। अब कभी नहीं सीखेगी पार्वती उससे।

पार्वती की दिलचस्पी देख उसे बहुत शान्ति महसूस हो रही है। वह अटक रही है तो केवल इस बात पर कि पार्वती नकली रंग से बना रही है सोहराई पेंटिंग। मगर पार्वती का मानना है कि जरूरत के हिसाब से इंसान को बदलाव लाना ही पड़ता है।

रूदनी नहीं जानती कि शहर जाकर पार्वती ने कालेज में ड्रेस डिजाइनिंग के कोर्स में एडमीशन लिया है। वहाँ जब उसने टीचर को बताया कि उसे सोहराई चित्रकला आती है तो वह बहुत खुश हुईं और उसे बनाकर दिखाने को कहा।

कागज पर बने डिजाइन को देख मैडम की आँखों में चमक आ गई थी। अब टीचर के कहने पर ही पार्वती एक बड़ा-सा फ्रेम और फैब्रिक कलर का पूरा डब्बा खरीद लाई थी। कॉलेज के बाद बचे हुए समय में पार्वती नये-नये मोटिफ बनाती और अगले दिन मैडम को दिखाती। उसने मैडम की बात को पकड़ लिया था—“सोहराई चित्रकला बेहद खास है क्योंकि यह आदिवासी संस्कृति और प्रकृति प्रेम को दिखाती है। इसे कच्ची दीवारों से निकालकर ड्राइंगरूम की पेंटिंग, पर्दे, कुशन, साड़ी, शॉल और रैम्प पर भी उतारना होगा, तभी इसे जिन्दा रख पाएँगे।”

यह वह मोड़ था, जब पार्वती को लगा कि उसकी माँ की कला में वह बात है, जो उसे अलग पहचान दिला सकती है। बेशक उसे माँ की परम्परा

को जरा-सा तोड़ना होगा क्योंकि उनका मानना है कि सोहराई पेंटिंग में केवल घोड़ा, खरगोश, कदम्ब के पेड़ और फूल-पत्तियाँ ही उकेरी जानी चाहिए। मगर आगे बढ़ने के लिए बदलना ही होगा।

पार्वती की आँखों में भी एक सपना पलने लगा था...

रूदनी की जिन्दगी जैसी गुजरनी चाहिए, वैसी ही गुजर रही थी, बकरियों, लेदरा और सोहराई चित्रकला के साथ। कभी-कभी अलग शहर से बुलावा आने पर चली जाती है मगर इन दिनों उसकी माई की तबीयत ऐसी नहीं कि उसे अकेले छोड़कर लम्बे समय के लिए कहीं जा सके। अपने जीने-खाने लायक कमा ही लेती है और बाकी चीजों के लिए पार्वती है ही। उसकी पढ़ाई खत्म हो गई और वह किसी काम में लगी है, ऐसा बताया था उसने। उसी काम को लेकर दो साल से घर नहीं आई है वह। मगर पार्वती को कह दिया है रूदनी ने कि इस बार हर हाल में उसे सोहराई पर घर आना ही होगा।

रूदनी की पार्वती अब वह नाक सिड़कती, लड़ती-झगड़ती पार्वती नहीं रही। आज घर आने से पहले मोहना के घर फोन कर खबर करवाई है उसने रूदनी को कि उसके लिए भात और पुटकल का झोर तैयार रखे। बहुत दिनों से मन है खाने का। रूदनी आज अपने जानवरों को एकदम सुबह ही चराने ले गई और पहरे पर टुनुआ को बिठा आई है। अब पहले की तरह दौड़-भाग वह भी नहीं कर पाती। साल भर बाद बेटी आएगी...

खदबदाते भात की तरह कई-कई विचार खदबदा रहे थे रूदनी के मन में। यह ठीक है कि अब उसको दो बात नहीं सुनाती पार्वती, मगर क्या इस बार वह आकर सोहराई में दीवारों को रँगेगी कि कपड़े पर ही बनाएगी? अब वैसे भी गिन के दो-तीन घरों की दीवार पर बनाई जाती है सोहराई पेंटिंग। क्या हुआ कि प्रधानमंत्री भी तारीफ कर चुके हैं। जब पक्का घर बनवाने का चलन है तो कोई क्यों कच्चे घर में रहे?

पार्वती के आने की खबर पूरे गाँव में हो गई। लोग उसके पीछे ऐसे भीड़ लगाते आ रहे हैं जैसे एक समय उसके विदेश से लौटने पर शोर मचा था। आते ही पार्वती माँ से लिपट गई।

माँ, सोहराई चित्रकला को 'जीआई टैग' मिल गया।

रूदनी समझ नहीं सकी कि क्या कह रही है पार्वती। वह तो एकटक उसके पहने कुर्ते को देखे जा रही है जिसके आगे-पीछे सोहराई चित्र बना है। उसके दुपट्टे में भी घोड़ा-हाथी बना हुआ है। रूदनी का भकुआया मुँह देखकर पार्वती बोली, "माँ, दुनिया के किसी भी कोने में कोई भी सोहराई पेंटिग करे, उसकी पहचान झारखंड से जुड़ी रहेगी। अब तुम जैसी कलाकारों को पहचान मिलेगी और जानती हो माँ...यह हमारे प्रदेश की पहली कलाकृति है, जिसे यह पहचान मिली है।"

माँ...माँ...कहते हुए पार्वती का चेहरा खुशी और उत्साह से दमक रहा है। "जानती हो माँ, अब शहर में कई जगह सोहराई कला सिखाने के लिए क्लास खुल गया है, जहाँ तुम जैसे अनुभवी और गुणी कलाकारों की बहुत जरूरत है...।"

पार्वती ने अपने बैग से कदम्ब के पेड़ और फूल-पत्तियाँ उकेरी सोहराई मोटिफ की डिजाइन वाली एक साड़ी निकाली..., "माँ, शहर में एक बुटीक खोल लिया है और इस साड़ी का डिजाइन भी हमने खुद बनाया है, खास तुम्हारे लिए..." कहते-कहते पार्वती का गला भर आया, अपनी आवाज़ की नमी छुपाने के लिए वह सहसा चुप हो गई।

रूदनी टुकुर-टुकुर पार्वती का मुँह ताक रही थी...। पार्वती के सिल्क के बादामी दुपट्टे का घोड़ा-हाथी वाला सुन्दर मोटिफ हवा में लहरा रहा था...।

राहतें और भी हैं...

उम्र-ए-दराज़ माँग के लाई थी चार दिन
दो आरज़ू में कट गए दो इन्तिज़ार में

—सीमाब अकबराबादी

बेहद निराश और उदास ज़िन्दगी लगती है इन दिनों। कई बार लगता है, बेसबब बस जिए जा रही हूँ। वही डेली रुटीन, ऑफिस और घर। बड़ी फालतू किस्म की फीलिंग आती है जब लगता है मेरी जरूरत ही नहीं किसी को। कई बार वीकेंड गुजारना मुश्किल हो जाता है। मन इस कदर उचाट होता है कि सब छोड़ कहीं निकल जाने को जी चाहता है। शायद साधु ऐसे ही लोग बनते होंगे, जिनकी ज़िन्दगी में कोई रंग और उम्मीद बाकी नहीं रहती।

वैसे शादी न करनेवाले का जीवन तो बड़ा मजेदार होता है। जब जहाँ चाहो चले जाओ। कोई रोकने-टोकने वाला नहीं। चाहो तो देर रात तक दोस्तों के साथ पार्टी करो या नेट्फ्लिक्स पर मनचाही फिल्म देखो। चाहो तो रोज किसी नये प्रेमी के साथ डेट पर हो जाओ...।

तो मुझे किसने रोका है ऐसा करने से...? इतना आसान भी नहीं है यह सवाल, इसका जवाब तो और भी नहीं। यादों के चक्रव्यूह में घिरी मैं कभी उससे बाहर आना ही नहीं चाहती। मैं अभिमन्यु भी नहीं जिसे चक्रव्यूह से लौटने की तरकीब नहीं मालूम। पर कुछ है मेरे भीतर जो इससे बाहर नहीं आने देता मुझे और मैं हमेशा उलझी रहती हूँ इस स्मृतिव्यूह में। निकलने की चाहत और न निकल पाने की विवशता से घुटन होती है। इधर यह घुटन और बढ़ गई है। प्रेम में होना, रहना और जीना एक-से लगने के बावजूद

बहुत अलग-अलग स्थितियाँ हैं। कभी लगता है प्रेम स्मृतियों में ही होता है, जीवन से ज़ाने के बाद।

ज़िन्दगी मेरे लिए वर्तमान में जीने की कोशिश है पर अतीत हमेशा मेरे साथ चलता है। हर छह महीने में मोबाइल बदलने की आदत का नतीजा है कि पिछले महीने एप्पल के आई फोन का लेटेस्ट मॉडल ऑनलाइन मँगा लिया पर बीएसएनयेल का लैंडलाइन आज भी मेरे घर में मौजूद है। उदासी और घुटन के तीव्रतम क्षणों में अपने दोस्तों को मैं इसी लैंडलाइन से फोन करती हूँ। मेरे सभी दोस्त अपनी गृहस्थी में रमे हैं। एक मैं ही अकेली हूँ...मैंने इस अकेलेपन को हमेशा उत्सव की तरह जीया है पर अब यही अकेलापन कई बार सन्नाटे का शोर बनकर डराने भी लगता है।

टेबल लैम्प का स्विच ऑन-ऑफ करती मेरी उँगलियों ने कब डायरी के पन्ने टटोलना शुरू कर दिया, पता ही नहीं चला। हाँ, फोनबुक के जमाने में भी डायरी लिखने की मेरी आदत लगातार बनी हुई है। वैसे भी वह आदत ही क्या जो समय के साथ चली जाए। डायरी के पिछले पन्नों में कुछ दोस्तों, परिचितों के नम्बर हाथ से लिखे होते हैं, जिन्हें हर साल की नई डायरी में जतन से उतारना कभी नहीं भूलती। साल-दर-साल जारी है यह सिलसिला। जिन रिश्तों से बाहर हो जाती हूँ, उनके फोन नम्बर मोबाइल से डिलीट या ब्लॉक कर देती हूँ, मगर उस तारीख के साथ वह नम्बर अपनी डायरी में लिख लेना मैं कभी नहीं भूलती। कई बार सोचा भी कि आखिर जिनसे भविष्य में कोई सम्बन्ध नहीं रखना, उनके नम्बर रखकर क्या होगा? मगर आदत तो आदत ठहरी। शायद खुद को तकलीफ देना अच्छा लगता है मुझे।

सामने की दीवार पर एक छिपकली कब से रेंग रही है। कभी लगता है जैसे वह जड़ हो गई, कोई हरकत नहीं उसकी देह में...कभी तेजी से कुछ दूर सरक लेती है। डायरी के पन्नों पर मेरी उँगलियाँ भी कुछ उसी तरह चल रही हैं। कभी किसी पन्ने पर देर तक ठहर जाती हैं तो कभी कुछ पन्ने तेजी से पलटकर आगे बढ़ लेती हैं। डायरी के पिछले पन्नों में सुरक्षित इन फोन नम्बरों को आहिस्ते-आहिस्ते टटोलती हूँ। आश्वस्ति के सूरज की मीठी-सी

आँच मेरे पोर-पोर में घुल-सी रही है। जिनसे रिश्ता लगभग छूट चुका, उनके टेलीफोन नम्बर पर उँगलियाँ फिराकर भी एक सुकून मिल सकता है, पहले कभी ऐसा खयाल नहीं आया।

जितने नाम उतनी ही कहानियाँ। अतीत की हकीकतें कैसे भविष्य में कहानियाँ बन जाती हैं, कब पता चलता है। पर कहानी भर हो जाने से उन हकीकतों की तासीर कहीं गुम नहीं होती। हर नम्बर का स्पर्श मेरे भीतर सो चुके अहसासों को नये सिरे से जगा रहा है। जाने कहाँ होंगे वो? क्या मेरा खयाल उन्हें आता होगा कभी...?

एक नम्बर उँगलियों में जैसे चिपक-सा गया है। उदासी की यह खुशबू बहुत पहचानी-सी है। पर उसे कैसे और कहाँ ढूँढ़ पाऊँगी, जो रोते-बिलखते एक बार मिलने की आस लिए चली गई...इस दुनिया के मेले में कहीं खो गई। हाँ, उसका नाम अनीता था, मेरे बचपन की सहेली। जिसके साथ कभी दिन-रात गुजरते थे। धूल-मिट्टी का साथ था। संग-संग खेलना-खाना। उसके पापा बैंक में काम करते थे। पटना से तबादला होकर आए थे धनबाद। उसका कुसूर बस इतना था कि किसी रोज उसने मेरी माँ के बारे में भला-बुरा कह दिया, जो मुझसे बर्दाशत नहीं हुआ और मैंने बातचीत बन्द कर दी। उसने कई बार कोशिश की बात करने की पर जैसे मैंने अपने मन की किवाड़ पर बड़ा-सा ताला जड़ कर उसकी चाभी किसी कुएँ में फेंक दी थी।

धनबाद से जिस दिन उसके पापा का तबादला हुआ, वह देर तक पीटती रही दरवाजा..."श्रेया...एक बार खोलो...मैं जा रही हूँ यहाँ से।" माँ ने भी बाहर से समझाया—"इतनी जिद नहीं करते। अब अनीता यहाँ से हमेशा के लिए जा रही। जाने फिर कभी मिलो या नहीं।" मगर नौ साल की उम्र में भी इतना गुस्सा था मेरे अन्दर कि मैं रोती रही, पर दरवाजा नहीं खोला।

आज भी वही आदत है...पलटकर नहीं देखती किसी को, कि मेरे जाने या रुक जाने के बाद उसका क्या हुआ होगा। मगर इस जिद को अब तोड़ना चाहती हूँ। एक बार देखूँ तो सही, क्या कर रहे वो लोग जो मुझसे बिछड़ गए थे। मैं जानती हूँ, जिसे मैं आज बिछड़ना कह रही वह नियति से ज्यादा

मेरा चयन ही था। ज्यादा से ज्यादा यही होगा कि कोई पहचानने से इनकार कर देगा। पर आज एक बार उन सबसे अपने दिल की वह बात कह देना चाहती हूँ, जो तब किसी कारण से कह न सकी।

ऐसा सोचते ही आँखों से आँसू गिरने लगे हैं। किसलिए रोती हूँ? इतनी भावुकता मेरे अन्दर कहाँ से आ गई? मैंने तो अपनी मर्जी का जीवन चुना है। कोई दबाव नहीं...कोई तनाव नहीं। फिर क्यों रोती हूँ मैं...किसे याद करके। उस माता-पिता को तो हरगिज नहीं जो मुझे समझा-समझा के थक चुके कि घर बसा लो। हर बार मेरा वही जवाब होता—"कितनी बार तो कहा मुझे शादी-ब्याह में कोई इंटरेस्ट नहीं है। तुम लोग मेरी चिन्ता छोड़ दो। अच्छी-सी नौकरी है...मजे का जीवन जी रही हूँ...नहीं बँधना मुझे किसी बन्धन में।"

डायरी में दर्ज नामों और उनके आगे लिखे फोन नम्बरों को छूने-सहलाने का सिलसिला लगातार जारी है। उँगलियाँ कभी किसी नाम पर ठहर जाती हैं तो कभी किसी नाम पर। उनसे जुड़ी कहानियाँ कपड़े के थान की तरह मेरे आगे खुली जा रही हैं। आश्चर्य होता है कि इतने दिन बीत जाने के बावजूद कुछ के प्रति मन में आज भी कड़वाहट जस की तस बनी हुई है तो कुछ के लिए मन में पछतावे का भी एक भाव है। कुछ के लिए सोचती हूँ कि कभी किसी मोड़ पर ज़िन्दगी ने मिलाया तो बढ़कर उनके हाथ थाम लूँगी तो कुछ के पास अभी ही उड़कर पहुँच जाना चाहती हूँ।

काश मैं पंछी होती!

पर हाँ, फोन तो इस वक्त भी किया ही जा सकता है। मेरी उँगलियाँ बिना किसी अतिरिक्त प्रयास के चार ऐसे नामों को चुन लेती हैं जिनसे मैं अभी ही बात कर लेना चाहती हूँ। हालाँकि इनमें से तीन तो मेरे फोनबुक में भी सुरक्षित हैं, पर मैं उन सबके नम्बर डायरी से देखकर नोटपैड पर नोट कर लेती हूँ। आई फोन का लेटेस्ट मॉडल उपेक्षित टेबल पर पड़ा है और मैं लैंडलाइन की लम्बी तार को खींच उसे अपनी गोद में लेकर फर्श पर बैठ जाती हूँ। अभी-अभी नोटपैड पर लिखे गए चारों नम्बर जैसे मुझे ही देख रहे हैं। कितनी अजीब बात है कि चारों के चारों नम्बर

पुरुषों के ही हैं। मेरा ही एक चेहरा सामने आकर मुझसे सवाल करता है—"क्या श्रेया...तू तो हमेशा कहती रही कि शादी नहीं करनी, फिर जब अकेलेपन के अँधेरे में घिरी हुई छटपटा रही है तो बस मर्दों से ही बात करना चाहती है?"

मैं अचानक ही जैसे सफाई की मुद्रा में आ गई हूँ। अपने सामने खड़े अपने ही प्रतिरूप से अभी नज़रें मिलाना बहुत भारी पड़ रहा है—"क्यों, सबसे पहले अनीता की याद नहीं आई? वो तो लड़की है।"

"उसे तुम याद नहीं कर रहीं। यह तो तुम्हारी ग्लानि है कि तुमने एक सहेली को छोटी-सी बात पर इतनी बड़ी सजा दे दी।"

मैं अचानक ही पसीने से भर गई हूँ। कौन है यह जिसका चेहरा जितना मुझसे मिलता है, उससे ज्यादा जिसे मेरे मन के तहख़ानों की खबर है। मेरे जुर्मों का एक-एक हिसाब दर्ज है इसकी बही में। अपनी ही नज़रों में अनायास खुद को नंगा देख सकपका जाने का यह अहसास मुझे परत-दर-परत छीले जा रहा है। मुझे मेरे ही दर्पण में बहुत साफ दिखाई पड़ रहा है कि मेरी ज़िन्दगी में अपोजिट सेक्सों का बड़ा दखल रहा है।

गजब की हिप्पोक्रेट हूँ मैं।

पर असन्तुष्टि भी आदमियों से ही रही है हमेशा। बचपन की सहेली से मुँह मोड़ने के बाद किसी और लड़की का दिल नहीं दुखाया मैंने कभी। अनीता से किए व्यवहार का शायद यही प्रायश्चित्त था मेरे लिए।

"मगर लड़कों से दूरी क्यों...?"

"दूरी कहाँ, बस शादी की चाव ही नहीं हुई। कोई मन मुताबिक मिला ही नहीं।"

"कितना झूठ बोलती हो श्रेया?" अपने कानों तक जैसे अपनी ही आवाज आती है।

पर मुझे अभी इस बहस में नहीं उलझना। क्या पता कहीं फिर से मेरा मन बदल जाए और मैं...। मैंने बरजा है खुद को। इन चारों तक एक ही समय में एक ही साथ पहुँच जाना चाहती हूँ...मेरा हलक सूख रहा है। फ्रिज से आइसक्रीम निकाल लाती हूँ। कल ही फैमिली पैक लेकर

आई थी। खरीदते समय हँसी भी आई कि अकेले रहते हुए क्यों फैमिली पैक ले लेती हूँ अक्सर? दरअसल, सस्ता पड़ता है, बस इसलिए और आइसक्रीमखोर भी हूँ। काँच का बड़ा बाउल निकालकर केसर-पिस्ता फ्लेवर वाली आइसक्रीम लिए मैं फिर से लैंडलाइन के आगे हूँ। इसी आइसक्रीम के बँटवारे पर घर में हंगामा मचा देती थी। और आज देखो अकेले बैठकर खाते वक्त ख्याल आ रहा कि कोई साथ होता, तो स्वाद मिलता खाने का।

माना कि तेरी दीद के काबिल नहीं हूँ मैं
तू मेरा शौक देख मिरा इन्तिज़ार देख

—अल्लामा इक़बाल

अंकुर को आइसक्रीम बहुत पसन्द है। वह जब कभी आता या बाहर आउटिंग का प्लान बनता, वह आइसक्रीम के बिना पूरा नहीं होता। पहला फोन किसे करूँ का समाधान आइसक्रीम ने सामने रख दिया है...

"हाय अंकुर।"

"आज बेवक्त कैसे याद किया श्रेया...तबीयत तो सही है तेरी?" उसकी आवाज में किंचित आश्चर्य है।

"तेरी याद आ रही थी...।"

"आय-हाय...याद तो हम किया करते हैं जमाने से...आज तुझे कैसे मेरी याद आ गई? मेरी किस्मत का ताला खुल गया क्या...?"

"फिर वही बकवास...तुम्हें कोई और बात नहीं सूझती क्या?"

"यार बस एक बार डेट पर चल न...पूरे 18 साल हो गए कहते हुए। मेरा प्यार बालिग हो गया अब तो।"

अतीत के पन्ने तेजी से फड़फड़ाते हैं। इसे कॉलेज के दिनों से ही जानती हूँ, हमारा बैच भी एक ही था। तब वह क्लास में अक्सर चुप-सा ही रहता। मैं इसे झेंपू समझती थी, इसलिए बहुत बात नहीं की कभी। मगर कॉलेज छोड़ने के बाद जब मैंने कम्प्यूटर क्लास ज्वाइन किया तो यह भी वहाँ था। बीस बिलकुल अपरिचित चेहरों के बीच एक अकेला यही था

जिसे मैं पहले से जानती थी। वहाँ जो हमारे बीच समझ बननी शुरू हुई, तो सालों निभ गई। उसी दौरान बताया था उसने कि वो मुझे पसन्द करता था, मगर कॉलेज के पाँच सालों में कभी हिम्मत ही नहीं हुई कहने की। तब तक हम अलग-अलग रास्तों पर चल निकले थे। उसका अपना बिजनेस था और मेरी नौकरी। हम दोनों का लक्ष्य एक नहीं था, पर हमें एक-दूसरे का साथ खूब भाता था। जिसे मैं पाँच साल कम बोलनेवाला और झेंपू समझती रही थी, वह स्वभाव से खूब खिलन्दड़ निकला। कई बार साथ रहकर भी हम कहाँ जान पाते हैं एक-दूसरे को। बात-बात में अक्सर वह अपना प्रपोजल दुहराता और मैं हँसकर इनकार करती रही पर हमारा रिश्ता बना रहा। हम आज भी सम्पर्क में हैं, पर आपस में एक खास किस्म की दूरी मैंने खुद ही बना रखी है। आज उसके खिलन्दड़ेपन में मैं खुद को सायास शामिल हो जाने देती हूँ...।

"अब डेट पर चलूँ तो क्या हो जाएगा?"

"कुछ नहीं होगा...बस बचपन की साध पूरी हो जाएगी।"

"क्या साध बाकी रह गई है तेरी...?"

"तुझे आई लव यू बोलने की।"

"तो आज बोल दे...।"

"सच में? बोल दूँ...झगड़ा तो नहीं करोगी...दोस्ती तो नहीं तोड़ लोगी?"

"नहीं...।"

"पक्का।"

"हाँ पक्का...।"

"आई लव यू...।"

"मी टू।"

मेरे इन दो छोटे-छोटे शब्दों को सुन वह अचानक चुप हो गया है और मेरी हँसी नहीं थम रही...।

अंकुर को जैसे अपने ही कानों पर भरोसा नहीं, वह हैरान है। उसके शब्द अब अटक-अटक कर मेरे फोन के रिसीवर तक का सफर तय कर रहे हैं—"क्या जीवन के इस मोड़ पर हम साथ-साथ नहीं चल सकते?"

सालों से अंकुर के जिस खिलन्दड़ी आवाज़ को मैं जानती रही हूँ आज उसमें अलग-सा मीठापन घुल आया है। उसके भीतर चाहत की कोई आग दबी थी जो मेरे उकसाने से उभर-सी आई है। मैं इस बात को अब और आगे नहीं बढ़ने देना चाहती। मैं चुप हो गई हूँ। मेरी चुप्पी का अनुवाद करने की कोशिश में उसके शब्द अचानक से बेचैन हो उठे हैं..."श्रेया, तू कुछ परेशान है? कोई बात है तो बताओ। तुम्हारे पास आऊँ क्या...?"

"नहीं कोई परेशानी नहीं, तुमसे बात करने लगी और इधर मेरा आइसक्रीम पिघल रहा...चल मुझे अब आइसक्रीम खाने दे। तुझसे बाद में बात करती हूँ, बाय...!" उसके जवाब का इन्तज़ार भी नहीं करती और फोन रख देती हूँ।

आइसक्रीम खाने के बहाने से मैंने अंकुर का फोन भले रख दिया हो, पर अगले नम्बर पर जमी मेरी आँखें पिघलती हुई आइसक्रीम की तरफ देखतीं भी नहीं। आइसक्रीम बाउल केसर डले दूधिये झील में बदल गई है और उसमें तैरता पिस्ते का छोटा-सा टुकड़ा किसी स्मृति-नौका की तरह मुझे सालों पुरानी दुनिया की सैर पर लिए जा रहा है...

तू शाही है परवाज़ है काम तेरा
तिरे सामने आसमाँ और भी हैं

—अल्लामा इक़बाल

राजीव कुछ सालों के लिए मेरा कुलीग था। हम ऑफिस में क्यूबिकल शेयर करते-करते टिफिन भी शेयर करने लगे थे। हम दोनों की यह पहली जॉब थी। बड़ी डैशिंग पर्सनालिटी थी उसकी। हमारी ट्यूनिंग अच्छी थी। घर से दूर शहर में मैं अकेली रहती थी। वह उसी शहर का था। वह घर से खाना लाता था। मैंने ऑफिस में डब्बा लगवा लिया था। डब्बे की रोटियाँ अक्सर चीमड़ हो जाती थीं, जिन्हें इधर-उधर से कुतरकर मैं आधी-अधूरी खाया करती थी। दो-चार दिन ही बीते होंगे कि उसकी टिफिन में मेरे लिए अतिरिक्त रोटियाँ आने लगी थीं। दफ्तर की बातें और टिफिन साझा करते-करते कब हम करीब हो गए पता ही नहीं चला। बाद के दिनों में जब वह

मेरे आगे अपनी टिफिन की रोटियाँ बढ़ाता मेरी आँखों में एक साझी रसोई का सपना झिलमिलाने लगता। मैं बरजती खुद को...'कितनी अपोर्चुनिस्ट हूँ मैं, सुविधाओं के सहारे जिन्दगी का सपना देख रही हूँ।'

मगर सच कहूँ तो शादी मेरा सपना कभी नहीं रही। मुझे अपना करियर बनाना था। कम्प्यूटर इंजीनियरिंग की पढ़ाई मैंने इसलिए नहीं की कि घर-परिवार के झमेले में उलझ जाऊँ। मुझे उस फलक तक पहुँचना था, जहाँ खुद पर ही गर्व हो और यह सन्तोष भी कि जो चाहा, वो किया।

एक बार ऑफिस टूअर पर हम लोग कोलकाता गए थे। काम फर्स्ट हाफ में ही निबटाकर लंच के बाद घूमने निकल जाते। दक्षिणेश्वर काली मन्दिर के बाद शाम को हावड़ा ब्रिज में बिताया वक्त कभी नहीं भूल पाती। नदी से आती ठंडी हवा और पुल के नीचे से गुजरती नावें और जहाज मन को मोह रहे थे। चार खम्बों वाला वह अनोखा पुल, जिसे रवीन्द्र सेतु भी कहा जाता है, ने उस दिन हम दोनों के बीच भी नेह का एक नया पुल बाँध दिया था। विक्टोरिया पर हमने बग्घी की सवारी की तो ताल के किनारे बैठकर हल्की फुहारों में भीगते रहे। अलग-अलग कमरा होने के बावजूद दोनों ही रात हम साथ थे। ग्रैंड ओबेरॉय के पाँच सितारा सूट का वह रोमांच जैसे मेरी ज़िन्दगी का सबसे खूबसूरत अनुभव हो चुका था।

राजीव के परिणय-प्रस्ताव को मैं बार-बार अस्वीकार करती रही थी, पर कोलकाता से लौटते हुए मैंने मन-ही-मन मान लिया था कि अब राजीव के साथ घर बसा के माँ की इच्छा पूर्ण कर ही दूँ। उसके बारे में तो मैं नहीं कह सकती पर अपने बारे में मुझे ठीक-ठीक पता था कि हमारे बीच प्यार जैसा कुछ जरूर था, पर मैं उससे प्यार नहीं करती थी। प्यार और प्यार जैसा होने में कितना बड़ा अन्तर होता है, यह अब जाकर समझी हूँ। सात फेरों के बाद किसी अजनबी के साथ सुहाग कक्ष में धकेल दिए जाने के बजाय मेरे लिए यह ज्यादा बेहतर आप्शन था। राजीव और मैं एक-दूसरे को अच्छी तरह जानते थे।

उन्हीं दिनों कभी मैं राजीव के साथ उसके घर गई थी। घर सुन्दर और बड़ा था। उसकी माँ स्वभाव से काफी खुशमिजाज थीं। खाने में कई तरह के

आइटम बना रखे थे। खाने के बाद राजीव जब किसी काम से बाहर गया तो मैं ड्राइंगरूम में जाकर उनके पास बैठ गई थी...।

"देखो तो, राजू के लिए रिश्ता आया है। कैसी है लड़की?"

हमने अभी उन्हें अपने रिश्ते के बारे में कुछ भी नहीं बताया था। मैं चौंक पड़ी। एक अजीब-सा भाव उमड़ा मेरे भीतर—कुछ तकलीफ, कुछ जलन या फिर दोनों का मिला-जुला अहसास। मैंने किसी तरह संयत किया खुद को—"बहुत सुन्दर लड़की है, आंटी।"

"मुझे भी पसन्द आई है। बस एक दिक्कत है कि यह नौकरी करती है।"

"तो क्या हुआ? आजकल सभी लड़कियाँ नौकरी करती हैं।"

"पर मुझे तो राजू के लिए एकदम घरेलू लड़की चाहिए। अगर यह लड़की नौकरी छोड़ने को तैयार हो जाए तो ही राजू को फोटो दिखाऊँगी।"

"अगर राजीव चाहेगा कि यह नौकरी करती रहे तो...?"

"हमारे खानदान में औरतें नौकरी नहीं करतीं..." उनकी आवाज खुरदुरी हो गई थी..."बहू घर आकर मुझे जिम्मेदारी से मुक्त करे, पोते का मुँह दिखाए, इससे ज्यादा कुछ नहीं चाहिए मुझे।"

राजीव की माँ थोड़ी देर को चुप हो गई थीं। पर जाने क्यों मुझे उनकी चुप्पियों में कुछ और ही सुनाई पड़ रहा था..."राजीव के साथ शादी करनी है तो यह नौकरी छोड़नी पड़ेगी।"

मैं हैरान थी कि राजीव का परिवार इतना ऑर्थोडॉक्स है। यह राजीव के व्यवहार से कभी झलका नहीं था। उस दिन तो मैं घर चली आई, मगर बाद में राजीव से पूछा—"माँ को तुम्हारे लिए घरेलू लड़की ही चाहिए, यह बताया नहीं कभी तुमने?"

"हाँ यार! वो हमेशा ही यह बात कहती हैं। तुम चिन्ता मत करो, मैं मना लूँगा।"

"अगर वो नहीं मानीं तो?"

"तो तुम शादी के बाद कुछ साल नौकरी मत करना। धीरे-धीरे माँ को मना लेंगे।" मैं स्तब्ध थी और राजीव अपनी धुन में कहता जा रहा था..."मैं जानता हूँ तुम बहुत जल्दी उनका दिल जीत लोगी...वैसे भी तब तक तो मैं

और बेहतर पोजीशन पर रहूँगा, पैसों की कमी नहीं होगी। तुम्हारी मर्जी हो तो नौकरी करना और नहीं हो तो मत करना।"

मुझे आश्चर्य हो रहा था कि यह वही राजीव है, जिसे यह भलीभाँति मालूम है कि मेरे लिए मेरा करियर कितना इम्पॉर्टेंट है। यानी यह केवल राजीव के माँ के मन की बात नहीं। वह भी यही चाहता है। मैं राजीव से शादी का अर्थ अच्छी तरह समझ गई थी। अपने वजूद, अपनी आइडेंटिटी का जो ख्वाब लिए मैं घर से दूर इस दिल्ली शहर में आई थी, उसे इस तरह नहीं छोड़ सकती थी। लोग ज़िन्दगी को सौदा कहते हैं पर मुझे ज़िन्दगी का यह सौदा कतई मंजूर नहीं था।

बहुत कठिन था, मगर मुझे कहना पड़ा कि मैं शादी का ख्याल छोड़ सकती हूँ, नौकरी नहीं। प्रैक्टिकल और स्वार्थी सम्बोधन सुनकर भी पीछे नहीं हटी। महीनों तक राजीव मनाने की कोशिश करता रहा। कई बार कोलकाता की याद दिलाकर इमोशनली भी मजबूर करता। लेकिन माँ, चाची, बुआ और आसपास की जाने कितनी औरतों के जीवन की आँखों देखी ने मुझे कभी कमजोर नहीं होने दिया।

एक ही दफ्तर में काम करते उससे दूरी बरतना मेरे लिए आसान नहीं था। साथ काम करते हुए कोई एक अनायास स्पर्श भी मेरी कामनाओं को जगा देता। उसकी देहगन्ध और साथ की चाहत कई बार बहुत बेचैन कर देती। खुद से लड़ने का वह अनुभव सचमुच बहुत तकलीफदेह था मेरे लिए। हर पल जैसे मैं खुद से ही कोई रस्साकशी का खेल खेल रही थी। कभी लगता अब गिरी तब गिरी पर दूसरे ही पल मेरे सपने मेरी मुट्ठियों की ताकत बन जाते। हमारे बीच की रस्सी तन जाती और मैं खुद को सँभाले अडिग खड़ी रहती। कदम मजबूती से खड़े होते पर मन लहूलुहान होता रहता। खुद से लड़ना इतना आसान नहीं था।

मैंने अपना तबादला दूसरे शहर करा लिया। खबर मिली थी कि दो साल बाद उसकी शादी हो गई। एक कसक-सी उठी थी उस वक्त मेरे भीतर। वह मेरे जीवन का पहला पुरुष था, जिसके साथ रहने की कामना की थी मैंने। पर खुद को बचा लेने का एक सन्तोष भी उभरा था कहीं मन में। अपनी

तरफ से मैंने उससे सारे सम्पर्क तोड़ लिए थे। कभी छठे-छमाही उसका कॉल आता, मैं न चाहते हुए भी उठा लेती। वह मेरा हाल पूछता और हमेशा ही यह कहना नहीं भूलता कि मुझे बेहद मिस करता है।

मुझे आश्चर्य है कि पीछे कई सालों से मैंने उसे जन्मदिन पर भी कॉल नहीं किया; जबकि वह मुझे जन्मदिन पर विश करना कभी नहीं भूला। तो क्या वह ठीक कहता था कि मैं बहुत प्रैक्टिकल हूँ...? नोटपैड पर लिखे उसके नम्बर को बार-बार अपनी उँगलियों के पोर से टटोलती हूँ। ग्रैंड ओबेरॉय कोलकाता के उस सूट में तैरती वह गन्ध बहुत दिनों के बाद एक बार फिर मेरे नासपुटों में भर-सी गई है। मेरी उँगलियाँ अब उसका नम्बर डायल कर रही हैं...।

आवाज सुनते ही उसने कहा, "तुम्हें याद ही कर रहा था। देखो, इसका तुम्हें पता चल गया यानी हममें अब भी कोई कनेक्शन बाकी है।"

मैं हँस पड़ती हूँ, "अब तो तुम्हारी फैमिली भी बड़ी हो गई है। आंटी को खेलने के लिए पोता मिल गया है। पूरे घर का खयाल रखनेवाली इतनी सुन्दर पत्नी है...और तुम हो कि अभी तक मुझसे ही कनेक्शन जोड़े रखने में लगे हुए हो।"

मेरे तंज़ को समझकर भी वह उससे अनजान बना रहता है, "तुम नहीं जानती श्रेया, तुम आज भी मेरे भीतर उसी तरह जिन्दा हो...मेरे ख्वाबों पर आज भी तुम्हारा ही नाम लिखा है।"

"तुम्हारे ख्वाबों पर मेरा नाम! मजाक करने की आदत आज भी नहीं गई?"

"तुम्हारे साथ बीता एक-एक लम्हा मेरे अवचेतन में अब भी वैसे ही साँसें लेता है।"

जब ख्वाब देखने और पूरा करने के दिन थे तब तो ममाज बॉय बना हुआ था, पर आज जब हम दोनों ज़िन्दगी में अपनी-अपनी राह पर बहुत आगे निकल चुके हैं तो ख़्वाहिशों की बात कर रहा है। मन की भीतरी तहों में जमी उदासी की परतें किसी पुराने जख्म-सी टीसती हैं, पर प्रकटत: मैं पूछती हूँ, "और चेतन में क्या होता है, राजीव?"

"घर-परिवार, बच्चे, जिम्मेदारियाँ...कैसे बीवी को खुश रखूँ, कैसे बॉस का चहेता बना रहूँ...बच्चों की खुशी के लिए क्या करूँ...।"

"इस चेतना-व्यापार से कभी फुर्सत भी मिलती है तुम्हें? याद भी है कि कितने बरस गुजर गए?" पता नहीं ऐसा पूछकर मैं उसे नीचा दिखाना चाहती हूँ या उसके साथ बिताए उन साझा पलों को मन-ही-मन फिर से दुहराना चाहती हूँ।

"हाँ श्रेया, सब याद है मुझे, आठ साल बीत गए, पर कोलकाता के वे दिन आज भी मेरे जेहन में उसी तरह ताजा हैं। दफ्तर में टिफिन का डब्बा खोलते ही आज भी सबसे पहले तुम्हारी ही याद आती है।"

फ्लर्टिंग की उसकी पुरानी आदत है। पर ऐसा कुछ नहीं सोचना चाहती अभी। उसके सच-झूठ पर निमिष भर भी विचार नहीं करना चाहती मैं। उसकी बातें मुझे भली लग रही हैं। जिसे मैं छोड़ आई थी कभी वह अब भी दिन-रात मेरी कामनाओं के साथ जीता है, यह सोचकर ही एक अजीब किस्म का सुख मिल रहा है मुझे।

वह अब भी बोले जा रहा है, "तुम्हारे संग बिताए उन दिनों की स्मृतियाँ हर पल मेरे साथ साये की तरह रहती हैं। तुम मुझसे दूर चली गईं, मगर आज भी मैं तुममें ही जीता हूँ श्रेया। क्या एक बार हम और नहीं मिल सकते? तुम जब भी बोलो, जहाँ बोलो, जिस वक्त बोलो...मैं आ जाऊँगा।"

इस वक्त उसके स्वर में जाने क्या है, ललक...तड़प...आवेग या इन सबका कोई मिला-जुला भाव...मैं कुछ बोल नहीं पाती। बस हौले से कहती हूँ..."राजीव!" एक पल को मुझे अपनी ही आवाज़ भीगी-सी महसूस हो रही है। मगर नहीं, जिस मोड़ को छोड़कर इतना आगे निकल चुकी हूँ मुझे फिर से उन्हीं गुंजलकों में नहीं फँसना है। अपनी नम आवाज़ की ओट से खुद की सम्भावित कमजोरी को पहचानते हुए मैं स्वयं को वहीं रोक देती हूँ—"दफ्तर से एक जरूरी कॉल आ रहा है। मैं फोन रखती हूँ। फिर बात होगी। अपना ध्यान रखना।"

फोन रखने के बाद कुछ देर बेआवाज हो जाती हूँ मैं। राजीव के शब्द जैसे मेरे कानों में ठहर-से गए हैं। जीवन और चाहत से भरी उसकी आवाज़

ने मुझे इस वक्त कुछ और अकेला कर दिया है। ज़िन्दगी में सब कुछ मनचाहा करने के बावजूद उम्र के इस मोड़ पर अकेले रह जाने का यह भाव एक अपरिचित-सी रिक्ति लेकर उपस्थित हुआ है, जिससे मैं तुरन्त ही बाहर आ जाना चाहती हूँ। खुद को नियंत्रित करने का यही एक रास्ता है अभी। बचपन में पढ़ी शिवमंगल सिंह 'सुमन' की एक कविता की पंक्तियाँ याद करने की कोशिश करती हूँ—'कहीं भली है कटुक निबौड़ी कनक-कटोरी की मैदा से...।'

कह रहा है शोर-ए-दरिया से समुन्दर का सुकूत
जिसका जितना ज़र्फ़ है उतना ही वो ख़ामोश है

—नातिक लखनवी

नोटपैड पर लिखा अगला नम्बर अमिताभ का है। ब्लॉगिंग के शुरुआती दिनों में उनसे परिचय हुआ था। फिर फेसबुक तक आते-आते उनसे अच्छी ख़ासी दोस्ती हो गई। हम मिले नहीं हैं आज तक, मगर एक-दूसरे को समझते हैं। हाँ, फोन पर जरूर बातचीत होती है। वक्त का हिसाब लगाऊँ तो सात-आठ साल से अधिक हो गए हमारी दोस्ती को। हम बिन्दास बात करते हैं। बिना किसी शिकवे-शिकायत और तकल्लुफ के।

उनके फोन उठाते ही मैंने कहा, "सुनो अमित...आमि तोमाके भालोबाशी।"

एक हल्की हँसी तैरी...जैसे किलकारी।

नहीं सोचा था कि फोन उठाते ही ऐसा कुछ कहूँगी। कभी-कभी प्यार से उनका नाम शार्टकट में 'अमित' बुलाती हूँ, मगर इस तरह की बात नहीं कही थी कभी, न ही उन्होंने कभी कोई ऐसी-वैसी बात कही। हालाँकि बहुत बार चिढ़ाती रहती हूँ उन्हें किसी-न-किसी बात से। आज इतनी मुखर कैसे हो गई, मुझे भी समझ नहीं आया।

उधर चुप्पी तैरती रही कुछ देर...

"क्या हुआ?" इस चुप्पी से घबराहट हुई मुझे।

"आज इतनी बड़ी बात कैसे कह दी तुमने लड़की..." बहुत शान्त लगी आवाज, मगर सन्तुष्ट-सी।

"जो फील करती थी कह दिया...जाने फिर कभी कहूँ या नहीं। आप मेरे लिए दोस्त, सलाहकार, अभिभावक सब हैं।" यह कहते हुए उदासी की एक परत फिर मेरे आसपास घिरने लगती है।

"तुम उदास हो?"

"नहीं तो।" आवाज में थोड़ी शरारत घोलते हुए मैंने पूछा, "आपको लगता था कि ऐसा कभी कहूँगी मैं?"

"मैं जानता था तुम मुझसे प्यार करती हो...पर इस अहसास से ज्यादा इस बारे में तुम्हारी चुप्पी मुझे प्रभावित करती थी। तुम औरों से हमेशा अलग लगीं...और तुम्हारे इसी अलहदापन ने मुझे तुमसे जोड़े रखा।"

अमिताभ के इस कोमल अन्दाज को पहचानती हूँ मैं...एक क्षण में जाने कितनी आवाजें कौंध गईं कानों में। मेरी चुप्पी को पहचाननेवाले इस शख्स ने क्या कभी अपनी चुप्पियों को भी पढ़ा होगा? अमिताभ कहे जा रहे थे..."हम इतने सालों से जुड़े हैं, बिना किसी अपेक्षा के, बिना मिले। मैं इंसान पहचानता हूँ श्रेया। जीवन ऐसे ही नहीं गुजारा है।" उनकी गम्भीर आवाज कुछ और गम्भीर हो गई है।

"श्रेया...तुमने कालाबाजार फिल्म देखी है?"

"नहीं...।"

"देवानन्द की फिल्म है। जब यह फिल्म आई थी मैं कॉलेज में पढ़ता था। उसमें वह आधी रात को खोया-खोया चाँद गाता हुआ लहराकर चलता है, उसे देखकर मेरे अन्दर एक टीस उठती थी। कोई टीस भी इतनी प्यारी हो सकती है, मैंने तभी जाना था। सिर्फ उस टीस को महसूस करने के लिए मैंने वह फिल्म सात बार देखी थी...जमाने बाद आज फिर वही टीस मेरे भीतर उठ रही है।"

अपने लिए अमिताभ के लगाव को मैं खूब समझती थी लेकिन, इस तरह मुखर होकर वह कभी प्रकट भी करेंगे मैंने भी नहीं सोचा था। अभी वे अपनी रौ में हैं..."श्रेया! मैं मरने से पहले एक बार तुमसे मिलना चाहता हूँ। तुम्हें देखना चाहता हूँ। बिना मिले मर गया तो बहुत अफसोस होगा।"

अमिताभ की ज़िन्दगी मेरे लिए खुली किताब की तरह है। हर छोटी-बड़ी घटना उन्होंने शेयर की है मुझसे। मेरे देखते ही देखते उन्होंने पहले अपना बेटा खोया और फिर पत्नी। हम तब उतने करीब नहीं थे जब उनके जवान बेटे की एक्सीडेंट में मौत हो गई थी। उनकी पत्नी बेटे की असमय मौत का वह सदमा नहीं झेल सकीं और कोई साल भर के भीतर ही वह भी नहीं रहीं।

उन्हीं दिनों हमारे बीच फोन का सिलसिला बढ़ा था। हमारे बीच उम्र का अधिक ही फासला था मगर दोस्ती में इसका जरा भी अहसास नहीं होता था। उम्र के इस पड़ाव पर एकाकी होना कितना कष्टप्रद है, मैं समझती हूँ। बावजूद इसके खुद को सँभाले रहने का जो हुनर उनके पास है, मैं उसकी कायल हूँ। जिन्दगी के हर क्षण को पूरी शिद्दत से जीनेवाला ऐसा कोई दूसरा इंसान मैंने नहीं देखा। वास्तव में मैं उन्हें पसन्द करती हूँ और उनकी बेहद इज्जत भी करती हूँ। पर हर पसन्द और चाहत की रंगत एक सी कहाँ होती है। इतने लम्बे समय से यदि हम दोस्त बने हुए हैं तो इसका कारण भी हमारी चाहतों के ये अलहदा रंग ही हैं।

"सुबह से आसमान में बादल थे, हवा भी चल रही थी। अब बारिश भी होने लगी है। मैं अलगनी से कपड़े समेट लूँ, फिर बात करूँगा...बहुत सी बातें कहनी-सुननी हैं। मैं आता हूँ...इन्तजार करना।"

अमिताभ की आवाज बता रही है कि वह कितने खुश और उत्साहित हैं। उनसे जब भी बात होती है मैं पॉजिटिव एनर्जी से भर जाती हूँ। मेरे भीतर एक खास तरह की खुशी फैलने लगती है। कोई इंसान दूर रहते हुए भी कभी-कभी इतना करीब हो जाता है कि आप कभी उस दूरी को महसूस ही नहीं करते।

राजीव के सामने मैं जितनी प्रैक्टिकल और स्वार्थी होती हूँ, अमिताभ के सामने उतनी ही इमोशनल हो जाती हूँ। जब इनसे दोस्ती गहरी हुई राजीव से मैं खुद को अलग कर चुकी थी। उसे भूलने की कोशिश में खुद को व्यस्त रखना चाहती थी। दिन तो फिर भी किसी तरह गुजर जाता, रात दुख और अकेलेपन के स्याह समन्दर की तरह आती थी। उन्हीं दिनों ब्लॉग लिखने की आदत लगी थी। अमिताभ के लिखे शब्दों से दुख और अकेलेपन की जो आकृतियाँ मेरे आगे उभर कर आतीं, मुझे बहुत अपनी-सी लगतीं। हम दोनों

भले ही अकेले हों पर हमारा अकेलापन दो तरह का था। पर उनको पढ़ते-सुनते मैंने यह महसूस किया कि दुनिया के तमाम दुखों के बीच एक खास तरह का साझापन होता है। दुखों की यही साझेदारी हमारे रिश्ते का आधार थी।

अमिताभ के साथ अपने रिश्ते की किताब पलटते कोई आधा घंटा गुजर गया पर उनका फोन नहीं आया। ऐसा आज तक कभी नहीं हुआ कि उन्होंने कहा हो और पलटकर फोन नहीं किया।

उनका फोन नहीं आने से मैं बेचैन-सी हो गई हूँ। मेरे उँगलियाँ बेचैनी में फिर से उनका नम्बर डायल कर रही हैं...हड़बड़ी में उनका नम्बर कई-कई बार डायल करती हूँ पर हर बार डायल्ड नम्बर के आउट ऑफ कवरेज एरिया होने की वही सूचना सुनाई पड़ती है। मन में जाने क्यों किसी अनिष्ट की आशंका हो रही है। पर खुद को समझाने का जतन करती हूँ...बारिश हो रही थी, नेटवर्क चला गया होगा। नेटवर्क बहाल होते ही उनका फोन जरूर आएगा।

मैं सच कहूँगी फिर भी हार जाऊँगी
वह झूठ बोलेगा और लाजवाब कर देगा

—परवीन शाकिर

नोट पैड पर लिखा आखिरी नम्बर पल्लव का है। दो वर्ष पहले मैंने उसे मोबाइल, व्हाट्सएप, फेसबुक, इन्स्ट्राग्राम हर जगह ब्लॉक कर दिया था। इस दौरान कभी उससे बात करने की जरूरत मैंने महसूस नहीं की। पर जाने आज क्या हुआ कि उसके नम्बर तक जाकर मैं ठिठक गई। जीवन के चालीस बरस मैंने खुद को इश्क-मुहब्बत के चक्कर में फँसने नहीं दिया। मेरी नजर हमेशा मछली की आँख की तरह, अपने करियर पर ही रही। दोस्तों की कमी तो कभी नहीं थी, पर किसी प्रलोभन के आगे कभी समर्पण नहीं किया। पुरुषों की दोस्ती से कभी परहेज नहीं था, पर सामान्यतया अतीत, रिलेशनशिप, शादी, सेक्स के बारे में सब कुछ जान लेने की हड़बड़ी के कारण मेरे मन में पुरुषों के प्रति एक खास तरह की तल्खी भी रही है। शायद इसी कारण पुरुषों के साथ एक खास दूरी तक जाने के बाद मैं खुद को सायास रोक लेती हूँ।

लेकिन पल्लव इस मामले में औरों से अलग था। उसने कभी मेरे परिवार और अतीत के बारे में मुझसे कुछ नहीं जानना चाहा। सुबह जागने से लेकर देर रात तक मेरे साथ रहता। फेसबुक के लाइक कमेन्ट से शुरू हुई एक औपचारिक-सी दोस्ती कब एक आत्मीय अन्तरंगता में बदल गई मुझे भी नहीं पता चला। वह उम्र में मुझसे छोटा था। उसके पास दिलचस्प बातों का जखीरा हुआ करता था। किस्से-कहानियाँ, गॉसिप, फूल, पेड़, मौसम, फिल्म...उसकी बातें कभी खत्म ही नहीं होतीं। मुझे उसके साथ की आदत हो चली थी। जब भी वक्त होता, एक-दूसरे को नॉक करते। हमारी बात अक्सर मेसेंजर और व्हाट्सएप पर ही होती। शाम को दफ्तर से लौटते हुए कई बार वह फोन करता। यदि उस वक्त मैं फ्री होती तो बात कर लेती। कुछ दिनों बाद मैंने खुद को उस वक्त फ्री रखना शुरू कर दिया था। कुछ महीनों बाद एक दिन जो कहा था उसने, मुझे अक्षरशः याद है—

"आना है मुझे आपके पास। बस कुछ दूर चलूँगा आपके संग-संग। किसी हरे-भरे और शान्त रास्ते में...आपको छूकर गुजरती हवा को भर लूँगा अपनी साँसों के अन्दर। ढह जाऊँगा कटे दरख्त की तरह आपके कदमों में और आपका अक्स अपनी आँखों में भर आपसे दूर चला जाऊँगा...इस चाह को खुद में समेटे कि काश मेरी आँखें अब न खुलें कभी।"

मैं समझ नहीं सकी यह प्रेम निवेदन था या किसी बौराए इंसान का स्वगत कथन। इसके पहले ऐसी भाषा सिर्फ साहित्य की किताबों में ही पढ़ी थी। मैंने कभी कल्पना भी नहीं की थी कि वास्तविक जीवन में भी कोई इस तरह बोल सकता है। पर यह मेरे ही साथ घटित हो रहा था और मैं निःशब्द सुन रही थी उसे। जाने यह सिलसिला कैसे चल निकला और मैं उसकी शहद-सी बातों की गिरफ्त में आती चली गई। वह इस हौले से मेरे भीतर उतर आया था जैसे थकान के बाद आँखों में नींद उतरती है...हल्की नींद में जैसे सपने अंखुआते हैं।

वक्त पंख लगाकर बीत रहे थे और मैं सातवें आसमान पर थी। बातों-बातों में ही उसने एक दिन बताया था कि वो परिवारिक जिम्मेदारियों में फँसा है,

विवश है...उसे कुछ वक्त चाहिए ताकि दो बहनों की शादी की जिम्मेवारी निभा ले। उसके बाद फिर हम साथ होंगे।

पर उसने जो कहा वह आधा सच था। एक दिन किसी अनजान नम्बर से आई किसी स्त्री की कॉल ने जब पूरे सच से पर्दा उठाया, मेरे पैरों तले से जैसे जमीन खिसक गई थी। मैंने कभी नहीं चाहा था कि किसी का घोंसला उजाड़कर अपने नीड़ का निर्माण करूँ। मैंने उस अनजान स्त्री से कहा था वह निश्चिन्त रहे, खुद को पल्लव से अलग कर लूँगी।

मेरे लिए यह बहुत मुश्किल था, पर झूठ की आशा में जिन्दा रहने से बेहतर था सच का सामना करना। पल्लव के शब्द मुझे सच से ज्यादा पवित्र लगते थे। आश्चर्य हुआ था कोई इतनी पवित्रता से भी झूठ बोल सकता है। वह दोहरी ज़िन्दगी जी रहा था, यह बात तकालीफदेह तो थी पर मुझे इस बात का दुख ज्यादा था कि उसने मुझसे सच नहीं बताया था। मैंने खुद को झटके में उससे पूरी तरह अलग कर लिया। तब महीनों मेरी हालत अचानक ही धूम्रपान छोड़ देनेवाले चेन स्मोकर की तरह हो गई थी।

जिस नम्बर को अनगिनत बार डायल कर चुकी थी, उसे आज डायल करते हुए मेरी उँगलियाँ काँप रही थीं। जब उसके फोन की घंटी बजी, एक बार मन हुआ काट दूँ फोन। पर तीसरे रिंग में ही उसने फोन उठा लिया था। उसकी आवाज सुन मेरी आवाज गले में ही अटक गई। लगा जैसे कई युगों की दूरी से बोल रहा था वह...

"हलो...हलो..."

मैं हिम्मत सहेज रही थी कि हलो बोलूँ, उसके पहले उधर से आवाज आई, "श्री...ये तुम हो न?"

याद नहीं कि मैंने पहले कभी उसे लैंड लाइन से फोन किया हो। मुझे हैरानी होती है कि उसने मुझे कैसे पहचान लिया। क्या अब भी उसे मेरी साँसों की गति याद है? मुझे सुलाए बिना कभी नहीं सोता था वह। रोज रात जब तक मैं नींद में गाफिल नहीं हो जाती, दूसरी तरफ फोन पर रहता वो। जब नींद में डूबी मेरी साँसें शिथिल होने लगतीं, वह हौले से फोन काट देता था।

"कैसे हो पल्लव?" अपनी आवाज सम पर रखने की पुरजोर कोशिश करती हूँ मैं।

"तुम्हारे बिन कैसा हो सकता हूँ श्री? जब तुम नहीं तो और क्या रह गया है मेरी ज़िन्दगी में?" पूरे दो साल के बाद उसकी आवाज सुन रही हूँ। अनचाहे ही बेआवाज रो पड़ती हूँ...जिसे महसूस कर लेता है वो।

"न...न...रोओ नहीं...मेरे पास आओ...प्लीज श्री...कुछ भी नहीं बदला है...मैं तुमसे उतना ही बल्कि पहले से ज्यादा प्यार करता हूँ...हर दिन तुम्हारा इन्तजार करता हूँ। श्री...मैं मर-मर के जी रहा हूँ।"

वह उसी पवित्रता से एक बार फिर झूठ बोल रहा है। मैं आँसू पोंछती हूँ—"तुम जानते हो, मैं तुमसे नफरत करती हूँ।"

"जानता हूँ...मैंने बहुत बड़ी गलती की है...सब भूल जाओ श्री...बस इतना याद रखो, मैंने इतना प्यार किया है तुमको, जितना किसी ने तुम्हें नहीं किया होगा, न करेगा। मैं सब ठीक कर दूँगा। थोड़ा वक्त दो मुझे।"

उसके शब्दों पर मैंने ईश्वर से ज्यादा यकीन किया था। उसकी पत्नी का फोन आने के बाद उससे कोई बात नहीं की थी मैंने इसलिए उन शब्दों की याद कहीं भीतर जिन्दा थी। दो वर्षों से उससे बात मैंने भले नहीं की पर उसके रिश्ते का अवशेष कहीं मेरे भीतर दबा हुआ था।

"तुम भी जानते हो पल्लव...मैंने सिर्फ तुम्हें प्यार किया था और तुम्हारे लिए सब छोड़ने को तैयार थी, पर वह पल्लव कोई और था, जिसकी आवाज़ और शब्द मेरे लिए जीवन के पर्याय थे...आज मैं उस आवाज़ और उस आवाज़ में बसे ईश्वर की मृत्यु की घोषणा करती हूँ। हाँ, जिस प्यार को मैंने तब साझे का समझा था वह नितान्त मेरी पूँजी है और उसके साथ मुझे क्या सुलूक करना है यह सिर्फ और सिर्फ मैं तय करूँगी।"

"श्री...श्री..." उसकी आवाज डूबने-सी लगी है, पर मैं अब कोई और झूठ नहीं सुनना चाहती। मैंने फोन काट दिया है।

और भी दुख है जमाने में मोहब्बत के सिवा
राहतें और भी हैं वस्ल की राहत के सिवा

—फ़ैज़ अहमद फ़ैज़

शाम ढलनेवाली है। मोबाइल ऑन करती हूँ...मेरी कुलीग सुमन और मेरे टीम लीडर मनोज के कुल 18 मिस्ड कॉल पड़े हैं। एक मैसेज फ्लैश हो रहा...

"कल संडे को मनोज के फार्म हाउस पर पिकनिक पर जाने का प्लान है। तू चल रही है न! तुम्हारे फोन न उठाने से मनोज बहुत परेशान हैं। हम सब जा रहे। सुबह आठ बजे रेडी हो जाना...तुम्हें पिक करते हुए हम निकल चलेंगे।"

टीम लीडर होकर भी मनोज इस अजनबी शहर में एक सहृदय दोस्त की तरह हैं, जिनके साथ मैं सहज महसूस करती हूँ। दिल्ली से बैंगलोर आते हुए यह चिन्ता लगी हुई थी कि जाने वहाँ कैसे दोस्त मिलें। मनोज से मिलकर वह चिन्ता जाती रही थी।

फोन किनारे रख कमरे की सभी लाइटें एक साथ ऑन कर देती हूँ। इस उजाले में मन का अँधेरा भी डरकर किसी कोने में दुबक-सा गया है। सामने ड्रेसिंग टेबल में खुद को आदमक़द देखते हुए मन-ही-मन स्वयं को हैलो कहती हूँ। बेतरतीब बिखरे बालों को समेटकर पोनी बनाती हूँ। वाश बेसिन पर जाकर चेहरे पर ठंडा पानी छपकती हूँ।

सुबह कॉलबेल में कैद झरने की आवाज़ से नींद खुलती है...

"अरे...सुबह-सुबह तुम?" राजीव को सामने देखकर मेरी हैरत का ठिकाना नहीं है। कल बात हुई और ये आज सामने...जैसे पहली फ्लाइट पकड़कर सीधे आ रहा हो।

"दिल नहीं माना श्रेया...बस तुमसे मिलने आया हूँ...।"

"मगर मैं तो आज...अच्छा तुम बैठो...। मैं फ्रेश हो लेती हूँ।"

मैं बाथरूम के दरवाजे की तरफ बढ़ती ही हूँ कि डोरबेल एक बार फिर बज उठता है। राजीव से कोई पूछ रहा है..."क्या श्रेया मेहरा का घर यही है?"

आवाज पहचानी-सी है...उफ, ये तो पल्लव की आवाज है। जिसने इतने सालों में मिलने की हिम्मत नहीं की वो आज...।

मैं बिना रुके बाथरूम में घुस जाती हूँ...।

आज अपना फेवरिट जींस-टी शर्ट पहना है। मैं राजीव और पल्लव से उनकी पसन्द पूछे बिना अपना पसन्दीदा मसाला टी के तीन कप एक ट्रे में लेकर उनके पास आ बैठती हूँ। मेरी नज़र घड़ी पर है। मुझे खुद आश्चर्य हो रहा कि कल जिनसे बात करने के लिए बेचैन हुई जा रही थी अभी उनके पास होने के बावजूद मुझमें उनके लिए कोई उत्साह नहीं है। उनकी तरफ भर आँख देखती भी नहीं और बहुत ब्लंटली कह उठती हूँ—

"सॉरी गाइज...मुझे आज बाहर जाना है...आप लोग चाहें तो कल शाम को फिर हम चाय पर मिल सकते हैं।"

पल्लव और राजीव हैरत से कभी मुझे देख रहे हैं तो कभी एक-दूसरे को।

गेट के बाहर से सुमन चिल्ला रही है, "श्रेया...जल्दी करो, हम ऑलरेडी देर हो चुके हैं...।"

घर का डोर लॉक करने के बाद जैसे ही कार में बैठती हूँ कि व्हाट्सएप पर अंकुर का मैसेज फ्लैश करता है—'सेंड मी योर लोकेशन। रिचिंग बैंगलोर आफ्टर एन आवर।'

मैं जल्दी से जवाब टाइप करती हूँ—'सॉरी डियर आय एम आउट ऑफ स्टेशन।'

कार के पहिए से लगकर धूल का गुबार उठता है और मेरे पीछे सब कुछ धुँधला हो जाता है। चमकदार सड़क पर कार सर्रर्र से चली जा रही है...।

मन के घेरे

उनकी आँखें पहले मिचमिचाईं और फिर मुँद-सी गईं। ऐसा सोचते या कहते हुए वह एक खास तरह के सुख से भर उठी थी, ऐसा सुख जिसका शब्दों में ठीक-ठीक अनुवाद शायद सम्भव नहीं था—'सोचा था तुम मर जाओगी तो उसकी दूसरी शादी करा देंगे।'

उसे हैरत हुई कि कैसे कह पा रही हैं वह यह बात; जबकि अभी-अभी, ठीक दस मिनट पहले डॉक्टर ने आश्वासन के साथ ही चेतावनी भी दी थी कि अभी तो कोई बीमारी नहीं दिख रही, मगर प्रिकॉशन नहीं लिए गए, तो कुछ भी हो सकता है।

शायद उन्होंने सुना ही नहीं ठीक से, या फिर अचानक ही भारी हो उठे माहौल को हल्का करने के लिए मजाक़ कर रही हों। वैसे यह भी सम्भव है कि उनकी दिली इच्छा हो कि बीमारी वही रहे, बस बीमार बदल जाए। अचानक ही कहीं पढ़ा या किसी से सुना हुआ वह प्रसंग याद हो आया—बादशाह बाबर अपने बेटे हुमायूँ से खूब मुहब्बत करता था। एक बार हुमायूँ गम्भीर रूप से बीमार हो गया। उसके बचने की कोई उम्मीद न देखकर बाबर ने ऊपरवाले से दुआ की—'तू हुमायूँ की जिन्दगी लौटा दे। बदले में मैं अपनी ज़िन्दगी कुर्बान करने को तैयार हूँ।' कहा जाता है कि बाबर की दुआ कुबूल हुई, हुमायूँ धीरे-धीरे सेहतमन्द होने लगा और बाबर बीमार। कुछ दिनों बाद ही बाबर की मृत्यु हो गई।

बाप-बेटे की मोहब्बत की इस कहानी के खाँचे में भला वह कहाँ से फिट बैठ रही हैं, उसे समझ नहीं आया। शायद यह उनके बोलते रहने की आदत का ही हासिल है। कोई सुने न सुने बोलते ही रहना है। कई बार इस

अति के कारण अर्नगल भी बोल जाती हैं वह। फिर भी एक बार साफ-साफ कह देना ही ठीक होगा कि मौत मुझे नहीं, आपके लाड़ले को आवाज दे रही है, इसलिए होश मत खोइए आप।

पर यह सोचते हुए एकबारगी वह काँप गई। क्या सच में शलभ...अगर शलभ को कुछ हो गया तो...?

'ओहो! कितना प्यार करती हो न तुम उनसे...!' न जाने मन के किस कोने से एक तंज भरी आवाज आई थी।

साथ रहते-रहते तो सभी को प्यार हो जाता है...क्या हुआ जो उनके बीच का प्रेम चुक गया। न, चुका नहीं था, सच तो यह है कि प्यार जैसा लगा था, पर प्यार था ही नहीं...प्यार न हो, न सही, मगर एक बन्धन तो है, जिसमें बँधे हैं दोनों। वैसे भी कितने शादीशुदा जोड़े हैं, जिनके बीच प्यार नदी-सा बहता और सागर-सा उफनता है! मगर रहते हैं न साथ...और इस रिक्तता की भरपाई के लिए ही तो सब बच्चे पैदा करते हैं। सहसा उसे अपने बेटे अंशु की याद हो आई।

अंशु का चेहरा आँखों में कौंधते ही भय की एक तेज-सी लहर कृतिका की रीढ़ में दौड़ गई। उसे शलभ को खो देने के अन्देशे से ज्यादा इस बात की कल्पना डरा रही थी कि वह कैसे पालेगी अंशु को अकेली। वह तो कोई नौकरी भी नहीं करती। कई बार चाहा कि कहीं-न-कहीं काम पर लग जाए, मगर हमेशा शलभ ने ही मना किया—"मेरा बचपन तो अकेले ही बीता। मजबूरी थी कि माँ को नौकरी पर जाना पड़ता था। यहाँ जब दो-दो कमानेवाले हैं ही तो फिर..."

अब वह कैसे बताती शलभ को कि अंशु के गर्भ में आने से पहले अकेले घर में रहना उसके लिए कितना कठिन था। घर क्या, उसका जीवन ही इतना दुश्वार था कि...

कार में बगल की सीट पर बैठी वह, यानी उसकी सास बहुत देर से उसका चेहरा देखे जा रही थीं। शायद उसके अन्दर चल रही उथल-पुथल को भाँपने की कोशिश कर रही थीं या फिर अपने कहे पर कोई प्रतिक्रिया नहीं मिलने से हैरान थीं। मुमकिन है, वह यह भी सोच रही हों कि वह सावित्री की तरह अब किसी तपस्या का संकल्प लेंगी।

बिना कुछ कहे मुँह फेर लिया कृतिका ने और कार की बन्द खिड़की से दौड़ते-भागते शहर को देखने लगी। उसके हाथों में रिपोर्टों की फाइल थी, जिसके पन्ने न जाने किधर से घुस आई हवा से फड़फड़ा रहे थे। उसने उँगलियों के दबाव से पन्नों को स्थिर करने की कोशिश की। फर्राटे से दौड़ती कार के अन्दर अजीब-सा सन्नाटा बिखर गया था।

कृतिका की सास की मिचमिचाई आँखें अब पूरी तरह खुल गई थीं। कुछ देर तक उनकी तीखी निगाहें कृतिका के चेहरे पर टिकी रहीं, फिर सामने देखने लगीं वह।

कृतिका ने मन-ही-मन सोचा, शायद मुझसे ज्यादा उनको सान्त्वना की जरूरत है। लगता है यह झटका बर्दाश्त नहीं हो रहा उनसे। वैसे भी ससुर जी के जाने के बाद भावनात्मक रूप से वह पूरी तरह शलभ पर ही निर्भर हैं। किसी विधवा माँ के लिए इससे बड़ा झटका क्या हो सकता है कि उसकी आँखों के आगे उसका इकलौता बेटा...कुछ कह-सुन लेने से उनका मन हल्का हो जाएगा।

सास की बात सुनकर एक बार तो मन हुआ था कि सीधे-सीधे पूछ डाले—"अगर डॉक्टर की आशंका सच साबित हो गई तो?" पर होंठों से शब्द बाहर निकलते, उसके पहले ही उसने अपनी दाँतों से जीभ को दबाते हुए रोक लिया था खुद को। उसका यह जवाब किसी बम की तरह फूटता तो उनके सर पर और कार के भीतर ही एक जलजला आ जाता। इतना कोसतीं वह कृतिका और उसके पूरे खानदान को कि...

सास की बात से उसके भीतर चिढ़ और गुस्से का बवंडर उठा था पर ऊपर से संयत थी कृतिका। थककर एक बार उनकी तरफ नजर डाली कि शायद वही कुछ कहें...बात आगे बढ़ाएँ, मगर उधर भी ऐसी ही चुप्पी थी। चुप्पी के इस पुल को पार करने के लिए उसे उचित शब्द मिल नहीं रहे थे।

पीछे छूट चुकी डॉक्टर की हिदायतें कृतिका के कानों में किसी हथौड़े की तरह बज रही थीं। उसने सोचा घर पहुँचते ही शलभ की दराज में पड़े गुटखा और तम्बाकू के सारे पैकेट आज डस्टबिन के हवाले कर देगी... कनपटी की नसें उभरने लगी हैं...एक छोटा-सा भी तनाव उसके माइग्रेन को

नींद से जगा देता है। पर आज की बात तो बहुत बड़ी है, ऊपर से सास की यह जहरबुझी बात...

खुद को सँभालने की कोशिश में वह फिर बाहर देखने लगी। आँखों के आगे पूरी दुनिया खुली हुई थी और यादों के घोड़े प्रकाश की रफ्तार से दौड़ लगा रहे थे। नीली रोशनी से नहाया कमरा है। निर्विकार चेहरे के नीचे उसका तराशा गया अंग-अंग थिरक रहा है। बिस्तर पर लेटनेवाले की निगाहें उसकी त्वचा से चिपक-सी गई हैं और उसके थिरकते बदन को पता है कि एक दौर और बाकी है...मगर उसके पहले यह...

नाचना उसका शौक नहीं...दर्द से टहक रहा उसका बदन। नहीं...यह बदन का नहीं मन का दर्द है जो शिराओं से होते हुए उसके अंग-प्रत्यंग में फैलता जा रहा है। उसके पैर जैसे मन-मन भर भारी हो गए हैं। जी करता है, जहाँ है वहीं ढह जाए, प्रस्तर शिला में बदल जाए। कृतिका की दाहिनी हथेली दरवाजे के हैंडल को सख्ती से मसल रही है, उसकी उँगलियाँ पसीने से भर उठी हैं...सालों से स्थगित गुस्सा उसकी नसों में तेजी से फैलता जा रहा है...

धचके से कार रुकी तो वह सोच से बाहर आई। दरवाजा खोलकर एक तरफ से कृतिका तो दूसरी तरफ से उसकी सास निकली। दोनों बिना कोई बात किए कदमताल करती घर के अन्दर प्रवेश कर गईं, ऐसे जैसे कि अब आपस में उनके बोलने-बतियाने को कुछ रखा ही नहीं। सच तो यह है कि कृतिका दो अलग भावनाओं को एक साथ जी रही थी। उसका एक मन अपने भविष्य की चिन्ता में कातर हुआ जा रहा था तो अतीत की वीथियों में उलझा दूसरा मन सालों पुराने हिसाब की भरपाई की सम्भावनाएँ तलाश रहा था। कृतिका अपने इन दो मनों के दरम्यान बेचैन डोल रही थी...

उसने रिपोर्टें डायनिंग टेबल पर रखीं और रसोई की ओर चली गई। उसकी सास, जिसका नाम मंजुलता है, हमेशा की तरह गेट के ठीक बाईं तरफ वाले अपने बेडरूम में समा गई। शलभ सीधे ऑफिस चला गया था।

शाम को शलभ के घर आते ही कृतिका और मंजुलता दोनों ही उसके कमरे की तरफ लपकीं। कृतिका एकटक देख रही थी शलभ का चेहरा। हमेशा ही मौजूद रहनेवाली लापरवाही अब भी वहाँ टँगी हुई थी, जैसे कुछ

हुआ ही नहीं हो या फिर उसे कोई फर्क ही नहीं पड़ता। कृतिका जानती थी कि उसके कुछ कहने का असर नहीं होगा। उसके साथ ही कमरे में सास का आना भी उसे चुभा था कहीं...। कभी-कभी लगता है कि शलभ पर असली हक तो सास का है, वह केवल नाम का रिश्ता निभाने के लिए इस घर में मौजूद है। क्या उनको यह समझना नहीं चाहिए कि इतनी बड़ी बात के बाद कुछ पल हमें पहले एकान्त में बात करने देतीं। शलभ के आते ही वह जिस तेजी से कमरे की तरफ लपकी थी, उसकी दुगुनी रफ्तार से वह बाहर निकलकर फिर से रसोई में घुस गई।

जैसा सोचा था, ठीक वैसी ही तेज आवाजे बेडरूम से किचन तक आ रही थीं। माँ-बेटे का परस्पर प्यार उफान पर था...इन बेनतीजा बहसों से उसका जी ऊब चुका था। कृतिका ने मिक्सी का नॉब तीन पर घुमा दिया। अब उसे कुछ सुनाई नहीं पड़ रहा था और वह सुनना भी नहीं चाहती थी। उसे अपने बच्चे के लिए मिल्कशेक तैयार करना उस बहस में उलझने से ज्यादा जरूरी लगा। ग्लास में मिल्कशेक ढालते हुए एक बार फिर डॉक्टर का गम्भीर चेहरा उसकी आँखों के आगे आकर खड़ा हो गया—'प्रिकॉशन नहीं लिए गए, तो कुछ भी हो सकता है।' मिल्कशेक ग्लास से बाहर गिरते-गिरते बचा। उसने सायास खुद को बरजा, जान-बूझकर गुटखा चबाते शलभ का चेहरा अपनी आँखों के आगे रखा और एक अजीब तरह की उबकाई के अहसास से भर उठी।

डिनर के बाद शलभ जब कमरे में आया तो हमेशा की तरह उसके मुँह में पान मसाला भरा हुआ था। ऐसे समय में वह कृतिका से कोई बात नहीं करता। बस अपना मोबाइल लेकर बिस्तर पर दूसरी तरफ मुँह करके लेट जाता है...यदि जिद करके वह कुछ कहती भी तो हाथ के इशारे से हाँ या ना बोलकर बात खत्म । इसलिए अब अमूमन वह सोने से पहले उससे कोई बात नहीं करती। उसे जरा भी पसन्द नहीं कि बात करते समय पीक मुँह से बाहर आए, या जर्दे की तीखी गन्ध उसके आसपास देर तक बनी रहे।

पर आज उससे नहीं रहा गया और उसके मुँह से निकल आया—"डाक्टर की चेतावनी के बाद भी कोई फर्क नहीं पड़ा तुम्हें। अब तो सँभल जाओ।"

जवाब में शलभ ने बुरी तरीके से घूरा था उसे जैसे कह रहा हो कि बेहतरी इसी में है कि वह चुप हो जाए।

रात के किसी पहर फिर एक सपना आया। तेज हरहराता पानी और उसमें डूबती-उतरती वह। बचने की लगातार कोशिश कर रही है। किनारे बहुत सारे लोग नजर आ रहे हैं, मगर उसकी ओर कोई नहीं देख रहा। उसे बाहर निकलना है। बस जरा दूर और आ जाए...किनारा दिख रहा, मगर लहरों से लड़ते-लड़ते वह थक चुकी है। भय से उसकी आँखें बन्द हो गईं कि अगर वह अभी डूब जाती है तो अंशु...

सपने में सपना नहीं, कल्पना है यह। नींद खुलने पर महसूस हुआ कि तेज चल रही हैं साँसें और धड़कनें, ऐसी कि लगे दिल पसलियों से टकरा रहा है। उसे आजकल अक्सर ही यह सपना आता था। जागती आँखों से बन्द आँखों का सपना दुहराते हुए एकदम चौंक उठी वह। आज कुछ नया आ जुड़ा था उस सपने में। यह एकदम नई बात थी कि किनारे से कोई हाथ बढ़ा रहा था। कौन था...कौन था वह चेहरा। लाख कोशिशों के बाद भी उसे याद नहीं आया कि उसने वाकई कोई हाथ देखा था या उन हाथों का एक धड़ भी था जिस पर एक चेहरा टँगा था। देर तक सोचने के बावजूद वह सपना और कल्पना के बीच फर्क नहीं कर पाई। वह बेतरह थकी थी, बिस्तर पर पड़े-पड़े उसे नींद आ गई।

सुबह परदे की फाँक से निकल धूप का एक नन्हा टुकड़ा उसके चेहरे पर नाच रहा था। आँखों की पपोटों पर रोशनी की मुलायम तपिश से उसकी नींद टूटी। अनायास मुस्करा उठी वह। धूप के टुकड़े को हौले से सहलाया जैसे उसे शुक्रिया कह रही हो...।

'मुस्करा लो, मगर तुम्हारा सपना कभी पूरा नहीं होगा'

जाने कब शलभ उठ गया था और उसकी ओर देख रहा था, उसे पता भी नहीं चला।

"वैसे भी दिन हो या रात, मेरे सपने कब पूरे होते हैं," बुदबुदाती हुई कृतिका ने बिस्तर छोड़ दिया। न उसने पूछा कि किस सपने की बात कह रहा वो, न बताया शलभ ने।

कृतिका बचती है शलभ के साथ किसी भी बहस में उलझने से। उसकी किसी बात का जवाब दिया नहीं कि वह बात खिंचती हुई इतनी लम्बी हो जाती है कि झगड़ा समाप्त होने का नाम ही नहीं लेता। घर का पूरा माहौल बदल जाता है। उनके बीच की तल्खी पूरे घर को लपेटे में ले लेती है और बेचारा अंशु सहम-सा जाता है। सीधी-सी बात भी कई दिनों तक व्यंग्य में कही जाती है और तब कृतिका का हँसना-रोना सब मुश्किल हो जाता है।

शलभ के सामने किसी का फोन आ जाए तो और आफत...व्यंग्य में एक खास तरह की उलाहना भी शामिल हो जाती है, उन उलाहनों के शब्द उसे किरचों से चुभते हैं। सामान्य दिनों में बहुत तरह से समझाया, सफाइयाँ भी दीं, पर अब थककर सफाई देना भी छोड़ दिया था उसने। समझो, जो समझना है। भीतर ही भीतर लहूलुहान हो जाती है वह और फोन को कई-कई दिनों तक साइलेंट मोड में डाल देती है। गुस्से में खुद को ही तकलीफ देती है, अपनी माँ तक के फोन नहीं उठाती।

बेडरूम से बाहर आती कृतिका की नजर सामने टेबल पर पड़े मेडिकल रिपोर्टों पर गई, उसे लगा उसकी मुक्ति का मार्ग इन रिपोर्टों से होकर ही निकलेगा...एक पल को उसकी पलकें जैसे किसी दुआ में मुँदी थीं...।

घर के काम निबटाती कृतिका का यह अहसास और गहरा हुआ जा रहा है कि यंत्रवत-सी हो गई है उसकी जिन्दगी। सालों से उसका समय अंशु के साथ ही गुजरता है। शलभ और सास सुबह-सुबह ड्यूटी पर चले जाते हैं। वह अंशु को सँभालते और काम निबटाते हुए बहुत बार थक के चूर हो जाती है। मगर किससे कहे अपनी तकलीफ। सास घरेलू होती तो कुछ जिम्मेदारियाँ उठा लेतीं। शलभ तो वापस आने के बाद जो टीवी में घुसता है, फिर निकलने का नाम नहीं लेता। फिर तो उसे चाय भी वहीं चाहिए और खाना भी।

उधर शलभ की फरमाइश और सास की जरूरतें पूरी करते-करते अंशु को सुलाने का समय हो जाता। रात बिस्तर पर पड़ते ही आँखें मुँदने लगती, मगर वह...सिहर उठता है उसका तन, जैसे रेशा-रेशा ऐंठने लगा हो...बेतरह

प्यास लगने लगती है ऐसे समय। शरीर इस ढंग से प्रतिकार करता है उस वक्त जैसे उसका सारा बदन पत्थर में बदल गया हो। अब वहाँ न धूप है न पानी...बस एक ठंडापन पसरा है। स्पर्श कामनाओं का ज्वार नहीं जगा पाते। वह जड़ हुई ऐसे छटपटाती है जैसे किसी मछली को नदी से बाहर लाकर रेत में पटक दिया गया हो और छत पर टँगी आँखें किसी तूफान के गुजर जाने का इन्तजार कर रही हों...आँख की कोरों से रिसता आँसू अँधेरे के दामन में खुद को छुपाता तकिए में समाता जाता है।

"फालतू की हैं ये रिपोर्ट्स। आजकल डॉक्टरों का बस एक ही काम है, डराकर पैसे ऐंठना। सब बिजनेस है आज के जमाने में। वो जमाना गया जब डॉक्टर मरीजों की सेवा करते थे। अब हम मरीज नहीं ग्राहक हैं, ग्राहक! पहले बीमारी के नाम से डराएगा, फिर हजारों का टेस्ट, दवा...सब इन लोगों की मिलीभगत है। जितना ऐंठ सको, ऐंठ लो।" शलभ अखबार थामे भुनभुना रहा था, पर कृतिका समझ रही थी कि वह अपनी बात उसके और माँ के कानों तक पहुँचाना चाहता था।

चुपचाप रही कृतिका। जानती है जवाब देने का कोई फायदा नहीं। अभी कुछ बोली नहीं कि वह इस कदर चिढ़कर जवाब देगा कि उसका तन-मन सुलग जाएगा।

"तुनकमिजाज जरूर है शलभ, पर दिल का भला है..." सास ने उन दोनों के बीच की तनातनी को भाँपते हुए हमेशा की तरह अपने बेटे का पक्ष लिया है..."थोड़ा बर्दाश्त ही कर लोगी तो कुछ बिगड़ नहीं जाएगा।"

जाने खुद को क्या समझती है यह इंस्पेक्टरानी...अन्दर-ही-अन्दर दाँत पीसती कृतिका का जी हुआ कि आज ईंट का जवाब पत्थर से दे मारे। पर सामने टेबल पर पड़ी मेडिकल रिपोर्टों को देख उसने किसी तरह खुद पर काबू पाया...।

"न बहू...गुस्सा नहीं करते। बस हम चार जने ही तो हैं इस परिवार में। सबके जीवन में सुख-चैन बना रहे। भगवान ने इतना सुन्दर चेहरा दिया है, कुढ-कुढ़ के मत बिगाड़।" उनके शब्दों ने एक बनावटी मिठास ओढ़ ली थी। बेटे को सुनाकर बहू की परवाह करने का यह नाटक वह खूब समझती है।

पूरी दोमुँही साँप है यह औरत...मन-ही-मन कुछ बुदबुदाई कृतिका, मगर प्रकटत: कुछ कह नहीं सकी।

आज माँ की डाँट का भी कोई असर होता नहीं दिख रहा था। शलभ ने कभी किसी की सलाह नहीं मानी, आज भी अपनी उसी जिद पर अड़ा हुआ है...।

एक हफ्ते बाद फिर डॉक्टर के पास जाना है, बायोप्सी के लिए। जाने क्या रिपोर्ट आए। डॉक्टर ने ऊपर से भले ढाँढ़स बँधाया हो, पर कहीं भीतर उसे भी आशंका है, तभी तो उसने टेस्ट करवाने को कहा है...यदि उसकी आशंका सच साबित हुई तो...!

अपने ही सोच से सहम गई कृतिका। अचानक ही उसने खुद को असहाय और अकेली पाया। थोड़ी देर पहले जिसे मन-ही-मन दोमुँही साँप और इंस्पेक्टरानी कहकर कोस रही थी, उसी सास की सुनाई कहानियों ने उसके अन्दर बोलना शुरू कर दिया है...'समाज में अकेली औरत का रहना कोई गुड्डे-गुड़िया का खेल नहीं है। छोटे बच्चे के साथ भरी जवानी काटना काँटों के ऊपर पाँव धरकर चलते जाना है। वो तो कहो मेरे पास पुलिस की नौकरी थी, लोग आँख उठाकर देखने के पहले चार बार सोचते थे...अगर यह वर्दी नहीं होती तो जाने क्या होता मेरे साथ...।'

उसके पास तो कुछ भी नहीं। न नौकरी, न बैंक बैलेंस, न ही कोई विशेष योग्यता। अगर वह मर गई तो आज के आज उसके पति की दूसरी शादी हो जाएगी...पर उसकी...? जान-बूझकर वह आज शलभ की बगल वाली सीट पर बैठी है। सास के रहते कभी कार में शलभ के साथ नहीं बैठती वह...ऐसा करना शलभ की नजर में उसकी माँ का अपमान है। गेयर बदलते शलभ के हाथ पर धीरे से वह अपना हाथ रखना चाहती है...जाने वह किसके लिए आश्वस्ति खोज रही है, खुद के लिए या शलभ के लिए... पर मन है कि कहीं और चला जा रहा है...।

रातें अक्सर बहुत भारी गुजरती थीं उस पर। रोज-रोज का झेलना जब बर्दाश्त के बाहर हो जाता बड़ी मुश्किल से ना में सिर हिलाती वह और अगले ही पल उसके मुँह पर घर का दरवाजा बन्द हो जाता। वह सिकुड़ी-सहमी लॉन में बैठी रात गुजार देती। शुरू-शुरू में बेचैनी में वहीं टहलती रहती,

खूब रोती थी। सीढ़ियों पर उसका बदन पड़ा होता और वह प्रार्थना करती कि सुबह होने से पहले उसे मौत आ जाए।

मगर मौत माँगने से मिल जाए, तो कहना ही क्या।

वह भीतर ही भीतर घुटती रहती पर उसे समझ नहीं आता क्या करे, किससे कहे...एक दिन बहुत सकुचाते हुए, अटक-अटक कर टुकड़ों-टुकड़ों में बताया था उसने सास से सब कुछ। उसे उम्मीद थी सास उसकी तकलीफ समझेगी, पर जो हुआ उसने उसे बुरी तरह तोड़ दिया था।

"हो हो हो..." उन्होंने बड़ी फूहड़-सी हँसी हँसते हुए कहा था—"आजकल के लड़के और उनकी फैंटेसी। किसी और ने तो नहीं कहा न तुम्हें नाचने को...शलभ पति है तुम्हारा, उसे खुश रखना तुम्हारा फर्ज है।"

कृतिका के पैरों तले से जैसे जमीन खिसक गई थी। उसकी पुलिसिया रौबदाब से वह खूब प्रभावित होती थी। वर्दी के सहारे अकेले दम एक विधवा ने अपनी औलाद को बड़ा किया, लायक बनाया...पर उसकी इस हँसी ने जैसे उन सारे प्रभावों को धो दिया था। कृतिका ने सोचा—क्या पोजिशन और पोस्ट औरत और मर्द की मानसिकता में कोई भेद नहीं रहने देते?

उसके भीतर उस समय आश्चर्य से ज्यादा उनके लिए घृणा उपजी थी मन में। जब अपनी बहू का दर्द नहीं समझती तो औरों का क्या समझती होंगी? उसका दर्द केवल उसका है, इस अहसास ने उसकी शिराओं में एक गहरी, लम्बी उदासी और अकेलापन भर दिया था। मान-मर्यादा की लकीरों में कैद कृतिका को जब अपनी मुक्ति का कोई मार्ग नहीं सूझता, तब तकलीफ और अकेलेपन के दुरूह पलों में कई बार वह ईश्वर के आगे हाथ जोड़कर प्रार्थना करती। उसके भीतर गूँजती प्रार्थना के शब्दों में शलभ की मृत्यु की कामना हुआ करती थी।

कार की डैशबोर्ड पर लगी देवी की मूर्ति से मन-ही-मन शलभ का आरोग्य माँगते हुए कृतिका ने सोचा कहीं उसकी प्रार्थनाओं का ही यह असर तो नहीं कि शलभ...अतीत में की गई अपनी ही प्रार्थनाओं से उलझकर रह गई थी कृतिका...नहीं-नहीं...वह तो महज गुस्से में कहे गए कुछ शब्द थे...अपने-आप को नये सिरे से नकारने की इस कोशिश में

कृतिका शलभ की खूबियों को याद करने की कोशिश कर रही थी और इस कोशिश में कहीं और उलझती जा रही थी। क्या एक ही व्यक्ति के दो रूप भी हो सकते हैं?

आवेग के उन क्षणों के बीत जाने के बाद सुबह शलभ एक दूसरा ही आदमी होता। वह अक्सर ही सीढ़ियों पर थककर सो जाती। ठंड से उसका बदन अकड़ा होता। सुबह दरवाजा खोलकर उसे शॉल ओढ़ाते हुए शलभ उठाता और बाँहों में समेटे हुए अन्दर लाकर बिठाता। फिर रसोई में जाकर खुद ही चाय बना लाता और उसे प्यार से पिलाता। वह समझ नहीं पाती कि आखिर ऐसा क्या हो जाता है रातों को। नीली रोशनी बदन में लिपटी होती मगर उसके रोम-रोम में एक सिहरन-सी व्याप जाती...थकान और थिरकन के बीच शलभ का यह दो रूप उसके लिए किसी रहस्यलोक से कम नहीं था। अभी वह उसके पहले रूप की स्मृतियों को अपने भीतर से धकेलकर बाहर कर देना चाहती है कि तभी पिछली सीट पर बैठी सास का चेहरा उसे सामने लटके शीशे में दिखाई पड़ता है और उस दिन के कहे उसके शब्द उसके कानों में टभक उठते हैं—"तू नसीब वाली है कि तुम्हारा पति तुमसे प्यार करता है। उन औरतों की सोच जिसका आदमी उसके होते कहीं और रात गुजारता है। ऊपरवाले का शुक्राना कर कि जो भी है, बस तेरे लिए ही है।"

सालों से चुभनेवाले ये शब्द जैसे आज अपनी तीक्ष्णता भूल से गए हैं। जाने क्यों सास के शब्दों में आज पहली बार तकलीफ की ध्वनि सुनाई पड़ रही है और वह चाहकर भी उन पर गुस्सा नहीं कर पा रही।

सहसा उसकी आँखों में उन दिनों की स्मृतियाँ कौंध आईं, जब अंशु के जन्म के बाद महीनों उसकी सास उसके साथ सोती थी। बहाना बच्चे को सँभालने का था। शलभ को मजबूरी में दूसरे कमरे में सोना पड़ता। शादी के बाद पहली बार तब वह सुकून की नींद सो रही थी...दिन-भर की पुलिसिया ड्यूटी के बावजूद रातों को सास का यह मीठा व्यवहार उसके लिए अप्रत्याशित था। उन्हीं दिनों एक रात किसी भावुक क्षण में उन्होंने उससे कहा था..."मैं शलभ के जिद्दी स्वभाव को जानती हूँ। पर, माँ होने की अपनी सीमाएँ हैं,

सब कुछ खुलकर नहीं कह सकती उससे। अभी तुम्हारे शरीर को आराम चाहिए इसीलिए तुम्हारे साथ मेरा होना बहुत जरूरी है।"

कृतिका हैरान हो सोचती रही थी कि वो वाली सास असली है या यह वाली। इस तरह अलग भूमिकाएँ कैसे निभा लेती है वह। कभी जब वह कमरे के अन्दर जाने में आनाकानी करती तो जबरदस्ती ठेल कर भेजती थी वह—"अपने आदमी को खुश रखना औरत की जिम्मेदारी है।" और अब शलभ के आवाज देने पर खुद पूछने चली जाती है—"बताओ क्या बात है, बहू बच्चे को सँभाल रही है।"

अंशु के पैदा होने के बाद बहुत चीजें खुद सँभलने-सी लगी थीं। पर इसी बीच जाने कहाँ से यह आफत आन पड़ी। शलभ के जीभ और होंठों की रंगत बदलने लगी थी। अक्सर शेविंग करते समय आईने में देखते हुए इस बात का अहसास होने लगा था शलभ को, मगर इग्नोर किए जा रहा था। उसने कई बार, बल्कि बार-बार कहा था शलभ को कि ये सब चीजें खाना सेहत के लिए सही नहीं। शुरू में तो वह हाँ, हाँ कहता, कि बस जल्दी छोड़ देगा। कभी कहता कि अभी थोड़ा काम का तनाव है, खाने से रिलैक्स फील होता है। कभी बोलता ड्राइव करते समय एकाग्रता के लिए खा लेता है, कभी दोस्तों का साथ देने के लिए...पर जल्दी ही खाना छोड़ दूँगा, मगर बाद में ढिठाई पर उतर आया था।

"नहीं छोड़ूँगा, क्या कर लोगी?"

"करूँगी क्या, ये सारा पाउच उठाकर फेंक दूँगी बाहर।"

"जितना फेंकोगी, उतना मँगा लूँगा...फेंकती रहो...।" तो कभी धमकी देता—"फेंक के तो दिखाओ। तुम्हारे मायके से नहीं आता है पैसा।"

यहाँ तक आते-आते कृतिका का जायका एक बार फिर से कसैला हो आया है। इनसे बाहर आने की कोशिश में कुछ और पीछे जाती है वह... सुदूर अतीत के ये पन्ने...जैसे बीते कल की बात जान पड़ते हैं। उसे भी कहाँ पता था कि सब कुछ इस कदर सुरक्षित पड़ा है उसके भीतर। कॉलेज के दिनों में जाने कितने लड़के मरते थे उस पर, मगर शलभ उन सब में अलग था। चाहतों की एक महीन और मौन डोर हुआ करती थी उसकी आँखों में।

जाने कितनों का दिल तोड़कर शलभ का हाथ थामा था उसने। पर मुकद्दर की लकीरें लिखता कोई है, जीता कोई और है। ख्वाहिश के आकाश के टिमटिमाते तारे छू लेना इतना भी आसान होता है क्या? अगर जीवन ने इस मोड़ पर लाकर खड़ा किया कि उसे अकेली रहना है, तो आगे का सफर वह तनहा तय कर लेगी...।

बायोप्सी की रिपोर्ट आने में अभी समय है। मगर न जाने कृतिका किस उधेड़बुन में फँस गई है।

उस दिन स्कन्द से मुलाकात हुई बाजार में। वह उसका बैचमेट था। उसके पास आते ही हमेशा लगता है जैसे बादलों का एक टुकड़ा सर के ऊपर आ बैठा है और वह सुहानी हवा के झोंके में आनन्दित हुई जा रही है।

यह अहसास अभी-अभी हुआ हो, ऐसा नहीं। उसने पहले भी फील किया था, पर समझ नहीं पाई थी। स्कन्द के चेहरे पर सदाबहार मुस्कान रहती है। जब पड़ोस में था तो कभी कॉपी-पेन के बहाने तो कभी अदौड़ी-अचार के लेन-देन के नाम पर सामना हो ही जाता था। हमेशा लगता कि उस मुस्कान और आँखों की चमक के पीछे कोई बात छुपी है। मगर क्या...तलाशती ही रह गई थी कृतिका।

उसे याद है उसके एक जन्मदिन पर सामने पड़ जाने पर उसने पॉकेट से पेन निकालकर दिया था और उसी मोहक मुस्कान के साथ और कहा था, "इससे एग्जाम दोगी तो पेपर अच्छा जाएगा। हैप्पी बर्थ डे।"

उस छोटी-सी बात का अर्थ निकालते, समझते बरस बीते और वह सब छोड़ शलभ से जुड़ गई।

आज लगता है कि समय की जो कद्र नहीं करते, उनके लिए समय भी बैठा नहीं रहता। शलभ दोहरी जिन्दगी जीता हुआ इंसान है, जिसके चेहरे पर कभी मोहक मुस्कान नहीं दिखती कृतिका को। वह केवल हावी होने की कोशिश करता है।

"ठीक तो हो न कृति...?"

जवाब में एक छोटी मुस्कान पसर गई कृतिका के चेहरे पर..."कैसे हैं आप...मतलब...कैसे हो तुम?" स्कन्द का चेहरा उसकी मुस्कराहट से नहा उठा है। उसमें अब भी वही मासूमियत और खिंचाव है।

जाते हुए स्कन्द को देखना भला लग रहा था कृतिका को। कुछ रिश्तों के तार अनजाने इतने जुड़े होते हैं कि वर्षों बाद भी मिलने से यूँ लगता है कि उतनी ही आत्मीयता अब तक बरकरार है।

उम्मीदों-आशंकाओं और निश्चय-अनिश्चय के बीच झूलते दिन एक-एक कर निकल रहे हैं। कृतिका पर एक खौफ तारी रहने रहने लगा है इन दिनों। रातें सुकूनवाली तो कभी नहीं रहीं पर नींद ने कभी उसे निराश नहीं किया। मगर इन दिनों नींद पर भी जैसे उन्हीं रातों का पहरा लग गया है। अजब-सी छटपटाहट पूरे वजूद पर बनी रहती है। जरा-सी नींद पड़ी कि सपने में देखा, उसका कुछ खो गया है और वह लगातार तलाशते हुए इधर से उधर घूम रही है। कई लोग जाने-पहचाने से हैं उसके आसपास, मगर उसे जाने किसकी तलाश है। बेचैन निगाहें ठहरती हैं, एक चेहरे के ऊपर। वह लगातार उसकी ओर देख कर मुस्करा रहा है। वह नजरें फेर लेती है और आखिरकार थकी-सी किसी पानी से भरे पुल के किनारे बैठ गई है।

उसने देखा वही आदमी चुपचाप उसकी बगल में आकर बैठ गया है और इशारों से उसे हाथ आगे करने के लिए कह रहा है। वह चकित-सी दोनों हथेलियों को उसके आगे खोल देती है। वह चुपचाप उसकी हथेलियों के ऊपर अपनी मुट्ठियाँ रख देता है। जब वह हाथ हटाता है तो सैकड़ों जुगनू उसके हाथों से उड़ने लगते हैं और वह सब भूलकर आसमान की ओर देखने लगती है।

तभी नींद खुल जाती है उसकी। कौन था वो? स्कन्द?

वह अकबकाकर उठ बैठी है। चौंककर बगल में देखा—शलभ गहरी नींद में सो रहा है। वह जाने क्या-क्या कल्पना कर रही है, किन अन्देशों में डूबी है। डॉक्टर की बात उसके अन्दर घर कर गई है कि इस अनिश्चित दुनिया में कुछ भी सम्भव है। उसे याद आया, अब तक बायोप्सी की रिपोर्ट

आ चुकी होगी, रात देर तक वे ऑनलाइन रिपोर्ट देखने के लिए ओटीपी का इन्तजार करते रहे थे।

कृतिका उठकर सेंटर टेबल से शलभ का मोबाइल ले आती है...रिपोर्ट निगेटिव है।

उसकी डबडबा आई आँखों में मोबाइल की इबारत धुँधली-सी हो उठी है...

वह खुश होकर शलभ को जगाना चाहती है, तभी उसके भीतर एक अजीब सी बेचैनी चिलक उठती है और अचानक ही उसके बढ़े हाथ ठिठक से जाते हैं। अभी-अभी निकले सूरज के अरुणिम चेहरे को बादलों के एक जाने-पहचाने स्लेटी टुकड़े ने ढक लिया है। बालकनी में टंगी पिंजरे की चिड़िया जोर-जोर से चीं-चीं कर रही है...।

तीज का चाँद और पेट में उड़ती तितलियाँ

एक ही साँस में सारी सीढ़ियाँ चढ़ पहाड़ी की चोटी पर जा ठहरा वह। सालों पहले कभी आया था यहाँ। उसे अच्छा लगा कि यह उजाड़-सी जगह अब एक पर्यटन स्थल का रूप ले रही है।

पीठ से बैग उतारा और लम्बी साँसें भरने लगा, जैसे खर्च हुई साँसों की भरपाई कर रहा हो। शाम हौले-हौले पूरी वादियों में उतर रही थी। जाने यह डूबते सूरज की लालिमा का असर था या स्मृतियों में अटके किसी कोमल वक्त का संस्पर्श। उसकी मुस्कराहट और गहरी हो गई। 'ठीक वक्त पर पहुँच गया'—सोचा उसने और शेड के नीचे अपना बैग रख दिया। देखने में लैपटॉप वाला बैग था, मगर उसमें लैपटॉप नहीं था। पानी की एक बोतल, रूमाल, धूप का चश्मा, लेजर लाइट, पेन, छोटी नोटबुक, पैसे और कुछ जरूरी दवाइयाँ। इतना ही रहता है हमेशा उसके बैग में।

ऊपर मन्दिरनुमा शेड है, नीचे पक्का फर्श। इसे शायद धूप-बारिश से बचने के लिए बनाया गया हो, या शायद अर्सा पहले किसी एकान्तप्रेमी ने लैंडस्केप निहारने के लिए इसे बनवाया हो। यह भी हो सकता है कि यह उस समय मन्दिर ही रहा हो। जो भी हो, अभी समीर को ऐसी जगह और एकान्त की बहुत जरूरत थी। सामने पहाड़ की चोटियाँ गहरी धुन्ध में लिपटी दिख रही थीं। चारों तरफ पेड़ों की हरियाली थी। ऐसी ऊँचाई से नीचे का दृश्य बहुत ही सुन्दर लगता है, भले ही नीचे मकान ही दिखें। खूब सारी छोटी चिड़ियाओं का झुंड आकाश में परवाज भर रहा था। उसने देखा, एक चिड़िया अपनी चोंच में तिनका दबाए पास ही पेड़ की डाल पर बैठी है। उसने पत्तों से पेड़ पहचानने की कोशिश की, मगर असफल रहा। इतने बरसों से कंक्रीट वाले

शहर में रहते-रहते पेड़-पौधों को पहचानने की दृष्टि खो दी है...। पेड़-पौधों को पहचानना कभी उसका प्रिय शगल हुआ करता था।

ऐसा नहीं कि वह अकेला ही है इस ऊँचाई पर। कुछ जोड़े घूम रहे यहाँ, तो कुछ कम उम्र के बच्चों का भी ग्रुप है। मगर उसके जैसा तनहा कोई नहीं। आँखों के आगे दूर-दूर तक फैले जंगल और हरियाली को देख उसका दिमाग हर तरफ की चिन्ताओं से खाली हुआ जा रहा था...वह घूँट-घूँट पी रहा था इस खूबसूरती को। चकित निगाहों से सब कुछ ऐसे देख रहा था जैसे पहली बार किसी ने दुनिया में आँखें खोली हों और एक ही बार में सब कुछ अपनी आँखों में भर लेना चाहता हो। पहाड़ पर बहती ठंडी हवा...हवा संग पत्तों का सरसराना, नीले आकाश में रुई की तरह उड़ते सफेद बादलों के टुकड़े। डूबते सूरज का रंग गहरा लाल हो गया और उसके आसपास का घेरा नारंगी हो आया था...।

अचानक उसकी भवें सिकुड़-सी गईं और वह दूर उस पहाड़ी की ओर बहुत गौर से देखने लगा। उसे लगा जैसे, पहाड़ी की चोटी को किसी ने घिस दिया है, जिससे उसके चपटे होने का अहसास हो रहा है। दूर कोई पीली आकृति नजर आ रही थी। चौंक पड़ा वह...यह तो जेसीबी लग रहा है! पहाड़ पर कैसे चढ़ा, क्यूँ चढ़ा? जाने कितने सवाल पल भर में उसके दिमाग में कुलबुलाने लगे।

कुछ देर पहले पक्की सीढ़ियों और पर्यटन लायक बनते इस पहाड़ को देखकर जो खुशी हासिल हुई थी, वह जैसे काफूर हो गई। उसके भीतर सवालों का एक जंगल फैलने लगा था। विकास के आवरण में लिपटे विनाश को खूब पहचानता है वह। प्रगति का यह कतई अर्थ नहीं कि हम पहाड़ तोड़ने लगें, नदियाँ सुखाने लगें। तभी उसके दिमाग में एक बात कौंधी...इस पहाड़ी की बिलकुल सीध में है वो मरंग पहाड़। कहीं रोपवे बनाने की तैयारी तो नहीं! उसे याद आया उस पहाड़ के नीचे पहले ही एक पार्क बन चुका है। क्षण भर पहले उसके भीतर कुलाँचें भरती खुशी अचानक ही ठिठक-सी गई। ऊँचाई पर फैले इस लगभग एकान्त के खूबसूरत टुकड़े में फँसा समीर यह तय नहीं कर पा रहा था कि उसे खुश होना चाहिए या उदास।

दूर पहाड़ी के दाहिने तरफ नीचे बसे घरों में बत्तियाँ जलनी शुरू हुईं तो समीर की आँखें एक घर की ओर ठहर गईं। कुछ देर अपलक उधर देखता रहा, फिर अचानक उसने अपने बैग में हाथ डाला और लेजर निकालकर उस मकान को नीली लाइट से छूने की कोशिश करने लगा। भला इतनी दूर तक लेजर टार्च की रोशनी कैसे जाती...वह बीच में कहीं गुम हो गई। उसने टार्च बन्द कर फिर से निशाना साधने की कोशिश की, मगर असफल हो गया। जाने क्यों उसके होंठों पर एक मोहक मुस्कान के साथ अंकु को कहे अपने ही शब्द याद हो आए—"लड़के लेजर टार्च अपनी जेब में इसलिए रखते हैं, ताकि अपनी गर्लफ्रेंड के घर पर लाइट फेंक सकें।" उसके भीतर पुराने परिचय की एक भूली-सी खुशबू तारी होने लगी थी।

हौले से उसने अपनी दाहिनी हथेली से, अपना बायाँ हाथ ऐसे सहलाया, जैसे वह उसका अपना हाथ न होकर किसी और का हो। अक्सर उसके बाएँ हाथ में झनझनाहट होती है। जाने कितने डॉक्टरों को दिखा चुका। उसका मर्ज किसी की समझ में नहीं आया। अब तो उसकी आदत हो गई है। कई बार उसे लगता है कि बायाँ हाथ उसके अपने शरीर का हिस्सा ही नहीं।

उसने बैग से मोबाइल निकालकर व्हाट्सएप खोला और एक प्रोफाइल पिक पर क्लिक कर उसे देर तक देखता रहा। दिन ढल रहा था और चारों ओर अंधियारा पसरने लगा था। अब सुदूर पहाड़ियाँ नहीं दिख रही थीं, बस एक आभास-सा हो रहा था। कुछ देर पहले तक उस धुन्ध में घिरे पहाड़ को उस जगह देखने का असर था यह शायद। ठीक ऐसा ही अक्स आँखों में खिंच जाता है किसी का। अचानक झाड़ियों में सरसराहट हुई और उसकी रीढ़ की हड्डी से होती हुई एक सिहरन पैरों में उतर गई। कोई साँप था शायद... उसे साँपों से बहुत डर लगता है। उसने अपने लटके हुए पैर ऊपर चढ़ा लिए और आलथी-पालथी मारकर बैठ गया। उसने बचपन में इच्छाधारी नाग और उसे मारनेवाले का अक्स आँखों में देखकर नागिन का बदला लेनेवाली कहानियाँ सुनी थीं।

यह सही है कि कुछ अक्स आँखों में सदा के लिए बस जाते हैं। वह छठी क्लास में था जब उसे पहली बार देखा था। गाँव गया था वह, अपने

नानीघर। ममेरे भाई बबलू के साथ खेल रहा था, तभी उस पर नजर पड़ी थी। वह नीले रंग का फ्राक पहनकर अपनी दादी का हाथ पकड़े उधर से गुजर रही थी। उस उम्र में ही उसके दिल ने कहा...'यही है...यही है...'। कौन है...कहाँ से आई है...जाने कितने सवाल पूछ डाले थे उसने अपने भाई से और उकताकर उसने उस लड़की को ही आवाज दी थी—

"रेनी, जरा इधर आना।"

वह जानती थी उसके भाई को। दरअसल, वह पड़ोस की ही लड़की थी। मोहल्ले के बच्चे अक्सर साथ ही खेलते थे। अब समीर भी उसी ग्रुप का हिस्सा हो गया था। उस समय वह पाँचवीं में पढ़ती थी। बेहद खूबसूरत और चुलबुली रेनी और उसके सामने सकुचाया-सा समीर। गर्मी की छुट्टियाँ गुजरते-गुजरते दोनों में अच्छी दोस्ती हो गई थी।

बहुत गहरा अँधेरा हो गया था चारों ओर। दूर नीचे रोशनी का एक मद्धम टुकड़ा झिलमिला रहा था, शायद किसी घर की खिड़की में कोई रोशनी की लहक हो, जो यहाँ से एक टिमटिमाते बिन्दु का अहसास भर नजर आ रहा थी। समीर का जी नहीं हो रहा था कि इस जगह से उठकर कहीं और जाए। हालाँकि जब बचपन में यहाँ आया था तो बड़ी ऊँची-ऊँची और सँकरी सीढ़ियाँ हुआ करती थीं। आसपास इतनी झाड़ियाँ कि सावधानी न बरतने पर खरोंच लग जाने का खतरा था।

तीस साल बाद वह आया है इस शहर में वापस। जब खुद उसके नक्श बदल गए हैं तो शहर और सड़क का नक्शा कैसे नहीं बदलता?

हैरत से भर गया था उसका बॉस, जब उसने वीआरएस का एप्लीकेशन पकड़ाया था उनको। उनकी आवाज़ में एक खास तरह की बेचैनी और अविश्वसनीयता थी।

"कितना अच्छा तुम्हारा कैरियर ग्रो कर रहा है यहाँ! दस साल की नौकरी बची है। आखिर ऐसा अचानक क्या हो गया जो यह फैसला ले रहे हो?"

"अचानक कुछ नहीं होता सर...कई बरस से खुद को समझाता, दबाता आ रहा हूँ। अब इस महामारी ने यह बता दिया है कि जीवन आज में है... कल में नहीं। कल हो न हो...।"

अन्तिम पंक्ति किसी फिल्म का नाम थी, मगर उस समय समीर को उससे बेहतर कोई वाक्य सूझा नहीं।

सीढ़ियाँ फलाँग कर उतरते हुए समीर ने खुद से कहा—कोई एक माकूल जवाब होता तो वह सबको बता सकता था। उसके पास तो कई वजहें हैं, जिन्हें शायद वह खुद को भी नहीं समझा सकता। बहुत बार कोशिश भी की उसने पर हर बार असफल हुआ। इसलिए अबकी उसने किसी की नहीं सुनी, अपने वजूद के उस हिस्से की भी नहीं, जो हर बार उसके आगे कई-कई सवाल लिए आ खड़ा होता था...

सोनाली भी उसकी बात से हतप्रभ रह गई थी। कुछ देर चुप रहने के बाद बस इतना कहा था—"बच्चों को तो सैटल हो जाने देते। अभी पढ़ रहे हैं दोनों...।"

मन-ही-मन सब हिसाब कर लिया था समीर ने। इन तीस सालों की नौकरी में पैसे सहेजने और प्रॉपर्टी बनाने के अलावा उसने काम ही क्या किया था। पापा का पुश्तैनी विशाल मकान टाटा में था ही, दो घर उसने खुद बनवाए थे—एक अहमदाबाद और दूसरा बंगलुरू में। उसने हिसाब लगाया—पेंशन की रकम और इन तीन घरों को मिलाकर आनेवाला किराया कम तो नहीं। कहीं-न-कहीं सन्तोष करना ही पड़ता है, वरना आमदनी जोड़ने को तो सारी उम्र भी कम ही पड़ती है। अन्दर-ही-अन्दर उसने इस बात की राहत महसूस की थी कि उसकी नियुक्ति के समय पेंशन योजना चल रही थी। यदि उसकी नौकरी 'अटल-युग' के बाद की होती तो शायद इतना आसान भी नहीं होता यह निर्णय।

उसने सोनाली से यही कहा था, "तुम मेरे साथ बैठकर सुबह और शाम की चाय पीना नहीं पसन्द करोगी? खर्च उठाने के लिए मैं हूँ न... तुम बस मेरा साथ दो।"

क्या कहती वह...समीर ने कभी उसे शिकायत का मौका नहीं दिया आज तक। समय के अलावा सब कुछ दिया उसे। और अब जब खुद उसके साथ वक्त गुजारना चाहता है तो वह मना कैसे कर दे।

दफ्तर में सबने अपने-अपने तरीके से समझाया था उसे—

"ऐसे नौकरी नहीं छोड़ते...।"

"लाखों बेरोजगार घूम रहे। जाकर पूछो उनकी हालत।"

धीरज आया था उसे समझाने। कुलीग है और दोस्त भी। उसने बस इतना ही कहा था—"ले लो वीआरएस, पर आठ महीने और रुक जाओ। तब तक तुम्हारी पोस्ट रिटायरमेंट मेडिकल बेनिफिट की एलिजिब्लिटी भी बन जाएगी।"

समीर की आँखों में पहाड़ कौंधा और कौंधा उसकी गाड़ी के पीछे दौड़नेवाले बच्चों का हुजूम...उसने सोचा, धीरज मन का भला है, पर वह सोचता भी अपने काम की भाषा में ही है। वह जान-बूझकर उस वक्त अपने या पोस्ट रिटायरमेंट मेडिकल बेनिफिट के बारे में कुछ भी नहीं सोचना चाहता था। उसे मालूम था कि एक बार इन पचड़ों में उलझा कि...

'सना' जा रहा था समीर, सोनाली और दोनों बच्चों के साथ। जैसे-जैसे गाड़ी ऊपर की ओर जा रही थी, सड़क पतली होती जा रही थी। आँखें उलझी थीं लम्बे-लम्बे चीड़ और देवदार के पेड़ों में...।

कुछ-कुछ दूरी पर पहाड़ों से निकलकर पतले झरने नीचे आ रहे थे, जिसमें बाँस की पतली टोंटी लगाकर नल जैसा बना दिया गया था। समीर ने गाड़ी रुकवाई और उतरकर पानी पीने लगा। गाड़ी से ही बच्चे चिल्लाए—"बिसलरी तो है पापा।"

'जो स्वाद इस झरने के पानी का है...वो बिसलरी में कहाँ...' समीर ने जी भरकर पानी पिया और उत्सुकतावश टहलते हुए पास ही मौजूद घर तक पहुँच गया। बहुत दूर-दूर थे यहाँ मकान। पत्थरों की दीवारें और मिट्टी की छत। पहले उसे लगा कि यह मवेशियों के लिए बनाया गया है। मगर अगले ही पल बाल्टी लिए एक पहाड़ी आदमी को उस घर से बाहर निकलते देख उसका भ्रम जाता रहा। समीर ने चाहा उससे बात करना, मगर पीछे से लगातार गाड़ी का हार्न बजने लगा था।

गाड़ी आगे बढ़ी तो देखा सबसे पीछे वाले पहाड़ पर बर्फ चाँदी-सी चमक रही थी, जब सफेद बर्फ के पहाड़ पर धूप पड़ती...तो सोने-सा जगमग करने लगता।

आँखें पहाड़ की सुन्दरता में उलझी थीं कि कानों में बच्चों का शोर सुनाई पड़ा। खूब सारे बच्चे पीछे दौड़ते हुए हाथ हिला रहे थे। ड्राइवर को गाड़ी रोकने के लिए कहा समीर ने तो वह बोला—"साहब, इनका रोज का है यह...।"

बच्चों ने घेर लिया था समीर को। कुछ खाने का दो...कुछ खाने को दो का शोर मच गया। समीर हतप्रभ..., भूखे-नंगे से बच्चे उससे खाना माँग रहे थे। जो बच्चे बोल नहीं पा रहे थे, वो इशारा कर हाथों को मुँह की ओर ले जाकर भोजन माँगने लगे। केवल दो घंटे की दूरी पर था पटनीटाप से सना, इसलिए पानी के अलावा कुछ भी खाने का लेकर नहीं चले थे वह। बेबस-सा समीर पॉकेट से पैसे निकालने लगा तो ड्राइवर ने कहा—"साहब, इनको पैसे नहीं, खाना चाहिए। खाने-पीने का सब सामान नीचे से लाना पड़ता है। इसलिए ये गुजरनेवाली गाड़ियों से उनका बचा-खुचा खाने का सामान लेने की उम्मीद में पीछे दौड़ते रहते हैं।"

समीर का सारा उत्साह ही जाता रहा। थोड़ी देर पहले सोने और चाँदी-सी चमकती बर्फीली चोटियाँ अचानक किन्हीं स्याह बादलों में ढक-सी गई थीं। उसकी आँखों में समाई पहाड़ की सुन्दरता को भोजन के लिए हाथ फैलाए बच्चों की जिन्दा छवियों ने परे धकेल दिया था। लौटते हुए वह इन बच्चों के लिए ढेर सी चीजें खरीदकर लाएगा, यह सोचकर आगे बढ़ गया। अब उसकी नजरें खेत और बिजली के खम्भे ढूँढ़ने लगी थीं।

खाने लायक कुछ अनाज, दाल व सब्जियाँ वो खुद उगा लेते हैं, यह कुछ खेतों को देखकर लगा। मगर इतना शायद पर्याप्त नहीं या सबके पास नहीं। एक पल को समीर का मन हुआ वह सना न जाकर इसी बस्ती में रुक जाए...इन बच्चों के लिए कुछ करे...।

सामने से एक झुकी पीठवाली बुढ़िया अपनी भेड़ें हाँकते हुए चली आ रही थी। कुछ ही देर में वह उस मिट्टी के छोटे से घर में उन जानवरों के साथ जाकर बन्द हो जाएगी, जहाँ उसकी बारह साल की पोती कई मील दूर से घास-लकड़ी का बोझा उठा पगडंडियों और ऊबड़-खाबड़ रास्तों से चलकर घर लौटी होगी...जहाँ उसकी बहू बरसों पहले कमाने के लिए फौज गए पति का आसरा देखते हुए धुँधुवाते चूल्हे में लकड़ी फूँक-फूँक कर भेड़

के दूध में चावल पका रही होगी...। समीर ने बहुत शिद्दत से महसूस किया कि पहाड़ पर घूमना और पहाड़ पर रहना बिलकुल दो बातें हैं। एक के रोमांच और दूसरे की तकलीफ के बीच साँस गिनते फासले के अहसास ने जैसे उसके कदमों में कई-कई चक्कियाँ बाँध दी थीं।

रात घिर आई थी। वह पीछे मुड़-मुड़कर उस पहाड़ी को देखता जा रहा था। झींगुरों की आवाज आने लगी थी। उसने झाड़ियों में कुछ चमकता देखा। पुलक-सी उठी उसके अन्दर...यह तो जुगनू है। बच्चों की तरह भागा उनके पीछे पर जल्दी ही हाँफ गया। अपनी तेज चलती साँसों को रुककर सायास सम पर लाने की कोशिश में उसे विश्वास ही नहीं हो रहा था कि वह वही समीर है जो कभी जुगनुओं के पीछे बिना थके कितनी-कितनी देर भागता रहता था...।

जब खेलते-खेलते रात हो जाती और लगभग सारे बच्चे घर लौट जाते तो समीर रेनी और बबलू के साथ जुगनू पकड़ता। एक प्लास्टिक की ट्रांसपरेंट थैली में वे तीनों जुगनू इकट्ठा करते और आँगन के पीछे वाले खाली कमरे में बत्ती बुझा देर तक बैठकर देखते। कुछ देर बाद खिड़की भी बन्द कर उसे कमरे में उड़ा देते। अँधेरे में हल्का-सा दिपदिप करता जुगनू उन्हें अनोखा आनन्द देता। जब जुगनुओं की रोशनी कम होने लगती तो रेनी खिड़की-दरवाजा खोल देती और उनके बाहर उड़ जाने का इन्तजार करते वे तीनों।

जुगनू का उड़ना, यानी रेनी का घर वापस जाना। समीर चाहता नहीं था कि जुगनू कमरे से बाहर निकलें। मगर रेनी जिद पर अड़ जाती।

"मर जाएँगे ये...हमें इनको मारना नहीं है। अगर ऐसा करोगे तो कल से मैं नहीं खेलूँगी।"

समीर डर जाता...अगर रेनी नहीं खेलेगी तो...

समीर ने एक और कोशिश की, दौड़ा जुगनू के पीछे। मगर वो अभी यहाँ, अभी वहाँ। वैसे भी अब जंगल खत्म होने लगे हैं तो जुगनू भी कहाँ दिखते हैं। बहुत सालों बाद देखा है समीर ने इन्हें। शायद इसी शहर के आसपास के गाँवों में मिलते हैं यह। इस बीच वह आया ही कब?

उसने तो बच्चों को भी नहीं दिखाया अपना गाँव। सोनाली भी जिद करती—"एक बार तो ले चलिए।"

"ले जाऊँगा न..."

वह खुद भी नाना के मरने पर आया था और दर्शन कर शाम को ही वापस निकल गया। नानी तो बहुत पहले ही गुजर गई थीं।

पीठ पर बैग टाँग पैदल ही चल पड़ा समीर अपने ठिकाने, यानी गेस्ट हाउस की ओर। हवा में ठंडक थी। अक्टूबर का महीना वैसे भी उसे बहुत प्रिय है। कहीं आसपास शेफाली की खूशबू आ रही थी। खिला होगा चाँदनी को देखकर हरसिंगार...रेनी तो इसकी दीवानी थी। चौंक उठा समीर।

शहर के चप्पे-चप्पे में रेनी की यादें लिपटी हैं। नहीं...शहर नहीं, उसके मन में सोई पड़ी हैं यादें, जिन्हें इस शहर ने जगा दिया। हौले कदमों से चलते समीर को लग रहा कि शाम से कम खूबसूरत नहीं होती हैं रातें। बस इसे जी भर कर महसूस करना चाहिए। स्ट्रीट लाइट की रोशनी में पेड़ों के झूमते साए रोमानयित भरने लगे उसके भीतर। क्या पेड़ भी गुनगुनाते होंगे? हवाओं से मिलकर इनका सरसराना कोई गीत से कम लगता है क्या? कोई शान्त होकर सुने तो सही।

पहाड़ी शहर से दूर है और आबादी भी कम है इधर। इसलिए भी रात अपनी पूरी खूबसूरती के साथ उसके सामने आ रही है। ऐसी रातों को पिछली बार कब महसूस किया था उसने, समीर थमकर सोचता है। उसकी आँखों के सामने से सड़क किनारे के पेड़ बड़ी तेजी से पीछे दौड़ने लगे। एकदम सन्नाटा है सब ओर। उसके आसपास सब धुँधला हो गया। उसके बाएँ हाथ को कोई जकड़ रहा है...वह तेज़ दबाव महसूस करता है, उसकी उँगलियों में किसी की उँगलियाँ कसती जा रही हैं। उसके हाथ की झनझनाहट तेज हो गई है। समीर अपना हाथ ऐसे झटकता है जैसे उसे किसी अदृश्य जकड़ से छुड़ा रहा हो।

मगर उस रात उसे बहुत सुखद और आत्मीय लगा था वह स्पर्श। पूरी रात साथ-साथ घूमे थे समीर, बबलू और रेनी। समीर के मामा-मामी और

रेनी के माँ-पापा का अलग ग्रुप बन गया था। दशहरे का मेला, उस पर जबरदस्त भीड़। एक पंडाल के बाहर भीड़ का रेला अचानक बाहर आया और ऐसा लगा कि धक्का खाकर वे गिर पड़ेंगे। घबराकर रेनी ने समीर का हाथ पकड़ लिया था। अचानक समीर उस दिन से जिम्मेदार हो उठा था। वापसी में थकी हुई रेनी उसके कन्धे से लगकर सो गई। पूरे रास्ते समीर हिला नहीं कि कहीं रेनी की नींद न खुल जाए। अन्दर से डरी हुई रेनी नींद में भी उसका बायाँ हाथ पकड़े हुए थी।

गाड़ी के अन्दर अँधेरा था। ड्राइवर के अलावा सब लोग नींद में झूल रहे थे। समीर चैतन्य होकर बाहर पीछे छूटते पेड़ों को देखता रहा। रेनी की मुलायम हथेलियों को अपनी उँगलियों से सहलाता समीर मन-ही-मन प्रार्थना कर रहा था कि रेनी की नींद न खुले। वह ऐसे ही उसके कन्धों पर सोई रहे...निश्चिन्त।

मीठी-सी हवा थोड़ी तेज हो गई है अब। समीर के बाल उड़ रहे हैं। शेफाली की सुगन्ध पीछे रह गई है, मगर कोई पहचानी-सी गन्ध उसके आसपास मँडरा रही है। वह अनायास कह उठता है—"कहाँ हो रेनी?"

कहकर अँधेरे में मुस्कराता है वह...कुछ नाम जुबान पर इस कदर चढ़ जाते हैं कि अनजाने ही निकल आते हैं।

"कौन है यह रेनी...?"

एक सुबह सोनाली ने उससे पूछा तो अचकचा गया था वह। किसने बताया इसे...माँ ने...?

"नींद में बड़बड़ा रहे थे...।"

बनावटी हँसी हँसने लगा था..."कोई सपना देखा होगा, याद नहीं।"

गेस्ट हाउस पहुँच गया है समीर। यह गेस्ट हाउस फायरिंग रेंज के आसपास है। माँ को पता चला तो उन्होंने पूछा भी—"उस जगह ठहरने का क्या मतलब है समीर। गए हो तो शहर में ठहरते।"

अब हर बात बताने और समझाने की भी नहीं होती। क्या बताता माँ को...कि किसी के आसपास होने का अहसास भी कितना सुकून देता है... कि कह देता सच तो क्या वे आने भी देतीं?

उनको तो केवल बबलू के फोन के बारे में बताया था कि उनकी जमीन इतने सालों से खाली पड़ी है तो पड़ोसी धीरे-धीरे उस पर कब्जा करने लगे हैं। तीनों ओर से उनकी जमीन दबा रहे हैं लोग। अगर नाप करा के बाउंड्री नहीं बनवाई गई तो उनके कब्जे से जमीन निकलवाना बहुत मुश्किल होगा।

ननिहाल में बहुत जमीन है समीर की माँ के नाम से। समीर के नाना ने अपने दोनों बच्चों के बीच बराबर सम्पत्ति बाँटी थी। उन्होंने बेटा-बेटी में भेद नहीं किया। शायद इसलिए भी कि समीर के बड़े होने के पहले उसके पिता का देहान्त हो गया था।

समीर अपनी माँ और दीदी के साथ रहता था क्वॉर्टर में, जो उसके पिता के नाम अलॉट था। माँ को उसी संस्थान में नौकरी मिल गई थी। जीवन ठीक ही चल रहा था। छुट्टियों में ननिहाल जाना दोनों भाई-बहनों को इसलिए भी अच्छा लगता था कि वहाँ नाना-नानी और मामा का भरपूर प्यार मिलता। बाद में बबलू और रेनी के कारण आकर्षण और बढ़ गया।

शहर से बाहर यह खूबसूरत-सा गेस्ट हाउस है। समीर को पहाड़ों से मोहब्बत है और वह हर उस पहाड़ पर चढ़ना चाहता है, जो उसकी जद में हो। नौकरी से समय निकाल वह अपने शौक पूरा करता रहता है। बचपन में इन सब पहाड़ियों की चोटी छू चुका है। इस बार फिर से महसूस करना चाहता है वह। बल्कि अपने शौक की शुरुआत ही वहीं से करना चाहता है, जहाँ से बहुत कुछ छोड़ कर निकला था वह।

बाहर लॉन में ही उसने खाना लगाने कहा है। फोन कहाँ है...घर पर बता तो दूँ...सोचता है वह।

उस रोज बहुत व्यस्तता के बीच उसने फोन उठाया और यंत्रवत कहा था—"हलो"।

बबलू का फोन वह अभी-अभी रख चुका था, इसलिए दूसरी तरफ फिर से उसकी ही आवाज सुनकर चौंक पड़ा था।

"एक बात रह गई थी समीर..." कहते हुए हिचक थी उसकी आवाज में..."वो तुम्हारा नम्बर माँग रही थी। पास ही शहर में घर बनवाया है तो इन दिनों अक्सर आती है गाँव। देने से पहले सोचा, तुमसे पूछ लूँ...।"

समीर को लगा जैसे पूरी दुनिया गोल-गोल घूम रही है। उसके पूरे बदन में थरथराहट होने लगी। बड़ी मुश्किल से हल्के स्वर में कह पाया था वह—"कौन...रेनी?"

समीर को खुद पर आश्चर्य हुआ। पल्पीटेशन बढ़ गया था उसका।

"हाँ, और कौन...दे दूँ?"

"कहाँ बनवाया है घर? अब वहीं सैटल हो गई क्या...?"

"कह तो रही थी कि वापस आकर यहीं रहना है अब। इसलिए अपने मुताबिक घर बनवाया है।"

तीस बरस से ऊपर हो गए उसे देखे, पर हमेशा से ही उसे यह कल की सी बात लगती है। किसी-किसी के लिए कोई फीलिंग कभी नहीं बदलती... कभी नहीं। इन गुजरे वर्षों में हजारों दफे उसका मन हुआ कि एक बार उसका हाल पूछने उसके घर चला जाए...उसका नम्बर लेकर आवाज भी सुन ले...मगर...

एक दिन बबलू ने ही फोन पर बताया था उसे, "आज रेनी मिली थी... वह एक्टिविस्ट हो गई है। आदिवासी गाँवों की प्रगति और पहाड़ काटे जाने के खिलाफ कई सालों से संघर्ष कर रही है..." समीर चुपचाप सुनता रहा था उसकी बात...जैसे सब कुछ सुनकर भी कुछ नहीं सुना हो, जैसे बिना कुछ सुने ही सब कुछ सुन लिया हो...।

उसके ठीक एक दिन बाद ही समीर ने वीआरएस का आवेदन दिया था।

बबलू की बात सुनकर आज फिर भावुक हो उठा था समीर। वह उन्हीं लम्हों में पहुँच गया था जिनसे बमुश्किल बाहर निकलकर आया था। तरल हो उठी थी आवाज। ऐसी धीमी, दिल की गहराइयों से हज़ार अवरोधों को पार कर बाहर आती-सी आवाज, जैसे बहुत ताकत लगाकर बोले कोई।

"रहने दो बबलू...कभी सामने मिलने पर बात करूँगा...।"

"हम्मह। मगर अब जल्दी आओ।"

बबलू से उसने चाहे जो कहा हो, उसके भीतर उम्मीद के कुछ जुगनू नये सिरे से भुक-भुक कर जल उठे थे। उसे लगा जैसे सामने ही बैठी है रेनी और वह अपने भीतर सालों से संचित उन अहसासों को चाहकर भी

जुबान तक नहीं ला पा रहा। उसके तालू सूखने लगे हैं...। किसी तरह गले से थूक की कुछ नमी बटोरकर जुबान तक लाना चाहता है वह..."मैंने... वीआरएस...ले लिया है...रेनी...क्या मैं भी...तुम्हारे साथ..." उसकी जुबान तालू से चिपक गई है।

"साहब-साहब...।"

खानसामा खाना लगाकर उसे आवाज दे रहा था।

आज आते ही वह गेस्ट हाउस में अपना सामान रख निकल गया था उन गलियों की खाक छानने, जिसमें उसके होने की सम्भावना थी। चाहता तो एक्जैक्ट उसके घर का पता पूछ सकता था, मगर उसने केवल एरिया ही पूछा था। खुद को आजमाना चाहता था समीर कि आखिरकार वह उसे और उसकी पसन्द को कितना जानता है, जिसके नाम का सुमिरन वह मन-ही-मन करता आया है। वह एक घर के सामने जाकर ठहरा भी। उसके दिल ने कहा—यही है उसकी मंजिल...।

एक बहुत ही खूबसूरत मकान जिसके बाहर बड़ा-सा गार्डन था, जिसमें अनेक फूलों के पौधे लगे थे। उसने गेट के बीच के गैप से झाँककर देखा, गार्डन के कोने की दीवार पर अमरूद के पेड़ से सटा एक बर्ड फीडर लगा था, जिसके पास दो-तीन चिड़ियाँ मँडरा रही थीं। अपने अनुमान को सच करने के लिए समीर ने नेम-प्लेट पढ़ना चाहा, मगर वह जगह खाली थी। शायद उन्हें पसन्द नहीं होगा अपना नेम प्लेट लगाना, या मन मुताबिक मिला नहीं होगा। जो भी हो...वह वहीं से लौट गया और जाकर पहाड़ी पर बैठ गया था।

रात गहरी हो गई थी। तिर आए सन्नाटे में समीर का मन हवा की चकरी में फँसा गोल-गोल घूम रहा था। बिस्तर पर करवटें बदलते लग रहा था उसे, जैसे वह गद्‌देदार बिछौने पर नहीं, कसैलीबाड़ी में मूँज की खाट पर लेटा है। उसके नानीघर में घर से सटा एक बगीचा था, जिसका नाम कसैलीबाड़ी था। किसी जमाने में कसैली के पेड़ होते होंगे, पर अपनी याद में तो उसने उस बाड़ी में आम और पपीता के पेड़ ही देखे थे। कभी खूब गदरा के आम फलता था वहाँ, और पड़ोस के बच्चे ढेला मारकर गिरा दिया करते

थे। इसलिए नाना ने वहाँ एक पहरेदार लगा दिया था, जो रातों को आम की सुरक्षा के लिए वहीं खाट पर सोया करता था।

उस रात समीर ने पहरेदार को उसके घर भेज दिया था यह कहकर कि आज वह पहरा देगा। उस खाट पर चुपचाप लेटकर वह तारों को देखता रहा था। आकाश की उल्टी थाली पर सितारे जगमगा रहे थे। दूर तीज का चाँद भी बड़ा खूबसूरत लग रहा था। बड़े घने पेड़ थे उस बागीचे में। चाँदनी पत्तियों की फाँक से झर रही थी। उसके पायताने के पास एक भूरे रंग का कुत्ता सोया पड़ा था। था तो वह गली का आवारा कुत्ता, मगर रात उसी पहरेदार के साथ गुजारता था। पहरेदार भी शायद अपनी सुरक्षा के लिहाज से उसे रोटी दे दिया करता था तो वह उसका पिछलग्गू हो गया था।

पर उस रात वह पहरेदार के साथ नहीं गया। उसी की खाट से लगकर बैठा रहा और चौकन्ना होकर इधर-उधर ताक रहा था। समीर के गले में कुछ फँसा था। वह बहुत खामोश होकर केवल आकाश तके जा रहा था। अचानक उसके गले से जोर की चीख निकली और वह फूट-फूटकर रोने लगा। रुलाई इतनी जोर की आई थी, जैसे कोई बाँध टूटा हो। उसके आँख-नाक सब बह रहे थे और वह भूरा कुत्ता करीब आकर उसे चाटने लगा था। कुछ देर बाद समीर उससे लिपटकर रो रहा था और उसकी रुलाई सिसकियों में बदल गई थीं।

उस रास्ते जाते हुए किसी ने उसकी सिसकियाँ सुनी थीं, यह बहुत बाद में समीर को पता लगा, जब बबलू ने उसे बताया था कि मोहल्ले में लोग कहते हैं कि कसैलीबाड़ी में रातों को भूत रोता है। सुनकर हँसी आई थी उसे, मगर वह किसी को कभी बता नहीं पाया कि वह भूत समीर था।

अनमना-सा समीर बिस्तर छोड़ बाहर निकल आया। दो दिन पहले पूर्णिमा थी, इसलिए चाँद तेज चमक रहा था फलक पर। अगर यह चाँद उसे पहाड़ी पर मिलता, तो किसी भी हाल में से वह नीचे नहीं आता। पहाड़ी क्या... समन्दर किनारे भी उसे चाँदनी रात में बैठना बहुत पसन्द है।

वह उन्हीं दिनों गया था समन्दर किनारे रहने के लिए। माँ को साइकेट्रिस्ट ने बताया था कि डिप्रेशन से निकालना है इसे तो किसी समुद्र

तट पर ले जाइए। समुद्री हवा से डिप्रेशन कम होता है और समन्दर के किनारे से टकराने से लहरों की जो आवाज निकलती है वह बेहद सुकून पहुँचाती है।

हाँ, सुकून मिला था उसे। हिप्पियों की तरह दिन-भर पड़ा रहता रेत पर भीगता-सूखता। कभी रात भर वहीं रहता। मछुआरों से दोस्ती हो गई थी उसकी। पहले भी वह सोचता था कि समुद्र का सीना चीरकर मछुआरे जब बीच समन्दर में होते होंगे, तो कितना अच्छा लगता होगा। सुबह पौ फटने के पहले ही उसकी आँखों के आगे मछुआरे अपनी नाव लेकर उतर जाते समुद्र में और देखते ही देखते धब्बे में बदलकर वहाँ विलीन हो जाते जहाँ नीला आसमान झुक कर समुद्र से मिल जाता है। समीर चाहता था वह भी उन्हीं के जैसा बन कर समुद्र का सीना चीरते हुए चलता जाए।

"इतना आसान नहीं बबुआ समुद्र में उतरना...पहले उसकी भाषा सीखनी होती है, उसका करंट पहचानना होता है। समुद्र देवता मछुआरों से बात करते हैं, तब अपनी गोदी में खेलने देते हैं। पाल को हवा की दिशा के अनुसार घुमाना होता है। दोपहर से पहले लौटना भी पड़ता है क्योंकि उल्टी हवा चलने लगती है। अमावस और पूनम की रात को करंट इतना तेज होता है कि किनारे से भी घसीट लेता है अपने अन्दर...समन्दर जाकर हर बार हम लौट आएँ, यह जरूरी नहीं।"

जाल से मछली पलटता घीसू बता रहा था समीर को...समीर की आँखों में माँ का चेहरा कौंधा...अगर वह भी समुद्र से नहीं लौटा तो...पर घीसू और उस जैसे सारे मछुआरों की भी तो माँ होती होंगी...

"इतना रिस्क लेकर मछली क्यों पकड़ते हो?"

हँसने लगा था घीसू..."इसके अलावा कोई और काम नहीं आता हम लोगों को। बाप-दादा के जमाने से यही करते आ रहे हैं बाबू...।"

फिर भी जिद है समीर के अन्दर...उसे जाना है उस जगह तक...जहाँ तट से कोई भी उसे देख न पाए।

उसे पूनम का चाँद खींचता है अपनी ओर। जब रात-रात भर समन्दर किनारे बैठा रहने लगा तो माँ उसे पकड़कर वापस अपने शहर ले आई। वह

क्या बताता, कि पूनम से जुड़ी उसकी एक ऐसी याद है, जिसे वह किसी भी हाल में नहीं भूल सकता।

इतने दिन बीत जाने के बाद पहाड़ियों के बीच गूँज रही है मछुआरे की वह आवाज़..."इतना आसान नहीं बबुआ समन्दर में उतरना...पहले उसकी भाषा सीखनी होती है, उसका करंट पहचानना होता है।" बर्फीली हवा की सिहरन से भीगे उस पल में समीर ने महसूस किया समन्दर और पहाड़ दो होकर भी एक ही हैं...एक गहरा रिश्ता है दोनों में...।

गेस्ट हाउस के बाहर सड़क थी, जिसके दोनों ओर अशोक के पेड़ लगे हुए थे। समीर उसी सड़क पर धीमे-धीमे टहलने लगा। वह अक्सर रेनी के साथ भी उसके घर के बाहर गली में शाम को टहलता था। यह उनके थोड़े बड़े होने के बाद की बात है जब जुगनुओं और तितली की दुनिया से वे बाहर आ गए थे। अब समीर उसके घर भी चला जाता था और सबसे मिलकर वो दोनों बाहर टहलते हुए दुनिया भर की बातें करते। अब सोचता है समीर तो उसे लगता है कि आखिर उस उम्र में उनके पास इतनी बातें कहाँ से आती थीं।

बातों का तो बहाना था। समीर को रेनी का साथ पसन्द था। साथ टहलते हुए जब उनकी उँगलियाँ कभी-कभी सट जातीं तो समीर का मन होता, उन हथेलियों को भींच ले। पर वह खुद को रोक लेता। मगर इस क्षणिक सुख को जीने के लिए वह बार-बार रेनी के पास जाता...बातें, बस बातें करता।

अक्सर सोनाली के साथ शाम को टहलते समय वह चुप हो जाया करता था। कई बार कहा भी उसने—"मुझे लगता है आप किसी की यादों में खो जाते हैं।"

यह सुनकर होश में आता समीर और फीकी मुस्कातन के साथ सोनाली से तमाम बातें करने लगता, पर उसे चाहकर भी कह नहीं पाया कि 'जिसे पा नहीं सकते हम, उसे हमेशा ही मिस करते हैं।' वह बता भी नहीं सकता

था सोनाली को कुछ भी। वैसे भी दीदी और माँ के सामने रेनी का नाम भी नहीं ले पाता था। अब जो इसे पता लगेगा, तो शायद उसका एकान्त भी छिन जाएगा। वैसे बताता भी क्या सोनाली को...है क्या उसके पास बताने को। बस बचपन की एक-दो घटनाएँ...सब कुछ एकतरफा...।

लौट आया था कमरे में समीर। कल जब से वह यहाँ आया है, केवल रेनी और रेनी के साथ गुजारे लम्हों को जी रहा है। क्या इतने सालों तक जबरन उसने अपनी भावनाओं को दबा रखा था? वह इस भुलावे में था कि वह सब कुछ भूल चुका है। मगर नहीं...वह कुछ भी नहीं भूला।

उस रात कसैलीबाड़ी में ऐसे ही नहीं रोया था वह। उसे रोना भी था और अपना रोना सबसे छुपाना भी था। घरवालों से, रेनी से और शायद खुद से भी छुपाना चाहता था वह सब कुछ।

इंटर की परीक्षा हो गई थी और वह आगे करियर के लिए एक सर के पास कोचिंग के लिए जाने लगा था। उसे पता था कि अब आगे की पढ़ाई के लिए उसे बाहर जाना है। वह ऐसे नहीं जाना चाहता था...उसे बताना था वह क्या फील करता है उसके लिए। रेनी भी बारहवीं में चली गई थी। मुमकिन था कि वह भी आगे की पढ़ाई कहीं और करे।

बहुत दिनों से हिम्मत जुटा रहा था समीर, मगर उसे लगता था, वह दिल की बात जुबान से बोल ही नहीं पाएगा। उसने तय किया कि वह दिल की बात को शब्दों में ढाल देगा। बहुत सोचकर उसने एक चिट्ठी लिखी जिसमें केवल एक ही पंक्ति थी—

'क्या हम जीवन भर शाम की सैर के लिए साथ चल सकते हैं?'

स्कूल की छुट्टी का समय चुना था समीर ने। यह पहली बार था कि घर में बिना किसी को बताए वह ननिहाल पहुँच गया था। गली से गुजरती हुई रेनी को चुपचाप कागज पकड़ाते समय उसके पेट में तितलियाँ उड़ने लगी थीं। उसने ऐसा पहले कभी महसूस नहीं किया था।

हैरत से भरी रेनी तहाए हुए कागज को खोलकर जब इबारत पढ़ने लगी तो उसके चेहरे पर पहले मुस्कराहट आई, फिर आश्चर्य की रेखाएँ इतनी घनी हुईं कि वे शब्दों से ज्यादा बोलने लगीं।

यह देखकर डरा समीर...और जब उसने कागज फाड़ते हुए कहा—'पागल हो गए हो क्या...' तो वह तेजी से बिना कुछ कहे निकल गया। सच तो यह था कि उसके पास बोलने के लिए कुछ भी नहीं था। यानी जो था...सब एकतरफा...इतने वर्षों से वह अकेले ही...।

नानीघर नहीं गया उस दिन न लौटा अपने घर। कसैलीबाड़ी में पड़ा रहा सुबह तक...उस दिन से मिला नहीं कभी रेनी से।

लौटकर कोचिंग गया तो नब्बे प्रतिशत लानेवाला लड़का चालीस प्रतिशत में उतर आया। सर हैरान-परेशान हुए। उसके पापा के दोस्त थे, इसलिए एक्स्ट्रा केयर करते थे। माँ को बिना बताए उसे काउंसलिंग के लिए ले गए।

पता चला किसी के प्रेम में है समीर...

माँ मनोचिकित्सक के पास ले गई। सैकड़ों सवाल...कैसी दिखती है... धोखा मिला है या एकतरफा था सब...बात कहाँ तक पहुँची थी...

"हाथ पकड़ा था उसने...कई बार..." कहते हुए उसका बायाँ हाथ कँपकँपाया था पहली बार...उसे लगा जैसे रेनी ने उसका हाथ अब तक थामा हुआ था और वह अब छुड़ा रही है। जोर से चीखा था वह...।

माँ फिर कभी उसे लेकर नानीघर नहीं गई। घर में रेनी का जिक्र होना बन्द हो गया। उसके मुँह में रेनी का नाम आना अर्थात् माँ का रोना शुरू...।

दूरी हो गई...अन्तहीन दूरी। रेनी नहीं जानती कि उसका दो साल तक मनोचिकित्सक से इलाज चला। समीर डिप्रेशन में चला गया था, उसके कारण...उसके इनकार को बर्दाश्त न करने के कारण।

रेनी को कुछ भी नहीं पता...वह यह भी नहीं जानती कि बबलू उससे बात करने से क्यों कतराने लगा। वह नहीं जानती कि समीर अब कहाँ रहता है...।

समीर के पेट में आज फिर दर्जनों तितलियाँ एक साथ उड़ रही थीं...उसने सोचा क्या बबलू ने सब कुछ बताया होगा उसे? उसे लगा जैसे अचानक ही वह विवस्त्र हो उठा है और कोई है, जो उसे प्रकाशवृत्त की ओर लगातार धकेले जा रहा है...

तीस वर्ष पूर्व पीछे छूट गई रेनी से महज कुछेक किलोमीटर की दूरी पर ही है वह, यह खयाल मात्र ही उसके भीतर एक अजीब सी सिहरन

भर रहा था...उसके अन्दर से आवाज़ आई—क्या वह अब भी उसी मोड़ पर रुका है...फोर वन मोर स्टेप या फिर एक नया इतिहास उसके इन्तज़ार में है...।

ठीक उसी वक्त उसकी आँखों में, दूर पहाड़ी पर दिखे उस जेसीबी की पंजेनुमा शक्ल उभर आई। रात के निविड़ अँधेरे ने जेसीबी के साथ-साथ पहाड़ काटे जाने की आवाज को भी जैसे एक ठोस शक्ल दे दी थी। समीर के पेट में उड़तीं तितलियाँ अब उसकी नाभि के चक्कर काट रही थीं...उसने महसूस किया उसके बाएँ हाथ में झनझनाहट फिर शुरू हो गई है...।

अपने दाहिने हाथ से बाएँ हाथ को थामते हुए समीर ने सोचा, दूरी भले ही चन्द किलोमीटर की हो, लेकिन रेनी एक नई दुनिया की नागरिक है। उसकी बेचैनी उसके भीतर एक नये प्रश्न का आकार ले रही थी...'क्या उजाले का रास्ता उसी दुनिया से गुजरकर जाता है?' नीले आसमान पर चमकते लगभग आधे चाँद को निहारते समीर की आँखों में एक नई चमक उभरी...एक नई नमी भी...वह इस प्रश्न को एक जवाब की तरह सहेज लेना चाहता था...।

मेहरबान भूत

आपको यकीन नहीं होगा, मगर बात सौ प्रतिशत सत्य है। जो मैं बता रहा हूँ, वह आज की नहीं, करीब 65-70 बरस पहले की बात है। आपको जब पूरी कहानी मालूम होगी तो आप भी मेरी तरह यकीन करेंगे।

किस पर? अरे! भूत पर, एक दरियादिल भूत पर!

क्या कहा? मुझे कैसे पता...?

लो जी, जिसका सम्पूर्ण जीवन ही एक भूत ने बदल दिया, उसे ही नहीं पता होगा?

जनाब, मेरी उम्र 86 साल की है और अभी तक मेरे आँख-नाक-कान सब सही सलामत हैं। और सबसे अच्छी जो चीज है मेरे पास, वो मेरी याददाश्त है। समझते हैं न आप, जिसके पास याद रखने की क्षमता होती है, वह जीवन में कभी अकेला नहीं होता। जुगाली करता रहता है सुखद यादों की। इस उम्र में यादों का साथ रहना ईश्वर के वरदान से कम नहीं, मानते हैं न यह बात?

तो सुनिए...शुरू से सुनाता हूँ। उम्मीद है कि आपको सब कुछ समझ में आ जाएगा और इसके बाद आप भी भूतों के अस्तित्व पर सवाल नहीं खड़ा करेंगे।

तब मैं नया-नया जवान हुआ था। सोलह बरस की उम्र होते-होते काम में जुट गया। आजकल का दौर नहीं था, कि 16 बरस के लड़के बच्चे कहलाते हैं, और उनके माँ-बाबा पीछे-पीछे घूमते रहते हैं। तब सोलह-सत्रह वर्ष के लड़कों को काम पर जुट जाना पड़ता था और लड़कियाँ भी इस उम्र तक ससुराल के सारे काम सँभाल लेती थीं।

दरअसल, तब गरीबी इतनी थी कि जितने हाथ उतने काम के बिना जीवन बसर नहीं हो सकता था। हाँ, मैं एक गरीब परिवार का लड़का था, यह बताने में मुझे जरा भी संकोच नहीं। चाँदी का चम्मच मुँह में लेकर पैदा होना सबके नसीब में नहीं होता, मेरे नसीब में भी नहीं था।

दादाजी काम के सिलसिले में सासाराम से आकर छोटानागपुर में बस गए थे। तब बिहार और झारखंड अलग राज्य नहीं थे। छोटानागपुर आदिवासी बहुल क्षेत्र और प्राकृतिक रूप से बेहद समृद्ध माना जाता था। घी और गुड़ का व्यापार किया करते थे दादाजी। अपनी बैलगाड़ी में घी के कनस्तर और गुड़ की भेलियाँ लाद निकल पड़ते थे व्यापार के लिए अलग-अलग गाँव और कस्बे की तरफ जहाँ दो पैसे का फायदा हो, और होने की उम्मीद नजर आए तो वहाँ बार-बार जाना होता था। कई-कई महीनों बाद घर लौटते थे। इसी सिलसिले में राँची आना हुआ था उनका।

तब घी के कनस्तर उतरते थे मंगरगोला में। वहीं हाट लगता था। मंगरगोला, नहीं सुने हैं न नाम। यह वो इलाका है जिसे आज आप लोग अपर बाजार के नाम से जानते हैं। सासाराम से चलते हुए छोटानागपुर में आकर व्यापार, कितना कठिन होता होगा ना!

जनाब...यही जीवन है, कैसे भी पेट पालना तो है ही न। अपने गाँव-घर नहीं तो कहीं भी जाकर दो पैसा कमाना ही जीवन था।

बताते हैं कि दादा जी बैलगाड़ी के सफर में दाल-चावल और सत्तू-चूड़ा बाँधकर निकलते थे घर से। जहाँ विश्राम के लिए रुकते, आसपास से लकड़ी और ईंट-पत्थर चुन चूल्हा बना लेते और खिचड़ी तो कभी कहीं सब्जी मिली तो उसी में डालकर पका लिए और तृप्त हो चल देते थे। बनाने का अवसर न मिला तो किसी नदी के किनारे गमछे में चूड़ा बाँध भिगा लेते और मजे से गुड़ सानकर खा लेते। तब न छप्पन भोग बनते थे और न ही जंगल की कमी थी कि सूखी लकड़ियाँ जमाकर चूल्हा न जोर ले। और न ही लोग इतने कृपण कि खेत से तोड़कर एक वक्त पकाने के लिए सब्जियों के दाम वसूलते।

बहुत कठिन था जीवन, मगर तब यही मुमकिन था।

बाद के दिनों में दादा अपने तीन बेटों और दादी को लेकर छोटानागपुर आकर बस गए। हालात ऐसे नहीं थे कि बहुत सुख से सभी रहते, मगर जीवन चल रहा था। दादा जी ने व्यापार का गुरु-मंत्र दिया अपने बेटों को कि कमाना है तो अलग-अलग गाँवों में व्यापार बढ़ाओ।

पिताजी बड़े थे, इसलिए उन पर जिम्मेदारी ज्यादा थी। सासाराम के घी बहुत प्रसिद्ध थे, उनकी खूब माँग थी, इसलिए पिताजी बाबा के साथ ही व्यापार में हाथ बँटाने लगे। मँझले वाले चाचा पढ़-लिखकर मास्टर हुए और छोटे चाचा न्यायालय के कारिन्दे थे। जीवन चल रहा था। चाचा लोग तो पढ़-लिखकर थोड़े काबिल हो गए, मगर दादाजी की तबीयत और पिताजी की आर्थिक हालत, दोनों डाँवाडोल होने लगी।

उन्हीं दिनों मैं नया जवान हुआ था। छोटे चाचा जी को पता लगा कि सरकार राशन कंट्रोल में कपड़ा दे रही है। उन्होंने मुझसे कहा कि जीवन सँवारना चाहते हो तो यह काम कर लो। जो सिफारिश-जुगत लगानी है, मैं कर दूँगा। अब घी के व्यापार से परिवार की नैया पार नहीं होगी। मुझे भी लगा कि अपने पीछे चार भाई और दो बहनों की देखभाल के लिए कमाना जरूरी है। न्यायालय में काम करते-करते बहुत बड़े लोगों से पहचान हो गई थी चाचा जी की। कुछ न कुछ इन्तजाम तो कर ही देंगे वे, इतना विश्वास था उन पर।

तब सरकार ने कंट्रोल पर कपड़ा देने के लिए दो जगहों का चुनाव किया था, एक पतरातु और दूसरा ओरमाँझी।

मैं बताना नहीं चाहता था, मगर अब आप लोगों से क्या छुपाना। पहला काम मैंने दारू भट्टा में शुरू किया था पतरातु में। अब तो आप जानते हैं कि कोयले के काम में हाथ काला होना ही है। कितना भी कह दूँ किसी से, पीने-पिलाने की आदत नहीं मगर दारू भट्टे में काम करनेवाले को वो इज्जत नहीं मिलती संसार में, आप भी वाकिफ होंगे इस बात से।

इसलिए सोचा कि नई जगह से नये काम की शुरुआत की जाए, जहाँ मेरी यह पहचान साथ न हो। फिर मैंने ओरमाँझी जाने का निश्चय किया। घर में सबसे राय-मशवरा किया और निकल पड़ा राँची से। तब यातायात

के बहुत साधन नहीं थे। मैं जिस गाड़ी में सवार हुआ, उसे छोआ गाड़ी बोलते थे।

नहीं समझे?

गन्ने का रस निकल जाने के बाद बची हुई सीठी को छोआ कहते हैं। इसका शराब बनाने में भी उपयोग होता है। उस समय राँची में शराब की बड़ी भट्टी थी। राँची से छोआ लादकर धनबाद पहुँचाया जाता था बन्द गाड़ी में। जैसे आजकल पेट्रोल की टंकी होती है, वैसी ही बन्द गाड़ी में छोआ भरकर सप्ताह में एक दिन धनबाद जाती थी गाड़ी। वो लोग मेरे पिता के परिचित थे, इसलिए उसी गाड़ी से जाने का इन्तजाम हो गया ।

गाड़ी से जिस जगह मैं उतरा वह एक बहुत छोटा-सा गाँव था, जहाँ की आबादी मुश्किल से पन्द्रह घरों की होगी। मैं चारों तरफ चकर-मकर देख ही रहा था कि एक बड़े से पीपल के पेड़ के पीछे लगभग छुपी हुई एक दुकान पर नजर पड़ी मेरी। दूर से किराना दुकान लग रही थी। मैं उस ओर चल पड़ा। पास जाकर देखा तो वहाँ बैठे दो वृद्ध मेरी ओर उत्सुक निगाहों से ताकते मिले। मुझे याद है, मैंने घुटनों तक सफेद धोती बांधी थी और ऊपर छोटी बाँह वाली कमीज पहनी थी। तब यही पहनावा हुआ करता था।

उन लोगों ने मेरे हाव-भाव से समझ लिया था कि यहाँ के लिए नया हूँ, इसलिए इशारे से बुलाया।

"कहाँ के हो बाबू?"

"जी, राँची से आया हूँ।"

"कौन जात हो?" तब जात-पाँत बहुत माना जाता था। जात के हिसाब से बर्तन का उपयोग करते थे लोग।

"जी जात के बनिया हैं हम लोग।"

बात लह गई। पूछनेवाले के चेहरे पर इत्मीनान पसर गया कि कोई निचजतिया सामने नहीं खड़ा है। उन्होंने सामने पड़े मचिया पर बैठने का इशारा किया और अन्दर किसी को आवाज देकर भर लोटा पानी दिलवाया मुझे। हाँ भई, तब इंसानियत जिन्दा थी और प्यासे को पानी पिलाना धर्म समझा जाता

था। जब पानी पी लिया तो कहा उन्होंने—"अब अपने आने का प्रयोजन बताओ भाई। किस उद्देश्य से हमारे गाँव में आए हो?"

जब मैंने बताया कि सरकार इस गाँव में कंट्रोल पर कपड़ा दे रही है, उसी सिलसिले में आया हूँ तो उन्होंने झट कहा—"यहाँ गाँव में कहाँ रहोगे, हमारे घर में पीछे की तरफ एक कमरा खाली है, वहीं रह जाओ।"

अन्धा क्या चाहे, दो हाथ। वैसे भी कुछ जोड़ी कपड़े के अलावा कुछ था नहीं पास में, सो उनकी कोठरी में रहने का इन्तजाम सुनकर खुश हो गए। गाँव-देहात में जाते-जाते सिर पर छप्पर का इन्तजाम हो जाना कितनी बड़ी बात है, आप नहीं समझेंगे। अरे भाई, तब न होटल होते थे और न ही हर जगह सराय।

कमरे में जाकर कुछ खाने-पीने की जुगत लगाते कि अँगना से बुलावा आ गया। उनकी सहृदय पत्नी थी, जो मेरे बारे में जानकर मुझे बुलवा भेजी। जाते ही कहा—"अकेली जान हो, क्या पकाओगे बचवा, यहीं खा लेना दो समय। बाद का बाद में देखा जाएगा।"

बहुत भली महिला थी, एकदम मेरी दादी जैसी। भकभक गोरी और ममतामई। मैं उनको दादी ही कहने लगा और उन वृद्ध सज्जन को दादा। दादी अपने लोगों के लिए जो बनातीं, वही मुझे भी खिलातीं। कोई दुराव नहीं। बहुत प्यार से बात करतीं। सच कहता हूँ, जी जुड़ गया मेरा। इतने भले लोग मिले, यह मुझ अकेले का सौभाग्य ही था न।

उधर राँची में चाचा जी कंट्रोल के लिए सब जुगाड़ कर ही रहे थे, सो उनकी सहायता से मेरा काम शुरू हो गया।

ओरमाँझी में जिनके यहाँ मैं ठहरा था, वह गाँव के सबसे अमीर आदमी, रघु साहु थे। तब सप्ताह में दो दिन का हाट लगता था, मंगलवार और शुक्रवार। सरकारी रेट से जो कपड़ा उठाते, उसे बाजार में बेचते, और दो पैसे का मुनाफा हो जाता। कुछ महीने तो ऐसे ही चला, फिर दादा जी ने सलाह दी कि मैं सरकारी काम के साथ-साथ अपना भी काम क्यों नहीं शुरू कर देता हूँ। राँची कपड़ा-पट्टी से उधार माल उठा लाऊँ और बेचकर उन्हें पैसे चुका दूँ।

मगर मेरे पास माल उठाने के पैसे कहाँ थे?

तब उन्होंने मेरी सहायता की। एक गठरी माल लाने लायक पैसे दिए। न...न...रघु साहू सहृदय जरूर थे, मगर आचरण से पूरे बनिया थे। उन्होंने चवन्नी ब्याज पर रुपया देना माना, जिसे मैंने मान लिया। अब साप्ताहिक बाजार में कंट्रोल के कपड़ों के अलावा मारवाड़ियों से उठाए नये चलन, भिन्न-भिन्न रंगों के कपड़े भी मैं बेचने लग गया।

कुछ महीने तो ऐसे ही निकले। मेरा खाना दादी के जिम्मे था और कोठरी भी उन्हीं की।

मानोगे बाबू, उस जमाने जैसे लोग अब कहाँ? रघु साहू ने पैसे देने में अपना लाभ नहीं छोड़ा, मगर मेरे रहने-खाने का एक रुपया भी कभी नहीं माँगा। जहाँ तक हो सका, मेरी सहायता ही करते रहे, जब तक जिन्दा रहे।

एक सुबह बुलाकर कहा—"तुम तो सप्ताह में केवल दो दिन का ही काम करते हो, बाकी दिन ऐसे खाली गुजार देते हो। बचे दिनों में मेरा काम करो तो तुम्हें आमदनी हो जाएगी।"

मैं मान गया। ऐसे भी बहुत काम नहीं था करने को और आवारागर्दी की आदत नहीं थी। खाली समय में दादी से बतियाता रहता और थोड़ा-बहुत जो घर का काम कर सकता था, कर देता। मसलन गाय-बैल का दाना-पानी। कभी खेत में धान मिसवाना तो कभी पानी पटाना।

अब मेरी जिन्दगी व्यस्त होने लगी। मंगलवार दिन-भर बाजार में कपड़ा बेचता। फिर गाड़ीवान के साथ रात के दो बजे बैलगाड़ी लेकर निकल जाता। रात भर चलते-चलते पहले सिल्ली बाजार पहुँचता। वहाँ हाट से लाह और सुरगुजा खरीद कर इकट्ठा करता। रात बाजार में ही गुजार लेता और अगले दिन रामगढ़ बाजार, उसके अगले रोज पतरातु बाजार। फिर रात को सोते समय पैसे एक बोरे में बन्द कर सिरहाना बनाता और सो रहता।

जानते हैं...तब सिक्के का ही चलन था। लोगों को सामान के बदले सिक्का ही दिया जाता था। बाद के दिनों में खरीदारी ज्यादा होने लगी तो एक हरवाहा रखना पड़ा जो केवल सिक्का ढोने के लिए मेरे साथ चलता था।

ऐसे ही अलग-अलग बाजार करते हुए मैं ओरमाँझी पहुँचता। शुक्रवार को साप्ताहिक बाजार लगता। मुझे हर हाल में मंगलवार और शुक्रवार को ओरमाँझी बाजार करना ही था। इसलिए सब कुछ सुनिश्चित करके रखता कि किस दिन किस बाजार में जाना है। शनिवार को सप्ताह भर की खरीद लाह और सरगुजा लेकर रघु दादा के साथ राँची मंगरगोला जाता, जहाँ से थोक व्यापारी सारा सामान खरीद लेते थे।

वो एक रात होती जो मैं अपने घर में गुजारता था। कई बार रघु दादा भी मेरे साथ रुकते। माँ-बाबूजी काम के प्रति मेरे लगन देखकर निश्चिन्त थे। उन्हें लग गया था कि मैं सही रास्ते पर हूँ और रघु दादा के सान्निध्य में कुछ और अच्छा करूँगा जिन्दगी में।

दूसरे दिन फिर हम लोग जरूरत का सामान खरीदकर वापस ओरमाँझी। समझ लीजिए मेरे पैर में चक्कर लग गए थे। मगर मैं खुश था। अपने दादा जी की एक बात मैंने बात गाँठ बाँध ली थी कि जीवन में मेहनत-सा दूजा कोई संगी नहीं, सो भरपूर मेहनत करने से कभी बदन नहीं चुराया। दूसरी बात, कभी चोरी या बेईमानी नहीं करूँगा। वो कहते थे चोरी या बेईमानी के पैसों में बरकत नहीं होती।

मैं अपनी मेहनत की कमाई पर ही भरोसा करता था। यही कारण था कि मैं धीरे-धीरे रघु साहू का विश्वासपात्र बनता गया। अपने बेटे से ज्यादा मुझ पर निर्भर रहने लगे और आँख मूँदकर भरोसा करते मुझ पर। मुझ बाहरी को भी वे अब अपने परिवार का हिस्सा समझने लगे थे।

खाने-पीने पर मेरा खर्च नहीं था, घर का किराया लगना नहीं था, तो धीरे-धीरे पैसे जमा होने लगे। कुछ पैसे मैं घर में भी दे आता था माँ को। मेरा व्यापार भगवान की दया से अच्छा चल निकला। धीरे-धीरे आसपास के सारे हाट-बाजार करने लगे हम लोग। दो दिन का समय मिलता तो बुढ़मू बाजार भी हो लेते।

अब माँ कहने लगी कि कितने दिन ऐसे रहोगे, ब्याह कर गृहस्थ धर्म निभाओ। मगर मैं इसके लिए तैयार नहीं था। किसी और की कोठरिया में अपनी ब्याहता कैसे लेकर आएँ? सो घर में कहा कि पहले कोई जमीन मिले या ढंग का किराये का मकान देख लें तब ब्याह की सोचेंगे।

यह बात मैंने रघु दादा को भी बताई कि अब तो इधर ही बसने का इरादा कर लिए है। कोई जमीन सस्ता-सुविस्ता मिले तो खरीद लूँ। जब तक घर नहीं बनाएँगे कोई किराया का घर ढूँढ़ लेंगे।

अब सुनिए असली बात, जिस कारण यह पूरी कहानी आपको सुना रहा हूँ। मेरे जमीन तलाशने की बात पर एक दिन उन्होंने मुझे किस्सा सुनाया कि यहाँ से करीब दस किलोमीटर दूर पतरातु के रास्ते में एक गाँव हैं, जहाँ जमीन बिकाऊ है, मगर कोई खरीदार नहीं।

"ऐसा काहे?" मैं पूछ बैठा।

"बात ऐसा है सुखदेव, कि वो जमीन भूत की है।"

"भूत की! ये कैसे सम्भव है? कोई भूत भला किसी जमीन का मालिक कैसे हो सकता है?"

चौंक गए न आप भी? आपको भी यही लगा न कि किसी जमीन पर मालिकाना हक एक भूत का कैसे हो सकता है?

आपकी तरह मेरी दिलचस्पी भी जाग उठी। वैसे भी गाँवों में अन्धविश्वास के एक से एक किस्से प्रचलित थे और समय काटने का कोई दूसरा साधन भी नहीं था।

पहले सुनिए, एक मजेदार किस्सा बताते हैं आपको। सिकीदिरी बाजार करके जब हम लौटते, तो रास्ते में एक नदी मिलती है। उसे पार करने पर दोनों ओर लहलहाते खेत हैं। एक दिन बड़ी अबेर हो गई लौटने में। जब उस जगह से पार होने लगे तो मेरे गाड़ीवान ने अचानक हनुमान चालीसा का पाठ शुरू कर दिया। मुझे बड़ी हैरानी हुई कि अधरतिया को इसे पाठ की क्या सूझी। उससे पूछा तो उसने कोई जवाब न देकर चुप रहने का इशारा किया और गाड़ी तेज भगाने लगा।

जब आधा किलोमीटर आगे निकले तो बताया—"नदी के पार जो बाईं तरफ का खेत है, उसकी रखवाली भूत करता है। उस जगह रुको या बोलो तो फिर आदमी भूत की गिरफ्त में। आज तो निकल गए हम लोग सुखदेव, आगे इतना अबेर करोगे तो हम आएँगे ही नहीं।"

मैं तो ठठाकर हँस पड़ा। "चलो तो जी गाड़ीवान, आज उस खेतिहर भूत से मिल आएँ?" इतना सुनना था कि गाड़ीवान बमक गया। "आपको मिलना है मिलिए, उतर जाइए यहीं पर। हम जाते हैं और आइन्दे से आपके साथ नहीं आएँगे। मरदा, जब देखिए मजाक सूझता है आपको। किसी दिन कोई चुड़ैल जकड़ लेगी न तो पनाह माँगते फिरिएगा।"

"अच्छा ठीक है, अबकी देर हुआ तो बाजार में ही रात गुजार लेंगे।"

मेरे कहने पर भी उसका मुँह सूजा ही रहा। इधर मैं कहानी सुनने के लिए छटपटा रहा था। आखिकार एक बीड़ी के बंडल पर बात बनी। बीड़ी फूँकते हुए उसने बताया कि "दरअसल, वह एक किसान था, जिसकी मौत खेत में पहरेदारी करने के दौरान ही हो गई। शायद किसी चोर-उचक्के ने उसे मार दिया या फिर जमीन हड़पने के लिए उसके किसी रिश्तेदार ने ही हत्या कर दी थी। तब से रोज रात को लालटेन लेकर एक आदमी खेतों की मेड़ पर रखवाली करता दिखता है। उसके डर से कोई देर रात उस रास्ते नहीं जाता।"

मेरी तार्किक बुद्धि में बात अँटी नहीं। मैं सोचने लगा, हो सकता है कि उस खेतिहर के बेटे ही भूत बनकर खेत की रखवाली करते हों, ताकि उनका खेत और वो, दोनों बचे रहें। मगर जानता था कि इसके सामने इन बातों को कहने का कोई अर्थ नहीं। इसलिए चुप्पी लगा गया।

मैंने रघु दादा से एक दिन कहा कि जमीन मालिक को खबर कर जमीन के कागज़-पत्तर के साथ बुलाइए न, देखें आखिर क्या माजरा है?

दादा ने कहा—"मजे-मजे के लिए कागज देखकर तुम भी इत्मीनान हो लो, मगर सोच-समझकर खरीदना। ऐसी जमीन फलती नहीं। अशुभ मानी जाती है।"

मुझे याद है ठंड का मौसम था। हम सब दुकान के बाहर बैठ कर साँझ से पहले ही बोरसी ताप रहे थे। तभी मनोहर तिवारी जो इस जमीन के मलिक थे, एक वृद्ध आदमी के साथ आए और रघु साहू को प्रणाम कर बैठ गए और उस वृद्ध का परिचय देते हुए कहा, "ये मेरे चाचा हैं। आप तो मेरी बात पतियाएँगे नहीं, इसलिए चाचा को लेकर आया हूँ, ताकि आप सब जो पूछना है, इनसे पूछ लीजिए।"

"अच्छा...बताइए चाचा जी, क्या यह बात सच्ची है? जमीन के मालिक भूत हैं?" मेरी जिज्ञासा चरम पर थी।

"हाँ बाबू...पुरानी बात है। हम भी अपने दादा से सुने हैं। मगर है सच्ची बात और इसका प्रमाण भी है। जितना याद है, आपको सुनाते हैं।"

"हाँ...हाँ...सुनाइए न।" मैं तो अधीर हुए जा रहा था सुनने के लिए।

इस बीच रघु दादा के जिगरी दोस्त चमर साहु भी आकर बैठ गए। वो भी इस सारे प्रकरण से वाकिफ थे। भीड़ देखकर आसपास के कुछ और लोग भी इकट्ठा हो गए। ऐसे भी गाँवों में शाम को गपशप के लिए एक जगह जमा होते ही हैं। आज तो एक मजेदार कहानी सुनाई जानेवाली थी।

चाचा जी ने बताना शुरू किया—

हमारे पुरखे पुरोहिताई करते थे। उनकी जीविका पूजा-पाठ से ही चलती थी। तब गाँव की आबादी इतनी नहीं थी। इसलिए आसपास के गाँवों से भी बुलाहट होती और वे जाते थे। बड़ा मान था उनका पूरे इलाके में। एक बार बगल गाँव में सुबह पूजा कराकर धुर दोपहरी में वह लौट रहे थे तो गाँव के ठीक पहले पड़नेवाले पीपरडीहा तालाब किनारे से एक आदमी ने आवाज लगाई—

"पंडित जी, जरा इधर तो आइए, आपसे काम हैं।"

जाने कौन है, क्या मुसीबत में पड़ा हो सोचकर बाबा ने घोड़े को एड़ लगाई और उतरकर उसकी रास थामे-थामे उसके पास गए। उस जमाने में आने-जाने के लिए घोड़े का ही उपयोग किया जाता था।

बाबा ने करीब जाकर उस आदमी से कहा, "कहिए, आप हमारे गाँव के तो नहीं लगते, यहाँ दोपहरी में क्या कर रहे हैं?"

"पंडित जी, ठीक पहचाने। मैं आन गाँव का हूँ। यहाँ तालाब देखा तो सुस्ताने के लिए रुका और यहीं मेरे मन में इच्छा हुई कि इस सुन्दर तालाब किनारे बैठकर पूजा करूँ, तो कितना सुखकर होगा।"

"इच्छा तो उचित है। मगर यजमान, आपके पास तो कोई पूजन सामग्री नहीं है। ऐसे में कैसे पूजा कराएँगे आप? किसी और दिन सभी साम्रगी लेकर आइए। आप जहाँ कहेंगे, मैं पूजन करा दूँगा।"

वो आदमी थोड़ा बेचैन हो गया। बोला, "मेरी बहुत इच्छा हो रही है कि पूजा कराई जाए, और आज ही। जितनी भी सामग्री आपके पास उपलब्ध है, उसी से पूजा करा दीजिए। बदले में आपको मनचाही दक्षिणा देंगे।"

बाबा मान गए। जब यजमान मनचाही दक्षिणा देने को तैयार हैं तो क्या हर्ज है। तालाब में पानी था ही, किनारे से मिट्टी ली और विग्रह बना लिए। आसपास के पेड़ों से फूल तोड़ कर पत्ते में रख लिया और अपने थैले से लोटा, अक्षत और गुड़ वगैरह जो भी था, निकालकर पत्तों पर रखा और 'अभावे अक्षतम्' का सदुपयोग करते हुए पूजा कराने लगे।

बाबा पूजा की तैयारी तो कर रहे थे, मगर उस आदमी को लेकर संशय की स्थिति में थे। फिर भी संकल्प करा दिया है तो पूजा सम्पन्न करा दी और अपना थैला समेटते हुए बोले , "यजमान, जो भी दक्षिणा है, शीघ्र दें, मैं घर निकलूँ। देर हो गई है।"

"पंडित जी, आपको कोटिश: धन्यवाद कि आपने मेरी इच्छा पूर्ण की। अब आप अपने घोड़े पर बैठकर जितनी दूरी माप सकते हैं, घूम आइए। उतनी जमीन आपकी।"

"ये क्या मजाक करते हो यजमान। आप यहाँ के राजा हैं कि हमें ये जमीन लिख देंगे? हमसे ठिठोली मत कीजिए। वैसे भी हमें देर हो रही है।"

"आप नाप के तो आओ पंडित जी। हमारी बात पर विश्वास रखो।"

अविश्वास से भरे बाबा ने घोड़े को ऐड़ लगाई और अनुमान से करीब तीन बीघा जमीन माप के लौटे तो देखा तालाब किनारे पूरा सन्नाटा। वो आदमी गायब हो चुका था। मन-ही-मन बड़बड़ाए कि आज उनको बुड़बक बना दिया कोई। उन्हें पहले ही समझ जाना चाहिए था कि ऐसा कुछ नहीं हो सकता। भला जिस आदमी के पास पूजा के लिए भी कोई सामग्री नहीं, वो भूदान कैसे करेगा?

अपने पर झींकते-बड़बड़ाते बाबा वापस लौटे। भरी दोपहरी में समय बर्बाद करने का दुख हो रहा था उनको। अपनी भद्द पिटने के डर से घर में किसी को कुछ नहीं बताए।

सुबह हुई तो एक घुड़सवार उनके दरवाजे आया। वह पतरातु राजा का सैनिक था। घबराए बाबा से सैनिक ने कहा कि राजा ने उन्हें दरबार में उपस्थित होने का आदेश दिया है। तुरन्त चल पड़िए।

मन-ही-मन डरते-काँपते बाबा चल पड़े राजा के दरबार। सभा भरी हुई थी। राजा की जयकार करने के बाद हाथ बाँधे बाबा सामने खड़े हो गए।

राजा ने गम्भीर वाणी से पूछा, "बताइए पंडित जी, कल दोपहर क्या हुआ था?"

बाबा घबरा गए कि जो बात उन्होंने अपनी पत्नी तक को नहीं बताई, राजा को कैसे खबर हो गई? फिर साहस कर जो-जो हुआ था सब सच बता दिए। राजा ने सुनकर हुंकारी भरी और अपने दो सैनिकों को बाबा के साथ भेजा कि उतनी जमीन चिन्हित कर आइए, जितना कल अपने घोड़े से घूमे थे।

बाबा सैनिकों के साथ आए और पीपरडीहा की जमीन पर अपने घोड़े से चक्कर लगाने लगे। बाबा आगे-आगे और राजा के आदमी पीछे-पीछे जमीन की मापी करने लगे। लौटकर दरबार आए तो राजा ने नापी गई जमीन का कागज बनवाया और बाबा के नाम कर दी जमीन।

दरअसल, राजा को रात सपना आया था। सपने में उनके ही परिवार के कोई पूर्वज थे। उन्होंने कहा कि मैंने उस पंडित को वचन दिया है, इसलिए जितना कहें, उनके नाम उतनी जमीन लिख दो।

राजा ने सत्यता जाँचने के लिए पंडित को दरबार में बुलवाया। जैसे सपने में उनके पूर्वज ने कहा था ठीक वैसा ही सब कुछ पंडित ने भी बताया। सपनेवाली बात सही पाकर उतनी जमीन हमारे बाबा के नाम लिख दी। तब से वह जमीन हमारी है और हमारा परिवार ही उसका उपयोग करता आ रहा है। मगर अब पैसे की जरूरत है पर कोई भी इस जमीन को खरीदना नहीं चाहता, कि यह भूतिया जमीन है।

मैं एक दिलचस्प किस्सा सुन रहा था। उनकी बात सुनकर कहा, "क्या दिक्कत है इस कहानी से। आखिर यह कहानी ही है न। जमीन कहीं से मिली, अब तो आपके खानदान की है। क्यों नहीं लेंगे लोग?"

जवाब में उन्होंने जमीन का खतियान खोलकर सामने फैला दिया।

मैं दंग रह गया देखकर। खतियान मेरे सामने पड़ा है जिसमें लिखा है, 'बजरिये-भूत यह जमीन दिया जाता है उमानाथ तिवारी को।'

जनाब, आप भी दंग हैं न मेरी तरह...ऐसा भी होता है कभी?

मगर मैंने उसी पल ठान लिया कि यह जमीन खरीदूँगा, क्योंकि इतने कम दाम में जमीन मिलने का कहीं और सवाल ही नहीं उठता। रघु दादाजी एकदम उखड़ गए। कहे, ऐसे भूतिया जमीन को लेकर क्यों अपने वंश का नाश करना चाहते हो?

मैं ठहरा धुन का पक्का। अपने छोटे चाचा से बात कर जमीन के पेपर बनवाए, तिवारी परिवार से बात कर ली। कुछ रुपये थे मेरे पास, कुछ उधार लिए और खरीद ली जमीन। तिवारी परिवार की बजरिये भूत से मिली जमीन का मैं मालिक था अब...सुखदेव भगत।

मेरी किस्मत के ताले खुल चुके थे। पैसा तो कमा ही रहा था, अब तीन बीघा जमीन का मालिक भी था मैं। हालाँकि गाँव वाले इस आशंका से ग्रसित थे कि कुछ न कुछ बुरा हादसा होगा मेरे साथ। वो भूत मुझे जिन्दा नहीं छोड़ेगा। एक तो भूत की पुश्तैनी जमीन, उस पर एक ब्राहमण का हक था जिसका अब मालिक है एक बनिया।

मगर मजे की बात है कि साल गुजर गया और कोई दुर्घटना नहीं हुई मेरे साथ। मेरी शादी भी करा दी गई इन्दु नाम की एक बेहद समझदार लड़की से।

सच कहता हूँ जी आपसे, मेरी पत्नी जैसी सुगढ़ महिला मैंने बहुत कम देखी है जीवन में।

शादी से पहले ही मैंने दो कमरे का मकान किराए पर ले लिया था, जो रघु दादा के घर से दो सौ गज की दूरी पर था। दादी को दुख हो रहा था कि अब मैं उनके पास नहीं रहूँगा, मगर वह समझ रही थी कि पत्नी के साथ उस छोटे से कमरे में गुजर करना बहुत मुश्किल है। वैसे भी मुझ अकेले को खिलाया-पिलाया इतना दिन, मगर अब गृहस्थी बढ़ेगी तो वो भी कहाँ तक सँभाल कर पाएँगी।

अभी मेरी जिन्दगी में एक और आश्चर्य बाकी था।

जब बड़े बेटे का जन्म हुआ तो मैंने तालाब के किनारे छोटा-सा अपना घर बनाने की सोची। मैंने इधर ठाना और उधर मजदूर लगा दिए। नींव की खुदाई का पाँचवाँ दिन था, कि साँझ से पहले एक मजदूर मेरे पास दौड़ता आया।

"भैया, खेत में कुछ निकला है, चलिए जल्दी लूट मची है!"

उसकी अकबकाहट देखकर समझ आ गया था कि कोई-न-कोई बात होगी। वैसे भी मजदूरों ने पहले ही भूतिया जमीन पर काम करने से मना कर दिया था। बहुत मुश्किल से समझाकर उन्हें तैयार किया था। किसी अनिष्ट की सम्भावना से मैं भागा-भागा खेत पहुँचा। देखता हूँ कि जमीन पर मिट्टी से लिपटे कुछ सिक्के पड़े हैं।

जी हाँ, चाँदी के सिक्के, बहुत पुराने।

बामुश्किल सात-आठ सिक्के थे जिन्हें घेरकर मजदूर बैठे थे, मुझे देखते ही तितर-बितर हो गए।

"देखिए भैया, ये सिक्के जमीन से निकले हैं।"

"बस इतना ही निकला है...?"

"हाँ, हमने दूर तक खोदी, आगे और कुछ नहीं हैं।" समवेत स्वर में सबने जवाब दिया।

मैं समझ गया कि सिक्के, मेरे पहुँचने तक मजदूरों ने गायब कर दिए हैं। जाने कितने थे। मुझे सब के सब मिल जाते तो मेरे जीवन में कोई अभाव नहीं होता।

मैंने कई तरह का प्रलोभन देकर मजदूरों से सिक्के वापस लेना चाहे क्योंकि वो सिक्के जहाँगीर काल के थे, जिन्हें अब बहुत मूल्यवान माना जाता है। मगर लालच के मारे किसी मजदूर ने स्वीकार ही नहीं किया कि वो सिक्के उन्होंने छुपाए हैं। जबरदस्ती मैं कर नहीं सकता था क्योंकि वे भड़क जाते तो मेरे मकान का काम रुक जाता।

तब मैंने अन्तिम और अचूक दाँव चला। सबको पता था कि यह जमीन भूतिया है। अब अगर इस भूत का सहारा नहीं लेता हूँ तो वो कीमती सिक्के मेरे हाथ कभी नहीं लगेंगे। हालाँकि मैं भूत-प्रेत पर यकीन नहीं करता और

वास्तव में ऐसा कुछ होता भी नहीं है। अगर होता तो तिवारी की जमीन खरीदने के दुस्साहस पर अब तक भूत मेरा सर्वनाश कर चुके होते।

फिर भी डराना जरूरी था, इसलिए मजदूरों से कहा, "यह भूत की जमीन मैंने खरीदी है, इस पर अब मेरा हक है। अगर इसे किसी और ने लिया तो वो भूत चैन से नहीं जीने देंगे और तंग करेंगे।"

सन्नाटा तन गया। कोई कुछ नहीं बोला।

मुझे आश्चर्य हुआ कि यह दाँव तो खाली गया। मैंने अब मानसिक रूप से उन पर दबाव डालने के लिए कहा, "देखो, भूतों ने मुझे अब तक परेशान इसलिए नहीं किया क्योंकि तिवारियों को पैसे की जरूरत थी, इसलिए उनको सहायता देने के लिए ही मैंने जमीन खरीदी थी। और अब इस जमीन पर और उसमें दबे खजाने या उपजी फसल पर मेरा मालिकाना हक है। अगर तुम लोग सिक्के वापस नहीं करते हो, और भूतों ने तुम लोगों को सताया तो उसका जिम्मेदार मैं नहीं होऊँगा, पहले ही कह देता हूँ।"

इतना कहकर जो सिक्के मेरे हाथ लगे थे, उन्हें समेटकर घर निकल गया। मैं जानता था कि सभी नहीं, मगर कुछ तो मेरी बात के प्रभाव में आएँगे ही। घर आकर जब सिक्कों को धोया तो उनकी चमक देखकर मेरी और इन्दु की आँखें खुली की खुली रह गईं।

अगर आपको अब तक भूत के अस्तित्व में यकीन नहीं हुआ हो तो आगे सुनिए...

अगली सुबह मैं जरा जल्दी जमीन पर पहुँचा कि मजदूरों के आने के पहले एक बार खुदाई वाली जगह कुदाल चलाकर ढूँढ़ लूँ। शायद कुछ सिक्के अब भी पड़े हों, जो कल शाम के अंधियारे में नहीं दिखे। मगर मुझे एक भी सिक्का नहीं मिला। मजदूरों की आँखों से मेरी आँख ज्यादा तेज है, यकीनन।

मैं जरा निराश-सा वहीं आम गाछ के नीचे गमछा बिछाकर बैठ गया।

क्या पाता हूँ कि मेरे सामने छन्नन-छन्नक सिक्कों की बारिश हो रही है। अकबकाकर देखा तो कई चमचमाते चाँदी के सिक्के आसपास गिरे थे और कुछ दूरी पर सारे मजदूर हाथ बाँधे खड़े थे।

"माई-बाप...आपकी अमानत है, आप ही रखिए। हम सब रात भर सो नहीं पाए। जाने कैसी-कैसी आहटें आती रहीं। छप्परिया पर कोई चलता था तो कोई दुआर खटखटाता था आधी रात को...ऐसी भूत लीला नहीं देख सकते हम लोग।" मजदूरों का जो प्रमुख था, सब कह रहा था मुझसे।

अब एक विजेता की मुस्कान उभर आई मेरे चेहरे पर। लक्ष्मी मेहरबान है मुझ पर। ना...भूत की मेहरबानी है। अपनी मुस्कराहट दाबते हुए बोला, "कहे थे न तुम लोगों को, भूत किसी को नहीं चीन्हता, केवल अपने मालिक का वफादार होता है। अच्छा हुआ जो पहले ही दिन सबक मिल गया, नहीं तो आगे कुछ और अनिष्ट होता। अबसे कुछ भी मिला तो चुपचाप मुझे दे देना।"

हाँ में सर हिलाकर सब मजदूर काम पर लग गए।

आप समझ रहे होंगे कि सब मेरे डराने का नतीजा है, तो सही समझे। बस आधी रात को चादर ओढ़ छुप-छुपाकर कुछ मजदूरों के घर के छप्पर पर पत्थर फेंकना पड़ा था और एक-दो दरवाजा धपधपा के भाग निकले थे।

कसम से, कभी चोरी-बेईमानी नहीं कि, बस एक बार डराया था गाँव वालों को।

बहरहाल...उन सिक्कों की मदद से मेरा घर भी बना और ओरमाँझी गाँव में मेरा रुतबा रघु साहू से कुछ ऊपर ही हो गया। मुझे सब जमींदार समझकर इज्जत देने लगे क्योंकि अब मैंने कपड़े की एक बड़ी दुकान खोल ली थी और साथ ही साथ अपने पुश्तैनी व्यापार को भी अपना लिया था। घी, गुड़ फिर से सासाराम से आने लगा और धीरे-धीरे करके मैंने खूब पैसे कमाए। आप कह सकते हैं कि ठाठ की जिन्दगी जीने लगा। हाँ, जितना भी पैसा हो मेरे पास, रघु साहु के आगे हमेशा सिर झुकाए ही रहा जब तक वो जीवित रहे।

अब उसी भुतही जमीन में मेरी बड़ी-सी कोठी है, अपना तालाब और बागीचा है। उस दो बीघे जमीन में अब भी खेती होती है और व्यापार मेरे बेटे और पोते सँभालते हैं। तीन बीघे की बदौलत मैं नब्बे बीघे का मालिक

बन गया। मैं उस भूत का शुक्रगुजार हूँ, जिसके कारण एक बाहरी आदमी उस गाँव का सबसे अमीर बन गया।

जो भी मेरे पास आता है, उस भूत की असलियत जरूर जानना चाहता है। मैंने सबको बता रखा है कि तालाब किनारे वाले गुलैची के पेड़ में उस भूत का वास है। उसे मैं पूजा देता हूँ, और वह मेरा और मेरे परिवार का रक्षक है। इस किस्से का फायदा यह है कि न कोई आदमी मेरे खेत से कुछ चुराता है और न ही किसी तरह से मेरा बुरा करने की सोचता है। सब समझते हैं कि भूतों की छत्रछाया है मुझ पर।

मजे की बात है, उस भूत ने आज तक मुझे अपने वजूद का अहसास नहीं कराया, मगर मैं उसके अस्तित्व को सबके सामने स्वीकारता हूँ। आप लोगों के सामने भी यह सच दुहराता हूँ कि आज जो भी हूँ, उसमें उस भूत का बहुत बड़ा हाथ है।

रिंगटोन

यह एक बिलकुल नई बसी कॉलोनी है, जिसमें एक ओर तो बड़े-बड़े कई मकान बने हुए हैं तो दूसरी तरफ मीलों फैला खेत। इन दोनों के बीच एक तीन फीट की चारदीवारी है, जिसके कारण खेत और रिहायशी इलाका अलग होता है। इसी चारदीवारी से सटा पचास फीट का रास्ता है, जिससे होकर गुजरनेवाले कभी दाहिनी ओर की अट्टालिकाओं को देखते हैं तो बाईं ओर खेत के लहलहाते पौधे। दो आँखों से दो अलग दुनिया देखने का इससे बेहतर उदाहरण कहीं और नहीं मिलेगा।

इसी चारदीवारी के आसपास एक औरत कुछ देर से मँडरा रही थी। पहले उसने इधर-उधर देखा और दीवार फाँदने की कोशिश की। मगर साड़ी पहनने के कारण उसका यह प्रयास असफल हो गया। कुछ पलों तक रुकी रही...शायद मन-ही-मन सोच रही थी कि दीवार फाँदने के लिए क्या जुगत लगाए। फिर उस औरत ने बिना इधर-उधर देखे साड़ी को घुटनों से ऊपर चढ़ाया और दीवार के उस पार कूद गई।

दीवार फाँदती औरत को नहीं पता था कि कुछ दूरी से कोई उसकी हरकतों पर नजर रखे हुए है। यह आद्या थी। उसके हाथ में कई खाली कार्टन और गत्ते थे, जिसे फेंकने की जगह तलाश रही थी वह। इसी क्रम में उसकी नजर दीवार फाँदती औरत पर पड़ी और वह अपना काम भूलकर उत्सुकता से उधर ही देखने लगी। आद्या को यह समझ नहीं आ रहा था कि खेत की ओर क्यों कूदी वो औरत। कभी उसका सर दिखाई पड़ता, कभी गायब हो जाती। एक बार तो उसे लगा कि शायद कोई मजदूर है जो शौच की जगह तलाश रही है। मगर उसका छुपना और तुरन्त दिखना, उसकी सोच पर खरा

नहीं उतर रहा था। अब उससे रहा नहीं गया तो घर के दरवाजे के पास ही गत्तों को रखकर वह खेत की ओर बढ़ने लगी।

ऐसा नहीं कि केवल आद्या ने उसे देखा था...वह औरत भी इतनी देर में समझ गई थी, कि उस बड़े फाटक से निकली औरत, जो शायद उस घर की मालकिन है, उसकी नजर उसी पर टिकी है। आद्या को अपनी ओर आते देखकर मुँह बिचकाया उसने...'ऐसे चली आ रही है जैसे उसके घर में घुस गई हूँ। खेत उसका तो नहीं। आने दो...उसकी तरफ देखूँगी ही नहीं। अपना काम निपटाकर सीधे निकल जाऊँगी।'

बड़बड़ाती हुई उस औरत को देखकर यह अनुमान लगाना कठिन नहीं था कि वह अपनी और उस बड़े मकान वाली स्त्री की हैसियतों के अन्तर को खूब अच्छी तरह चीन्हती है। चिढ़ने का कारण भी है क्योंकि अक्सर ऐसी ही औरतें उसे घर के आसपास देखकर फौरन भगाने चली आती हैं। उस औरत ने सोचा, यह भी शायद भगाने ही आ रही है। उसे एक अजीब सी चिढ़ हुई उसके प्रति और खुद ही में बड़बड़ाती हुई वह फुर्ती से अपने काम में लग गई।

आद्या दीवार तक आ चुकी थी। उसने देखा कि उस औरत के हाथ में एक बड़ा-सा प्लास्टिक का बोरा है, जिसमें वह अपने काम लायक चीजें चुनकर डाल रही है। यानी यह औरत कोई मजदूर या चोर नहीं, कबाड़ बीननेवाली है। इस बात का अहसास होते ही आद्या बेहद खुश हो गई। अभी कुछ देर पहले तक वह माथा लगा रही थी कि घर का सामान अनपैक करने के बाद जितने कार्टन और कबाड़ निकले हैं, उन्हें कहाँ रखे। यहाँ आसपास न तो कोई कचरा पेटी दिखाई पड़ रही न वैसी कोई जगह, जहाँ घर का सारा कबाड़ और गन्दगी फेंकी जा सके।

आद्या ने बिना देरी किए उस औरत को आवाज दी, "सुनो, उधर बहुत सा सामान पड़ा है, शायद तुम्हारे काम का हो। एक बार चलकर उठा लो।"

उस औरत को किंचित आश्चर्य हुआ, पर किसी तरह अपनी आवाज पर काबू करते हुए उसने खुद को सहज रखने की कोशिश की थी—"आपके

घर के अन्दर?" अमूमन ये कोठीवालियाँ उन लोगों को चोर ही समझती हैं और दरवाजे के भीतर घुसने नहीं देतीं। जैसे उनके घर के भीतर क्या गईं उनका खजाना ही उठा कर ले जाएँगी। पर यह मैडम तो सीधे उसे अपने घर बुला रही हैं।

"अभी कुछ सामान बाहर निकले हैं, कुछ बाकी हैं, कल निकलेंगे। चलो देख लो।" आद्या ने आगे बढ़ते हुए उसे साथ आने का इशारा किया। वह भी अपना बोरा सँभाले, जिसमें अब तक बहुत कम ही सामान आ पाया था, एक हाथ से साड़ी घुटनों तक ऊँची कर, इस पार कूद कर सामने आ गई।

"चलिए..." कबाड़ बीननेवाली औरत को करीब से देखकर आद्या को उसका चेहरा कुछ देखा-जाना सा लगा। उसकी असमंजस भरी स्मृतियाँ जब तक किसी ठोस पहचान की शक्ल लेतीं, वह औरत पल भर को ठिठकी और एकदम से बोल पड़ी, "प्रणाम भाभी, मैं सोनी हूँ, नहीं पहचाना...?"

"सोनी!"

"मैं कमला की दीदी...भूल गईं मुझे? आपके घर काम भी किया था।" सोनी की आवाज में एक बनावटी शिकायत का पुट था। मन-ही-मन सोचा उसने...'इन लोगों को केवल काम लेने से मतलब रहता है। मेरे जैसे जाने कितने आते-जाते हों यहाँ, ये भला क्या याद रखेंगी हमें।'

कमला उसकी हाउस हेल्पर थी। आद्या ने अपनी याददाश्त पर हलका-सा जोर डाला...और हाँ, यह सोनी! कैसे भूल सकती है सोनी को वह... मगर पहचानती भी कैसे, एकदम बदल-सी गई है यह। पहली बार जब उसे देखा था, वह चेहरा कौंध गया आद्या की आँखों में। करीब दस साल पहले की बात है। गर्मी की एक दोपहर वह घर में ऊँघ-सी रही थी कि अचानक दरवाजा खोलकर एक बेहद खूबसूरत-सी लड़की दाखिल हुई। प्रणाम कहा और धीरे से बैठ गई।

वह अचकचाकर उसकी ओर देखने लगी थी। गोरा रंग, इकहरा बदन, खूबसूरत आँखें और लजीली मुस्कान। हाथों में भरी-भरी चूड़ियाँ, माँग में ढेर सारा लाल सिन्दूर और लाल-पीले रंग की साधारण, पर

चमकीली-सी साड़ी। अचानक ही सामने आई उस अजनबी लड़की के बारे में वह कुछ सोचती या उससे कुछ पूछती, खुद वह लड़की बोल पड़ी थी—"मैं कमला की दीदी सोनी हूँ। उसके साथ एक बार आपसे मिली थी।"

कमला को आद्या ने हाउस हेल्पर के रूप में पिछले ही साल रखा था। उसी के साथ एक दिन यह भी आई थी। असल में कमला की दीदी की ननद थी सोनी। कमला अपने माता-पिता के मरने के बाद अपनी बहन विमला की ससुराल में ही रहती थी। अब उनकी आर्थिक स्थिति तो ऐसी नहीं थी कि कमला का भी खर्च उठा सकें उसके जीजा। इसलिए कमला भी आसपास के घरों में काम करने लगी थी। कमला ने आद्या के घर एक साल से भी कम काम किया था। मगर उस सोनी और इस सोनी में जमीन-आसमान का फर्क है। कहाँ वह एक कमसिन-सी नई शादीशुदा लड़की जैसी लगती थी, और यह एक पकी उम्र और थोड़े भरे बदन वाली औरत। हाँ, आँखों की चंचलता और लजीली मुस्कान वही की वही है। जाने कैसे एक नजर में नहीं पहचान पाई उसे। असल में उसने सोचा ही नहीं कि इतनी दूर इस कालोनी में सोनी भी दिख सकती है उसे।

"आजकल इधर ही रहती हो क्या सोनी?"

"रातु रोड में रहते हैं अब।"

"तो इतनी दूर कैसे आ गईं?"

"आ गए, कबाड़ जमा करते-करते।" सामने पड़े सामान को देख सोनी के मन में हल्की-सी खुशी तैरी, पर उसने ऊपर से उसे भरसक प्रकट नहीं किया और भीतर ही भीतर कुछ सवालों के गणित से उलझने लगी। भाभी अपना पुराना घर छोड़कर यहाँ क्यों आ गईं? क्या ससुराल से अलग हो गई हैं? हालाँकि तब तो पूरा परिवार साथ रहता था, पर बड़ी भाभी हमेशा किचकिच करती थीं, जरूर उनके साथ की वह अनबन बढ़ती गई होगी... भैया की माँ, यानी आंटी जी, यानी भाभी की सासू माँ...वैसे तो वह भाभी को खूब मानती थीं, पर जब कभी तुलना की बात होती उनका पलड़ा

हमेशा बड़ी भाभी की तरफ ही झुकता था, कौन जाने कभी उनकी ही कोई बात चुभ गई हो और इन्होंने भैया को साफ कह दिया हो कि अब मैं इस घर में नहीं रह सकती...खुद के सवालों के खुद ही उत्तर टटोलती सोनी ने नजरें उठाकर भाभी के आलीशान घर की तरफ देखते हुए मन-ही-मन सोचा..."इन्हें पैसों की क्या कमी, जब चाहें एक छोड़ दस मकान बना लें, पर हम जैसों को तो छप्पर भी नहीं जुटता है।" हालाँकि जितने दिन इनके पास रही, अच्छे से ही रखा था इन्होंने। अगर भाई ने उतना तमाशा नहीं किया होता तो...

सोनी भागकर आई थी अपनी ससुराल से। शहर से कुछ दूरी पर घाघरा गाँव में उसकी ससुराल थी। वह पन्द्रह की भी नहीं थी, जब उसकी शादी कर दी गई थी मदन से। मदन चावल गोदाम में काम करता था। सोनी के पिता खेती-बाड़ी कर अपनी गृहस्थी चलाते थे। बाद में जब कभी वह सोचती, उसके भीतर एक टीस-सी उठती, काश माई-बाबा ने उसे भार न समझा होता! सरकार कहती है कि लड़कियों की उम्र अठारह की हो, तभी शादी करें और वह उस उम्र तक आते-आते दो बच्चों की माँ बन चुकी थी।

किराये के कमरे में रहती थी सोनी अपने पति और दो बच्चों के साथ। कमरा क्या, जैसे चाल ही था। एक-एक कमरा और लम्बा-सा बरामदा। सब रात को कमरे से बाहर निकलकर बैठते-सोते-बतियाते। ऊपरी मंजिल भी ऐसी ही थी, मगर वहाँ दो कमरे एक साथ जुड़े थे अन्दर से। जाहिर है, उसका किराया भी ज्यादा था और उसमें वही लोग रहते थे, जिनका परिवार बड़ा था।

नीचे के कमरे में अधिकतर रहनेवाले वही लोग थे जो गोदाम में माल ढुलाई का काम करते थे। कमउम्र और खबसूरत सोनी को देखकर सब उससे नजदीकी बढ़ाने के लिए लालायित रहते। मदन खूब समझता था यह और इसी कारण हमेशा चिड़चिड़ाया रहता। उम्र के पन्द्रह सालों का अन्तर उनकी ख्वाहिश और जरूरतों से भी झलकता था। सोनी के हँसने-बोलने पर हमेशा ही बन्दिश लगाता था मदन। पास के कमरे में रहनेवाले जब उसे

भाभी-भाभी कहते, उससे बात करते, तो उसे बहुत अखरता था। हमेशा इस बात पर चिखचिख होती दोनों में। बावजूद इसके गृहस्थी चल ही रही थी। सोनी का मन ऊबता तो वह मायके का चक्कर काट आती। उससे बड़ा और एक छोटा भाई था। जब वह अपनी हमउम्र सहेलियों को हँसती-खिलखिलाती देखती, तो बच्चों की उँगलियाँ थामे हुए भी उसके दिल में कसक उठती। जी भर कर न खेल पाई न पहन पाई। घरवालों ने जिसके पल्ले बाँध दिया, पीछे-पीछे चलती चली गई।

शायद निभा भी लेती वह किसी तरह अगर मदन का वो रूप उसके आगे नहीं आता। चिखचिख की तो आदत हो गई थी उसे, मगर मदन दूसरी औरत से सम्बन्ध रखे, यह बर्दाशत नहीं हो पाया उससे। वैसे भी यह बात किसी और ने नहीं बताई थी उसे। उस रात भी वह दोनों बच्चों को लिए सोई थी, अचानक नींद खुलने पर उसे मदन दिखाई नहीं दिया। हमेशा की तरह उसने सोचा कि बाथरूम गया होगा, आ जाएगा। देर होने पर वह बाहर निकली तो देखा कि मदन बगल वाले कमरे में रहनेवाली एक अधेड़ औरत के साथ... फिर तो बहुत झगड़ा हुआ दोनों में। पूरा जगार हो गया।

दूसरे ही दिन सोनी ने अपने मायके वालों से शिकायत की थी।

"मरद आदमी है, जाने दो। तुम्हें तो नहीं छोड़ रहा है न। खाना-पीना दे ही रहा है।" भाई के बेहया तर्क और माई-बाबू की चुप्पी ने उसका मन छलनी कर दिया था। उस दिन उसके भीतर विद्रोह की जो चिनगारी फूटी, रुकी नहीं।

घर लौटकर उसने नहीं सुधरने पर कुछ भी कर गुजरने की चेतावनी मदन को दे दी थी।

आद्या के सामने उसने उस दिन अपनी पीठ उघाड़ दी थी। गोरी, नाजुक त्वचा पर नीली धारियाँ अपनी कहानी खुद कह रही थीं। चोट देखकर आद्या की भी आँखों में आँसू आ गए थे..."कितनी बेरहमी से उसने..."

"कुछ दिन यहीं रहने दीजिए भाभी। कहीं और गई, तो मदन को पता चल जाएगा। अब नहीं रहना है मुझे उसके पास।"

"तुम्हारे बच्चे?"

"बच्चे मेरे अकेले के नहीं हैं। पाल लेगा वह। मुझे मार खाने नहीं जाना है वापस, वो भी उस आदमी से, जो किसी और के साथ...ई मरद जात को अपने थरिया का भात रुचता ही नहीं...।" सोनी की आवाज कहीं से कमजोर नहीं पड़ी थी...गुस्से और विरक्ति से भरा चेहरा उसके भीतर धधक रही आग और उसकी चिढ़ को जता रहा था।

ससुराल से भागी एक औरत को अपने घर में शरण देना आद्या के लिए नई मुसीबतें खड़ी कर सकता था। क्या पता जो कहानी उसने सुनाई है, वह सब झूठ हो...सोनी की पीठ पर उग आई दर्द की नीली धारियों की कौंध उसकी निगाहों में बिलकुल ताजा थीं...अविश्वास की एक महीन-सी लकीर बनते-बनते उनके बीच कहीं गुम हो गई...आद्या के भीतर सर उठाते किंचित ऊहापोह को उसके भीतर साँस लेती स्त्री की साझेदारी ने कहीं गहरे सोख लिया था...आद्या ने उसे अपने घर में काम पर रख लिया था...।

"हो गया भाभी। अब बोरे में जगह नहीं बची। कल आकर ले जाऊँगी बाकी सामान। आप घर से बाहर मत निकाल के रखिएगा। कोई और उठा ले जाएगा।"

सोनी की आवाज आद्या को अतीत से वर्तमान में खींच लाई थी।

"अब भी उसी के साथ रहती हो या...?"

सवाल सुनकर ठिठक गई सोनी। क्षण भर को चुप रही। उसकी चंचल आँखों में अचानक ही उदासी की एक परत फैल गई।

आद्या अपना सवाल पूरा करती, इसके पहले ही बोल उठी सोनी—"मर गया वह।"

आद्या को समझ नहीं आया आगे क्या कहे वह। इसलिए उसे चाय पीने के बहाने से गेट खोलकर अन्दर ले आई।

कल ही इस घर में शिफ्ट हुई है आद्या। सामान अनपैक करते-करते सुबह से शाम हो गई, मगर अभी भी बहुत सामान पैक ही पड़ा है। शाम ढलने

से पहले वह जरूरी चीजों को जमा लेना चाहती है, खासकर रसोई और बेडरूम। कल तो खाना बाहर से मँगा लिया था, मगर आज उसे अपनी ही रसोई में खाना बनाना है। रोहित ने कल बहुत मदद की मगर आज ऑफिस जाना पड़ा, इसलिए सारी जिम्मेदारी आद्या के ऊपर ही है। सोनी को देख उसे थोड़ी तसल्ली सी हुई थी...शायद हाउस हेल्पर के लिए अब उसे ज्यादा इन्तजार नहीं करना पड़ेगा...

कबाड़ का बोरा घर की दीवार से टिकाकर बाहर गैरेज में बैठ गई सोनी। आद्या को देखकर उसे भी वो सारी बातें याद आने लगी थीं, जिन्हें वह लगभग बिसरा चुकी थी।

जिस दिन वह अपने घर से भागकर आद्या के घर आई, उसे पता था कि मायके और रिश्तेदारों के घर एक-एक कर खँगालेगा मदन और उसे अपने साथ खींच कर ले जाएगा। मगर वह कल्पना भी नहीं कर सकता कि वह यहाँ होगी।

गुजरा हुआ जमाना किसी रील की तरह खुलता चला जा रहा था...उसी चाल के ऊपरी तल्ले में मोहित रहता था अपनी माँ और बहनों के साथ। कभी बाहर फुचके वाला आता तो अपनी बहनों के साथ उसे भी ले जाता, फुचका खिलाने। कभी उसके बच्चों के लिए खिलौना ला देता। आते-जाते उसे टोकता रहता—"भाभी, आज बड़ी सुन्दर दिख रही हो।" सोनी कुछ कहती नहीं, मगर थोड़ा और ज्यादा सुन्दर दिखने का जतन करती। रूखे बालों में तेल डालकर जूड़ा बनाती और उस पर जरूर कोई-न-कोई फूल लगा लेती। आँखों में काजल की मोटी रेखा खींच जब होंठो को रंगती, तो खुद पर ही रीझ जाती वह।

वह ऐसे ही समय तैयार होकर बाहर आती, जब मोहित की नजर उस पर पड़े। पहले तो वह मोहित की किसी भी बात का जवाब न देकर मुस्कराकर आगे निकल जाती थी पर धीरे-धीरे उससे बात करना भाने लगा था उसे। लगभग हमउम्र होने से दोनों में बहुत पटने लगी। मदन की हरकतों को देखकर घुटती सोनी को अब अपना दर्द साझा करनेवाला मिल गया था। उनका यह गिटपिट बात करना कब तक छुपता, उस

पर जुल्म यह कि सोनी दिन प्रतिदिन खूबसूरत होती जा रही थी। नतीजा शक्की मदन का शक और बढ़ता जा रहा था। उसे समझ नहीं आता कि इतना सब होने के बाद भी सोनी खुश कैसे रहती है। उसने पहले तो मोहित से बात करने को मना किया सोनी को, नहीं मानी वह तो फिर मारपीट पर उतर आया।

सोनी को पता नहीं कि वह मदन के प्रति चिढ़ के कारण मोहित के करीब हुई, या मोहित का इस तरह उसकी हर छोटी-बड़ी बातों पर ध्यान देना उसे इतना अच्छा लगने लगा कि मदन की कमियाँ बर्दाश्त नहीं होने लगीं उससे। वह जिद पर उतर आई। जब मारपीट शुरू हुई तो भागना ही सबसे आसान लगा उसे।

शरीर और मन दोनों से छरफर लड़की थी सोनी। आद्या को लगा ही नहीं कि वह नई लड़की है। इतनी जिम्मेदारी से काम सँभालती थी सोनी कि आद्या को लगता, वह बरसों से यहीं काम कर रही है।

आद्या जब भी फोन पर अपनी सहेलियों से बात कर हँसती, तो सोनी आकर बड़ी हसरत से उसका फोन निहारती। उसकी भी इच्छा होती कि वह मोहित से बात करे, अपने मोहल्ले का हाल पूछे। आद्या को बिस्तर पर लेटकर लोगों से बात करते देख उसकी हसरतें भी करवट बदलने लगतीं। घर की साफ-सफाई करते अक्सर वह आद्या की जगह खुद को रखकर देखती और दूसरी तरफ से मोहित की आवाज और हँसी की कल्पना करती।

काम करते हुए अपने आसपास आद्या का बने रहना शुरू में उसे बहुत अच्छा लगता था, अपने जीवन का हर सुख-दुख उसे बताती रहती। पर धीरे-धीरे जब उसे यह समझ आने लगा कि आद्या उसका मन लगाने या उसका दुख सुनने के लिए नहीं, बल्कि उस पर नजर रखने के लिए उसके आसपास बनी रहती है तो उसे बहुत अखरा था। काम करती है वह इसका मतलब यह तो नहीं कि वह चोरी कर लेगी? सोनी ने अपने-आप को कभी नौकरानी नहीं समझा। उसके बाबा खेतिहर थे और आदमी भी नौकरी करता है। जैसी भी थी, अपने घर की मालकिन थी। सब लोग अमीर घर में पैदा

नहीं होते। रूप-रंग देने में भगवान ने कोई कंजूसी नहीं की, बस किस्मत में गरीबी लिख दी।

आद्या जब कभी किसी दूसरे काम में होती सफाई करने के बहाने वह कई बार उसके फोन को उठाकर उलट-पलट के देखती थी। ऐसा नहीं था कि उसने पहली बार यहीं फोन देखा हो, उसके चाल में रहनेवाले कई लोगों के पास है फोन। मोहित के पास भी। मगर ऐसा बड़ा वाला फोन नहीं।

उस दिन आद्या भाभी ने...सोनी आद्या को मैडम नहीं, भाभी ही कहती है। मैडम कहने से उसे लगता है कि आने-जानेवाले सभी उसे नौकरानी समझेंगे। भाभी कहने से हो सकता है लोग उसे दूर का रिश्तेदार भी समझ लें...हाँ, तो उस दिन आद्या भाभी ने उसे अपने टूर का फोटो दिखाया था। उस दिन उसका मन काम में नहीं लग रहा था। सारा दिन उसके जेहन में आद्या भाभी की अलग-अलग मुद्रा की तस्वीरें आती-जाती रहीं। कई मुद्राओं की तस्वीरों में वह खुद को भी रखकर देखती और मन-ही-मन कभी मुस्करा उठती तो कभी लजा जाती। खुद की सेल्फ़ी लेने की हसरत उसके भीतर उफान मार रही थी। दूसरे दिन जब कमरे में कोई नहीं था, सोनी सफाई के बहाने धीरे से आद्या भाभी की मोबाइल उठाकर देख रही थी। उसी वक्त अटैच्ड बाथरूम का दरवाजा खुला और आद्या भाभी किसी देवी की तरह प्रकट हुईं...।

"ये क्या कर रही हो सोनी...मोबाइल हाथ से छूट कर गिर गया तो? कितने का फोन आता है, मालूम भी है तुम्हें?"

सहमकर हाथ से फोन नीचे रख दिया था सोनी ने। अपनी हैसियत समझती थी सोनी, वह अपमान का कड़वा घूँट पीकर रह गई और उसी पल यह निश्चय किया कि पगार मिलते ही सबसे पहले वह मोबाइल खरीदेगी।

जोर से डाँट देने के तुरन्त ही बाद आद्या को इस बात का अहसास हो गया था कि सोनी को यह बात बहुत बुरी लगी होगी। बात सँभालने की गरज ने आद्या ने अपनी आवाज को भरसक मुलायम बनाते हुए कहा

था, "फोन पर बच्चों से बात करना चाहती हो? किसी का नम्बर है तो दो, तुम्हारी बात करा दूँ।"

एक बार सोनी का मन हुआ कि वह उन्हीं की बात दुहरा दे—'मोबाइल हाथ से छूट कर गिर गया तो?' पर उसने अन्दर की खदबद पर एक अदृश्य छींटा मारते हुए बस इतना भर कहा था—"नहीं भाभी" और चुप हो गई थी।

कुछ देर की चुप्पी के बाद सोनी ने सहमी से आवाज में पूछा था, "मोबाइल, कितने में आता है भाभी?"

हँसते हुए बोली थी आद्या, "फोन तो दो हजार से एक लाख तक का आता है। तुम्हें भी लेना है क्या?"

बिना कोई जवाब दिए सोनी किचन की तरफ चली गई थी। चाय का वक्त हो चला था।

अब महारानी भी फोन खरीदेंगी। मन-ही-मन चिढ़ उठी थी आद्या... इन फोन कम्पनियों ने हर हाथ में फोन पकड़ा ही दिया है तो भला नौकर भी क्यों न फोन रखे।

बात आई-गई हो गई, पर सोनी के दिल में बात किसी कील की तरह गड़ गई थी। उसे महीना खत्म होने का इन्तजार था। पहले वह सोचती थी कि पगार मिलने पर सबसे पहले पहनने के लिए स्टाइलिश कुर्ती और मेकअप का सामान खरीदेगी। पड़ोस में रहनेवाली रमिया से उसकी दोस्ती हो गई थी। वह उसकी हमउम्र ही थी। अक्सर घर के बाहर कचरा फेंकने निकलने के समय दोनों की मुलाकात होती थी। उसे सुन्दर सलवार सूट पहने देखकर सोनी का भी जी ललचाता। साड़ी पहनना तो उसे पहले ही हफ्ते से अखरने लगा था, मगर वह किसी की उतरन पहनना नहीं चाहती थी।

ड्रेसिंग टेबल की साफ-सफाई करते हुए उसे आद्या भाभी के तरह-तरह के क्रीम, पाउडर और लिपस्टिक भी खूब लुभाते। उसके लिए यह दुनिया एकदम नई थी। वह तो बालों में तेल चुपड़ लेने को ही सँवरना मानती थी, मगर भाभी को देखकर और रमिया की बातें सुन-सुनकर उसे नये फैशन के बारे में बहुत कुछ पता चल गया था। अब वह अपनी

पुरानी दुनिया में बिलकुल लौटना नहीं चाहती थी। बस एक मोहित का मोह था...

जिस दिन पगार मिलनेवाली था, सुबह से ही सोनी गुनगुना रही थी। उसने सुबह ही आद्या भाभी से कह दिया था कि आज बाजार जाएगी रमिया के साथ। जल्दी-जल्दी काम खत्म कर तीन बजे वह तैयार होने लगी। रोज से अलग आज उसने अपने बाल शैंपू किए और उसे लहराता छोड़ दिया। अपने थैले से उसने गुलाबी रंग की लिपस्टिक निकालकर लगाई और माथे पर कत्थई रंग की बिन्दी लगाकर एकदम फिटफाट होकर जब आद्या से पैसे लेने आई सोनी, तो एकबारगी उसे देखती ही रह गई वह।

पगार देते हुए आद्या भाभी कम खर्च और किफायत की हिदायतें दे रही थीं और सोनी की पुतलियों में मोबाइल और सेल्फ़ी की मनमोहक कल्पनाएँ उछाल मार रही थीं। मुस्कराती हुई जब सोनी बाहर जाने लगी, तो उसे अहसास हुआ कि भाभी की निगाहें उस पर ही जमी थीं। एक खास किस्म के मान और गुमान से भर गई सोनी और सोचा—'अगर मेरा पति अमीर होता तो इस जैसी कई भाभियाँ पानी भरतीं मेरे आगे।' अन्दर-ही-अन्दर इठलाती-इतराती सोनी के पैरों गें जैसे तितलियों के पंख आ लगे थे।

दो घंटे बाद जब वह वापस आई और खुशी-खुशी नया फोन दिखाया आद्या को तो वह दंग रह गई। पन्द्रह हजार का फोन था ओप्पो कम्पनी का।

"इसमें फोटो बहुत अच्छा आता है भाभी और वीडियो कॉल भी होता है।" सोनी की आवाज में खुशी और उछाह का मिला-जुला भाव था।

"वो सब तो ठीक है...पर इतना महँगा मोबाइल कैसे लिया? मैंने तो केवल सात हजार रुपये ही दिए थे।"

आद्या को हैरत के साथ कहीं एक ईर्ष्या सी भी हुई थी। उसका पति तो लाख रुपये महीना से ऊपर ही कमाता है। पर इतना महँगा फोन उसके पास भी नहीं...और इस सात हजार कमानेवाली लड़की के हाथ में पन्द्रह हजार का फोन।

"दुकानदार पहचान वाला है भाभी। उसने किस्त पर उधार दिया है। धीरे-धीरे उसे पैसे चुका दूँगी..." सोनी खुशी से दुहरी हुई जा रही थी।

"देर हो रही है, भैया आते ही होंगे...जल्दी से डिनर की तैयारी करो।" आद्या सचेत होकर अपने मालकिन वाले बाने में लौट आई थी...कहीं सोनी उसके मन के भाव न पढ़ ले...।

सोनी के ओप्पो मोबाइल की चुभन आद्या के देह-मन में लगातार बनी हुई थी। उस रात रोहित के साथ अन्तरंग पलों में भी सोनी के आँखों की खुशी उसका पीछा करती रही...प्रेग्नेंसी के बाद घर-बाहर का सन्तुलन बनाने के लिए नौकरी छोड़ते हुए कोई खुश तो नहीं थी वह, पर एक सन्तोष मन में जरूर था कि वह अपने बच्चे को समय दे पाएगी। लेकिन सालों पहले नौकरी छोड़ने की मजबूरी आज एक तकलीफदेह टीस की तरह उसके रोम-रोम में उभर आई थी। रोहित अक्सर उसे कहता है, "तुम अपनी तुलना नौकरों से क्यों करती हो?" सोनी के हाथ में मोबाइल देखने के बाद से ही उसके भीतर यह एहसास गहरा हो आया था कि उसकी औकात नौकरों से भी गई बीती है। उसे पता है यदि इस वक्त वह रोहित से कहे तो फौरन से पेश्तर वह उसके लिए कोई महँगा फोन ऑर्डर कर देगा। शायद किसी और दिन वह ऐसा कर भी लेती, बल्कि पहले कई ऐसे अवसर उसके जीवन में आए भी हैं, पर सोनी के स्वाभिमान से दमकते चेहरे की स्मृतियाँ उस रात उसे ऐसा करने से रोक रही थीं। सोनी काम करती है। सोनी ने अपनी कमाई से खरीदा है फोन...बिस्तर में फरमाइश कर रोहित से वह फोन खरीदवा भी ले तो क्या वह उसकी बराबरी कर पाएगी...? आद्या के मन का कोना-कोना बिंधा हुआ था उस दिन...।

सालों बाद सोनी को देखकर लग रहा था कि अब न उसके पास पहले सी चंचलता है न ही वह आकर्षण। उम्र का असर भी दिखने लगा है; जबकि

तीस की भी नहीं हुई है...जब उसके पास काम करती थी तो कितनी सुन्दर लगती थी वह। हमेशा भीतर एक डर-सा बना रहता, घर में कई मर्द हैं... कहीं कोई ऊँच-नीच न हो जाए कभी...तब दिन-रात आद्या घर-परिवार में इस तरह उलझी रहती कि उसे खुद अपना कोई होश ही नहीं रहता। रोहित अक्सर ही इसे उसकी लापरवाही से जोड़ता..."सोनी को देखा है कभी? वह तो सारा दिन तुम्हारा हुक्म बजाती रहती है...फिर भी..." कितना दुख हुआ था उसे उस दिन रोहित की बात से...सोनी के चहरे पर उग आई रुखाई और उम्र से पहले ही रौनक खो रही देह को देख आद्या की नसों में एक अनाम-सा सुकून उतरा था।

सोनी को चाय की प्याली पकड़ाते हुए आद्या ने देखा कि उसके हाथ में कोई मोबाइल नहीं है...हो सकता है वह घर पर ही छोड़ आई हो...फिर खयाल आया, मोबाइल हो तो कोई घर पर क्यों छोड़ेगा, यह भी तो सम्भव है कि फोन कहीं गुम हो गया हो या गिरकर टूट ही गया हो...आद्या इस खयाल को अब एक भी पल के लिए फिसलने नहीं देना चाहती थी...वह एक खास तरह के तोष से भर उठी...जैसे कोई पुराना फोड़ा फूट गया हो।

"सोनी, अब हम यहीं रहेंगे। घर भी बहुत बड़ा है, अभी तक कोई मेड नहीं रखी है हमने...तुम यहीं आ जाओ।" आद्या के स्वर में कुछ देने का-सा भाव था, एक बनावटी मनुहार भी...।

"दो साल हुए, मेड का काम हमने छोड़ दिया है। मोहित को भी यह नहीं पसन्द था...हम दोनों मिलकर अब कबाड़ी का काम करते हैं। छोटा ही सही, पर अपने काम का अलग ही सुख है भाभी!" बाहर लगे नल पर चाय की प्याली धोती सोनी की आवाज में आत्मविश्वास की धार थी।

आद्या ने सोनी से इस तरह के जवाब की कल्पना तक नहीं की थी। उसे समझ नहीं आ रहा था कि अब वह क्या कहे...तभी मोबाइल की घंटी बजी...उसने हड़बड़ाकर फोन उठाया, पर यह क्या...उसके फोन से तो कोई आवाज ही नहीं आ रही...लेकिन रिंगटोन तो बिलकुल उसी के फोन का है...।

तराजू वाले बोरे से मोबाइल निकालती सोनी की आवाज में एक लजाई-सी मुस्कराहट है..."भाभी, यह मेरे फोन की घंटी है...मोहित ठेला लेकर कॉलोनी के गेट तक आ गया होगा...।"

आद्या के भीतर फिर से कुछ टीसने लगा था, जैसे किसी पुराने घाव में फिर से मवाद भर आया हो...सोनी फोन पर मोहित को आद्या भाभी के घर का रास्ता समझा रही थी।

कबिरा खड़ा बजार में...

सब घेर कर बैठे हैं आँगन में उसे। आस-पड़ोस के लोग तो थे ही, दूर-दराज के लोग भी आ गए हैं अब तक। ठसाठस भरा है आँगन। कुछ लोग मिट्टी के पिंडे पर बैठे हैं तो कुछ बैठने की जगह नहीं मिलने के कारण खड़े हैं। खड़े रहनेवाले लोग थक रहे हैं और शरीर का भार कभी इस पैर पर तो कभी उस पैर पर देकर सन्तुलन बनाए रखने की कोशिश में है। सन्तुलन खोने से गिर जाते हैं लोग, कभी शरीर से, कभी विचार से तो कभी आत्मा से। मगर यहाँ उपस्थित लोगों को देखकर लग रहा कि कोई भी जाना नहीं चाहता यहाँ से। सब के सब प्रतीक्षारत हैं...

फुसफुसाहट से भर गया है पूरा आँगन। सबके पास कहने-सुनने को बहुत कुछ है, मगर जिसे लेकर ये बातें की जा रही हैं, उसे कुछ भी नहीं पता कि क्या हो रहा है। पता चलेगा भी कैसे? आकाश में विचरती चिड़िया को क्या पता कि नीचे धरती पर लोग क्या विचार-विमर्श कर रहे हैं, और अगर पता चल भी जाए तो उसे क्या फर्क पड़ेगा?

सुनती तो शायद कहती कुछ, मगर करती वही जो उसे अच्छा लगता है। किसी की बात सुन लेना संस्कार है मगर जरूरी नहीं कि उन बातों को जीवन में उतार भी लिया जाए। वैसे भी वह किसी के विचारों से चलती ही कब थी?

निशा भी उस भीड़ का हिस्सा है और देख रही है उसका चेहरा एक अजनबी की तरह। माथे पर गोदने से तीन बिन्दियाँ उकेर दी गई हैं। कभी उसी हिस्से पर उँगलियाँ फेर वैसा ही टैटू बनवाने की जिद किया करती थी निशा, जिसे बड़ी चतुराई से यह कहकर टाल देती थी वह कि बहुत दर्द होता

है बनवाने में, जब बड़ी हो जाओगी तो गोदना गोदवा देंगे। वैसे भी उसके समाज में माना जाता है कि एक यही आभूषण है जो मरने के बाद भी उनके साथ जाता है। इसलिए जब निशा लगभग दस साल की हो जाएगी, दर्द सहने लायक, तभी उसका गोदना गुदवाने का सोचा था उसने। निशा को लगता था कि इसी बिन्दी के कारण उसका चेहरा इतना सुन्दर लगता है।

उसका गहरा साँवला रंग अभी कुम्हला गया है, कितना पानीदार हुआ करता था कभी उसका चेहरा! उस पर उसकी खिलखिलाती हँसी...जैसे झरझर गिरता पानी का झरना। ऐसी मीठी आवाज और दूर बजती घंटियों-सी मधुर हँसी किसी-किसी की ही होती है। आज वह बिलकुल चुपचाप है। इतने लोग बोल रहे, मगर वह किसी को भी जवाब नहीं दे रही। निशा ने कातर होकर उसका चेहरा देखा...जैसे उसकी आँखों की भाषा समझकर बोल उठेगी वह, हमेशा की तरह उसके पक्ष में।

उस रोज उसकी कमर से नीचे लम्बे बालों से पानी टपक रहा था और उससे बेपरवाह वह हाथ में पीतल का लोटा लिए तेजी से सीढ़ियाँ चढ़ी जा रही थी। मगर कमाल है कि उसके लोटे का पानी जरा भी छलक जाए। आधी चढ़ाई के बाद थककर शेड के नीचे बैठकर सुस्ताते लोगों की नजरें उस पर पड़ती हैं, उनकी आँखों में पुराने परिचय की कौंध-सी चमकती है...पहले भी कहीं देखा है इसे, मगर जाने कहाँ, याद नहीं आता।

इस भूभाग की लड़कियाँ लगभग एक-सी ही तो होती हैं—साँवला रंग, गठा हुआ पतला शरीर और चेहरे पर मासूमियत इतनी कि बार-बार देखने का मन करे। ऊपर से इनकी छनछनाती हँसी, जो सुननेवाले को थमककर खड़ा हो जाने पर मजबूर कर दे। कुदरती आकर्षण का एक ऐसा नूर इनके चेहरे पर तारी होता है कि महँगा से महँगा मेकअप करनेवाली सुन्दरियाँ भी इनके आगे फीकी लगने लगें।

यह एक बेहद ऊँची पहाड़ी है, जिस पर शिवालय है। माना जाता है कि यह पहाड़ी करोड़ों वर्ष पुरानी है और अनन्त काल से छोटानागपुर में

होनेवाले भूगर्भीय बदलाव का पुराना और अकेला गवाह है। इसकी चोटी से पूरे शहर का विहंगम दृश्य दिखता है। एक समय में इसका नाम फाँसी टुंगरी था क्योंकि ब्रिटिश शासनकाल में स्वतंत्रता सेनानियों को यहीं फाँसी दी जाती थी। यही कारण है कि यह एक पर्यटन स्थल होने के साथ-साथ आस्था का केन्द्र भी है। खासकर सावन के महीने में श्रद्धालुओं की बहुत भीड़ होती है। मगर एक अलग श्रेणी के लोग भी यहाँ प्रतिदिन भोर होने के ठीक पहले चले आते हैं, सैर के लिए। इन्हीं में से कुछ लोग अपना स्टेमिना परखने के लिए सीढ़ियाँ भी चढ़ जाते हैं।

इन दिनों वह रोज ही जाती है पहाड़ी के ऊपर, लगभग एक ही समय...जब सूरज के उगने से पहले आकाश एक खास लालिमा से भर उठता है, वह गीले बालों से टपकते बूँद-बूँद पानी से सीढ़ियों का अभिषेक करती एक-एक कदम ऊपर चढ़ती है। उस लड़की के चेहरे पर एक अजब-सा आकर्षण है। शायद उस सलोने चेहरे का पानी ऐसा है जो देखनेवालों को खींचता है उसकी ओर। वैसे चेहरे-मोहरे से इतना तो कोई भी समझ सकता है कि वह एक आदिवासी लड़की है। उसकी श्याम त्वचा और चमचमाती दन्त पंक्तियाँ किसी को भी अपने मोहपाश में बाँधने की शक्ति रखती हैं। रोज पहाड़ी की सीढ़ियों पर दौड़कर चढ़ती हुई लड़की के हाथ में लोटे के अलावा कभी कोई पूजन सामग्री नहीं दिखती। शायद उसके देवता लोटे भर जल पाकर ही उससे सन्तुष्ट हो जाते हैं।

हिरनी-सी कुलाँचें भरती उसकी इस दिनचर्या में एक रोज तब विघ्न पड़ा जब रोज उसे आते-जाते देखनेवाली महिला शशिबाला से रहा नहीं गया और टोक ही दिया बीच रास्ते में, जब वह ऊपर से धड़ाधड़ सीढ़ियाँ उतर रही थी।

"सुनो, क्या तुम पूरे साल आती हो यहाँ?"

"नहीं तो, केवल सावन भर। पूरे सावन शिव को जल चढ़ाए बिना कुछ नहीं खाते हम।" शब्दों में मोहिनी मुस्कान लिए ठिठक गई वह।

"केवल जल?"

"हाँ, शिव को और भला क्या चाहिए।" इस सरलता से उसने कहा जैसे खुद शिव ने आकर कहा हो उसे कि उन्हें जल के सिवा किसी और चीज की जरूरत नहीं।

"मगर तुम तो आदिवासी हो न!"

"तो क्या हुआ? हमारे पुरखे सरहुल भी मानते हैं और शिव को भी।" शशिबाला को दिलचस्प लगी थीं उसकी बातें। उसके साथ-साथ सीढ़ियाँ उतरने लगी वह। कुछ ही दिनों पहले वह ट्रांसफर पर मेरठ से राँची आई थी और इस शहर में बसेरा बना लिया था।

"क्या नाम है तुम्हारा और रोज इतनी सुबह ही क्यों आती हो मन्दिर?"

"सहोदरी नाम है।" तनिक शरमाती-सी ठहरी थी वह, फिर जवाब पूरा किया था, "दिन में काम पर जाना पड़ता है न इसलिए सुबहे आ जाते हैं मन्दिर।"

सहोदरी ने जैसे बिना पूछे ही शशिबाला का अगला प्रश्न भाँप लिया था, "पार्लर का काम सीखे हैं दीदी। दस बजे से अपना काम शुरू हो जाता है, इसलिए एकदम बिहाने उठकर नहा के मन्दिर आ जाते हैं। असल में बिना पूजा किए हम मुँह नहीं जुठाते, इसलिए भोरे-भोरे पहाड़ी बाबा का दर्शन कर लेते हैं।"

बात करने के अन्दाज से ही लग रहा था कि वह राँची के आसपास की ही है और इसका अभी दुनियादारी से वास्ता नहीं पड़ा है। शशिबाला ने अपना पता बताते हुए कहा कि समय मिले तो आ जाना। हो सकता है हमारे अपार्टमेंट में और भी ग्राहक मिल जाएँ तुम्हें। वैसे भी इन दिनों बैंक में इतना काम होता है कि एक छुट्टी के दिन घर से बाहर कोई भी निकलना नहीं चाहता। मेरा मन भी होता है कि घर में आराम से पसरे रहें और कोई कभी फेशियल कर दे तो कभी मैनीक्योर-पैडिक्योर।

शशिबाला जैसी इच्छा रखनेवाली बहुत कामकाजी महिलाएँ हैं शहर में और सहोदरी पार्लर वाली सुविधाएँ घर पर ही उपलब्ध करा देती थी, इसलिए उसके पास ग्राहकों की कमी नहीं थी।

अगले हफ्ते दोनों साथ-साथ सीढ़ियाँ उतर रही थीं बात करते हुए। वैसे भी सहोदरी के पास बातों का खजाना था। इन्हीं बातों में उलझकर ही तो सन्तोष को प्यार हो गया था सहोदरी से।

दूसरे समाजों की तुलना में बहुत खुली सोच वाला रहा है सहोदरी का समाज। न तो विचारों की संकीर्णता न नियमों का बन्धन ही। अपनी मर्जी का जीवनसाथी चुनने की आजादी और फिर निबाह न होने की स्थिति में उतनी ही आसानी से अलग हो जाने की छूट। मगर सन्तोष आदिवासी नहीं था इस कारण सहोदरी के गाँव वाले उसे दिकू यानी बाहरी मानते थे। इन दिनों आदिवासियत की रक्षा के नाम पर गैर आदिवासियों से शादी का विरोध किया जा रहा है। इसलिए जब समाज को सहोदरी और सन्तोष के प्रेम का पता चला तो सबने विरोध किया। सहोदरी के माँ-बाबा को समझाया गया कि दिकू से शादी करने का अर्थ है बाहरी लोगों के घर जाकर लात-मार खाना। दिकू लोग हमसे शादी ही इसलिए करता है ताकि आदिवासी जमीन पर कब्जा जमा सके।

ऐसा विरोध करनेवालों ने शायद कहीं इसे सही पाया होगा, मगर सन्तोष वाकई सहोदरी को प्रेम करता था इसलिए इन बातों का पता चला तो उसने सहोदरी का हाथ थामते हुए भरी पंचायत में कह दिया कि हम लोग बियाह के बाद शहर जाकर बस जाएँगे। उन्हें कोई आदिवासी जमीन नहीं चाहिए। इसलिए एक-दूसरे का हाथ पकड़कर गाँव छोड़ दिया उन्होंने।

मगर जिन्दगी इतनी आसान कब रही है जो सहोदरी के लिए होती। प्रेम के धागे से बुनी कहानी का अंजाम क्या होगा, यह प्रेम में डूबे लोग न सोचते हैं न कभी सोचना चाहते हैं। बस, प्रेम में हाथ थाम निकल पड़ते हैं दूर कहीं आशियाँ बनाने।

सहोदरी खुश थी मनचाहा पति पाकर।

नगर-निगम में नौकरी कर इतना कमा लेता था सन्तोष कि गृहस्थी की गाड़ी आराम से खींच ले जाए। देखने-सुनने, बात-व्यवहार में सन्तोष था ही अच्छा, तभी तो गाँव के बाजार में सहोदरी से नजरें टकराने के बाद न

वह आगे बढ़ पाया न ही सहोदरी। किसी चुम्बक की तरह दोनों की निगाहें आपस में उलझकर रह गईं। यह पहली नजर का प्यार था। बस, एक ही ऐब था सन्तोष में कि साँझ को दारू पिए बिना नहीं रहता। कई बार तो इस चक्कर में अगले या कई दिनों तक काम पर नहीं जा पाता सन्तोष। नतीजा कि उसकी पगार कट जाती।

मताल आदमी पर क्या और कितना भरोसा करती, कमाने की जिम्मेदारी भी सहोदरी ने सहज ही बाँट ली। वैसे भी आराम से घर में रहना तो उसे आता भी नहीं है। छुटपन से ही जंगल-पहाड़ में कूदना-फाँदना और तनिक बड़ी होते ही खेत-खलिहान में काम करना उसकी परवरिश का हिस्सा है। हँसते-खेलते, गाते-बजाते गुजरते जीवन में सन्तोष का प्रेम सावन की हरियाली लेकर आया था। फिर जीवन में खुशियाँ बिखेरने एक बिटिया भी आई थी। सहोदरी की इच्छा थी कि वह अपनी बेटी को खूब पढ़ाए। वह नहीं चाहती थी कि कल को बड़ी होकर उसकी तरह उसकी बेटी भी मैडमों के कॉल पर उनकी सुन्दरता निखारने घर-घर जाए।

खूबसूरती निखारने का काम तो सहोदरी का है, मगर उसकी देहयष्टि की प्रशंसा करते नहीं थकती उसकी कस्टमर कि एक बच्चे की माँ होने के बाद भी कितनी कमसिन लगती है वह।

बेशक उम्र में बहुत बड़ी थी शशिबाला, मगर दोस्ती और अपनापे के लिए उम्र कभी आड़े नहीं आती। धीरे-धीरे सहोदरी की दीदी ही बन गई थी वह। कभी उसे अपने गाँव की परम्परा और किस्से बताती तो कभी शहर की चाल और ग्राहकों का बर्ताव। जितनी देर रहती, पटर-पटर बोलती ही रहती। एक-दो बार अपनी बेटी को भी लेकर गई थी दीदी से मिलवाने, और अपना सपना भी साझा किया कि "निशा को आपकी तरह बनाना चाहती हूँ दीदी।" शशिबाला का बैंक में काम करना उसे बहुत आकर्षित करता था।

वक्त बीतता गया...घुटनों के बल चलती निशा हाईस्कूल पहुँची ही थी कि एक दिन उसका पिता और सहोदरी का आदमी मर गया जहरीली शराब पीने से।

यह इतना अचानक हुआ कि सहोदरी बिलकुल हतप्रभ रह गई। जिसका हाथ पकड़कर वह गाँव और अपनों को छोड़कर शहर आ गई थी, वह इतनी जल्दी हाथ छुड़ाकर चला जाएगा, इसकी कल्पना तक नहीं की थी उसने। उसकी आँखों के आगे जैसे अँधेरा ही छा गया। ससुराल का मुँह तो देखा नहीं था उसने, और अपना गाँव भी छोड़ आई थी सन्तोष के साथ। फिर भी उस कठिन समय में उसे अपने माय-बाबा ही याद आए और जी में आया कि सब समान समेटे और बच्ची का हाथ पकड़ लौट जाए अपने गाँव।

मगर पीछे लौटना कब इतना आसान हुआ है, खासकर तब, जब बाहर निकलने का रास्ता अपना ही चुना हुआ हो। सबको लगा था कि अब सहोदरी टूट जाएगी, मगर नहीं...वह जीवट वाली स्त्री थी।

"कितना मना करते थे दीदी, यह पीने की आदत अच्छी नहीं। नहीं माना...निशा की पढ़ाई में कोई रुकावट नहीं आने देंगे। काम तो पहले भी करते थे, अब तनिक ज्यादा खट लेंगे।" सहोदरी के चेहरे पर हमेशा खिलनेवाली मुस्कराहट में घुल आए जिजीविषा के रंग ने उसे तनिक और आकर्षक बना दिया था।

सहोदरी पहले की ही तरह अपने काम में निरन्तर जुटी रही। न तो उसकी आस्था में कोई कमी आई और न ही उसके काम में। उसके भोले बाबा अब भी एक लोटे जल से काम चला लेते थे और वह कुछ घरों की स्त्रियों की सेवा करके। धीरे-धीरे उसकी बेटी बड़ी होती गई और न जाने क्यों सहोदरी का शशिबाला से मिलना-जुलना कम हो गया। शशिबाला ने कई बार उसके नम्बर पर कॉल करके भी देखा, मगर न उठाया उसने, न ही वापस कॉल किया। शशिबाला को चिन्ता होने लगी कि कहीं उसकी तबीयत खराब तो नहीं। वह जानती थी कि सहोदरी का घर पहाड़ी के नीचे की बस्ती में है। मगर इधर घुटनों के दर्द के कारण शशिबाला का वॉक पर जाना भी बन्द हो गया था...।

किसी रविवार को कॉलबेल बजी तो उन्होंने देखा कि दरवाजे पर सहोदरी खड़ी थी एक बड़ा-सा झोला उठाए। कुछ कहा नहीं, पर शशिबाला

ने अनुमान लगाया कि सहोदरी ने पार्लर वाला काम छोड़कर डोर-टु-डोर सामान बेचना शुरू कर दिया है।

सहोदरी अन्दर आकर कुर्सी पर बैठ गई। चुप-सी थी, जैसे असमंजस में घिरी हो कि कुछ कहे या न कहे। उसके चेहरे पर उभरनेवाला तनाव इससे पहले कभी नहीं देखा था शशिबाला ने, न ही इतना चुप पाया था कभी उसे। कुछ देर तक तो वह अनमनी-सी बैठी रही, चाय के प्रस्ताव को भी नकार दिया। कुर्सी पर पहलू बदलती रही। शशिबाला की कही-पूछी बातें भी जैसे उस तक नहीं पहुँच रही थीं। शशिबाला हतप्रभ थी पर उसने किसी तरह खुद पर नियंत्रण बनाए रखा और इन्तजार करती रही खुद ही सहोदरी के बोलने का।

सहोदरी ने झटके से अपने झोले में हाथ डालकर भगवान की कुछ तस्वीरें और मूर्तियाँ निकालीं और सामने पड़े टेबल पर रख दिया—"इन मूर्तियों को आप अपने पूजाघर में रख लो दीदी।"

"क्यों...तुमने पूजा-पाठ करना छोड़ दिया क्या?" शशिबाला के सवाल में जिज्ञासा से ज्यादा आश्चर्य का भाव था।

कुछ पल चुप रही सहोदरी, जैसे मन-ही-मन अपने शब्दों को तोल रही हो...इतना आसान नहीं था उसके लिए उत्तर देना। महीनों चले ऊहापोह का सिलसिला एक बार फिर उसकी नसों में नये सिरे से दौड़ पड़ा था। कुछ लोग उसकी चुप्पी को उसका अपराधबोध समझते हैं। पर वह जानती है कि किसी दुविधा में नहीं है वह आज। सालों से अर्जित और संचित संस्कार झटके से नहीं टूटते, शुरुआती झिझक उन्हीं संस्कारों से लड़ने का नतीजा थे...जैसे बहुत मेहनत से निकले थे उसके शब्द...।

"दीदी, मैंने अपना धर्म बदल लिया है।"

"धर्म बदल लिया!" उसकी बात को ही दुहराती बेवकूफों की तरह उसका चेहरा देखने लगी थी शशिबाला।

सहोदरी के चेहरे की वह लुभावनी चमक कहीं गुम हो गई थी। आँखों के नीचे काले गड्ढे हो गए थे। कलाई में रहनेवाली चूड़ियाँ जाने कहाँ खो गई

थीं। रौनकहीन और उदास-सी आँखों वाली सहोदरी से फिर अजीब सवाल पूछ बैठी थी शशि दी।

"अब तुम पहाड़ी नहीं जाओगी?"

"नहीं दीदी...मैं अब चर्च जाती हूँ।" बहुत सपाट-सी आवाज में जवाब दिया सहोदरी ने।

शशिबाला को वह सहोदरी याद हो आई थी जिसे उसने पहली बार पहाड़ी पर चढ़ते देखा था...उन कठिन सीढ़ियों का बूँद-बूँद जलाभिषेक करती सहोदरी...शिव के लिए लोटे भर जल में अपनी श्रद्धा और सहजता लेकर हर सुबह एक खास समय पर पहाड़ी चढ़ती सहोदरी...।

अचम्भित और परेशान शशिबाला जैसे अचानक ही प्रश्नों के किसी बीहड़ में फँस गई थी...जिसने अपने पति की मौत के बाद भी अपनी आस्था में कोई कमी नहीं आने दी...न ही अपनी तकलीफो का इल्जाम कभी अपने इष्ट के सर मढ़ा...उसने...उस सहोदरी ने अचानक अपना धर्म बदल लिया?

सहोदरी नये सिरे से प्रश्नोत्तरों के किसी भँवरजाल में नहीं फँसना चाहती थी। अचकचाई-सी शशिबाला की आँखों में उग रहे प्रश्नों के बवंडर को चीन्ह लिया था उसने। बिना किसी श्रम के इस बार उसने कहा था—"अगर आप इन मूर्तियों को घर पर नहीं रखना चाहतीं तो किसी से कहकर इन्हें किसी मन्दिर में रखवा दीजिए या ठंडा करा दीजिए। आपका मुझ पर बड़ा उपकार होगा।" इतना कहते ही हाथ जोड़कर वह तीर की तरह दरवाजे से बाहर हो गई।

शशिबाला देर तक उस खुले दरवाजे को घूरती रही, जिससे अभी-अभी निकलकर सहोदरी बाहर गई थी। क्या वह वही लड़की थी, जिससे बरसों पहले पहचान हुई थी और तब जो अपने शिव को जलार्पण किए बिना मुँह में अनाज का एक दाना तक नहीं धरती थी? आज उसी ने अपने इन सारे भगवान को ही घर निकाला दे दिया, जिनके आगे रोज दीया-बाती करती थी। यह ठीक है कि आस्था बिलकुल निजी बात है, जिसका मन जिसमें रमे। पर अचानक ही उसे संशय-सा हुआ, सहोदरी...किसी ऐसे के चंगुल में तो नहीं फँस गई है...कि उसे जबरदस्ती...

जब वह राँची आई थी तो सुना था कि यहाँ के आदिवासियों को पैसे का लालच देकर उन्हें ईसाई बनाने का षड्यंत्र रचा जा रहा है। उसे इस बात पर विश्वास नहीं हुआ तो उसने एक बार सहोदरी से भी यह सवाल किया था। तब उसका जवाब बेहद सकारात्मक था—"हमारे जैसे लोग अपना जंगल, जमीन और जल बचाने की लड़ाई लड़ रहे हैं। यहाँ धर्म जैसी कोई बात ही नहीं। वैसे भी हम लोग प्रकृति की पूजा करते हैं। भला हमारे जैसे लोगों को धर्म से क्या काम और फिर हमारे साथ जबरदस्ती भी क्यों करेगा कोई।"

तब शशिबाला सन्तुष्ट हो गई थी उसके उत्तर से। पर आज एक बार फिर उसका मन नाना तरह की आशंकाओं से घिर उठा था। उसने सोचा जरूर किसी के प्रेम में ही पड़ गई है वह। पहले भी तो प्रेम के कारण ही गाँव छोड़ दिया था उसने। या फिर यह भी हो सकता है कि उसकी बेटी किसी के प्रेम में हो...और उसकी खुशी के लिए सहोदरी ने...!

शशिबाला के सारे सवाल उसके पास ही रह गए। सहोदरी को बुलाने की बहुत कोशिश की उसने। कई बार फोन भी किया। पर उसने यह साफ कर दिया था कि वह तभी आएगी उनके पास, जब वह वादा करें कि कोई सवाल नहीं पूछेंगी इस बारे में।

वादे के बाद भी नहीं आई थी सहोदरी। जब भी शशिबाला पहाड़ी मन्दिर का चक्कर काटती, उनकी नजरें जैसे चारों तरफ सहोदरी को ही तलाशतीं...

बहुत बाद में उसके एक पड़ोसी ने बताया कि उसकी बेटी को कोई रोग हो गया था, जिसे लेकर वह बेहद परेशान थी। उसका काफी इलाज भी कराया। किस-किस मन्दिर में मन्नत नहीं माँगी उसने। कुछ दिन गुरुद्वारा भी गई पर कुछ दिनों बाद सब कुछ छोड़ सिर्फ चर्च जाने लगी...मुहल्ले में इस पर काफी बातें होने लगी थी। पर वह टस्स से मस्स नहीं हुई...पिछले महीने एक दिन अचानक वह सब छोड़कर अपने गाँव चली गई। आगे क्या हुआ किसी को कुछ नहीं पता।

कैसी पागल लड़की है, मन-ही-मन सोचा शशिबाला ने। अगर मन्नत और प्रार्थना से बीमारियाँ ठीक होतीं तो दुनिया में किसी डॉक्टर की कोई

जरूरत ही नहीं थी। मगर उसने यह सब कुछ मुझसे बताया भी तो नहीं। अगर कहती तो किसी स्पेशलिस्ट से उसका इलाज तो करवा देती।

मगर धर्म बदलने की बात अब भी उनके सामने एक पहेली की तरह अनसुलझी ही रही।

मूर्तियाँ देकर सहोदरी जो गई, कभी वापस नहीं आई। उस दिन के बाद सहोदरी का चेहरा आज देखा है शशिबाला ने। सुबह-सुबह घबराई-सी आवाज में निशा का फोन आया था उनके पास, "आंटी, आप गाँव आ जाइए, अभी, इसी वक्त।"

पूरे सफर के दौरान शशिबाला आँखें बन्द कर सहोदरी को ही सोचती रही। कितना जुड़ाव हो गया था उसका सहोदरी से। अचानक आई इस दूरी से वह परेशान तो हुई थी, मगर जाने वह कौन सी गाँठ थी उसके अन्दर कि वह पहाड़ी के नीचे बसी उस मलिन बस्ती के अन्दर जाकर सहोदरी का दरवाजा नहीं खटखटा पाई। उसे भी नहीं पता कि पच्चीस-तीस किलोमीटर की दूरी पर बसी वह बस्ती क्यों और कैसे उसके लिए पातालपुरी बन गई। पर निशा के फोन ने उसे नये सिरे से बेचैन कर दिया था...और वे तमाम गाँठें जैसे खुद ब खुद खुल गई थीं।

चारों तरफ भीड़ ही भीड़ है। उसी भीड़ को चीरती वह पहुँची थी निशा के पास। उस कमसिन-सी लड़की के चेहरे पर आँसुओं के सूखे दाग थे। शशिबाला को देखते ही निशा के होंठ हल्के से काँपे। लगा कि आँसू उसकी आँखों से अब गिरे तब गिरे...पर निशा सहोदरी की बेटी थी, कमजोर कैसे पड़ जाती...जबरन पी लिए उसने अपने आँसू।

शशिबाला ने निशा को खींचकर सीने से लगाया तो एक निमिष भर के लिए शिथिल हुआ उसका बदन पर अगले ही पल झटके से अलग हो गई वह—"आंटी,मेरी बात कोई नहीं सुन रहा। प्लीज...आप इन्हें समझाइए न।"

दोनों ने एक साथ नज़रें उठाईं, उस भीड़ को देखा...भीड़ का केवल चेहरा होता है, कोई नाम नहीं। मगर पहनावे से आप पहचान सकते हैं कि कौन गाँव का है कौन बाहर का। शशिबाला की पनियाई आँखें एकटक सहोदरी पर अटक-सी गई हैं...।

भीड़ जमी है और उस भीड़ के बीच वह निर्लिप्त सोई है। निशा ने बताया था कि यह भीड़ कल से ही है और धीरे-धीरे बढ़ती ही जा रही है। गाँव-कस्बे के लोगों की यह आदत है कि वे किसी को अकेला नहीं छोड़ते, न सुख में न दुख में। पर यह एक सामान्य बात नहीं थी।

सवालों की आकुलता से शशिबाला का रोम-रोम किन्हीं काँटों की तरह खड़ा था...सहोदरी का निर्जीव शरीर आँगन में लगे नीम की छाया में विगत दो दिनों से निर्द्वन्द्व लेटा है...कभी उसी ने बताया था कि बचपन में उसने कई पेड़ लगाए थे। उसके बाबा इन पेड़ों को ही असली देवी-देवता मानते थे। आज उन्हीं देवी देवताओं के बीच सहोदरी शान्त लेटी है।

केवल तीन दिन की बीमारी में खत्म हो गई थी सहोदरी। इतनी जीवट वाली स्त्री की ऐसी मौत पर यकीन नहीं हो रहा है शशिबाला को। गोतिया सब हैं, मगर अपना कहने के लिए अब कोई नहीं बचा। निशा उसके भीतर उठ रहे सारे सवालों को पहचानती है...उसने जैसे खुद से ही कहना शुरू किया है, "माँ को दफनाने के लिए हम लोग सुबह खुदाई शुरू किए थे मगर...।"

न चाहते हुए भी शशिबाला का चिरप्रतीक्षित प्रश्न उसकी जुबान पर आ ही गया है—"सहोदरी ने ईसाई धर्म क्यों..." वह खुद को बीच में ही रोकती है कि यह समय इन प्रश्नों के पूछे जाने का नहीं है। पर निशा तक पहुँच ही गया है वह प्रश्न...अब तक जाने कितने लोगों ने कितनी ही बार यह प्रश्न पूछा, वह खुद को रोके रखी। पर सहोदरी के रोक लिए गए शब्दों में कुछ था ऐसा कि आज खुद पर बाँधे गए बाँध को खुद ही तोड़ कर बह गई है निशा भी...।

"मेरे कारण ही हुआ था सब...।" कहकर निशा ने अपनी आँखें बन्द कर ली है और उसकी आँखों में दो वर्ष पुराना वह मंजर घूमने लगा है...।

उस दिन उसकी माँ अपने काम पर गई थी और स्कूल से आने के बाद घर का काम निपटा ही रही थी कि उसे लगा सारा बदन ऐंठ रहा है और जैसे दिमाग में बिजली के झटके लग रहे हों। अचानक मुँह ऐंठने लगा और वह बेहोश हो गई।

जब होश आया तो रोती हुई माँ की गोद में उसका सर था और पूरा पड़ोस उसके घर में मौजूद था। उसके गले का हिस्सा भीगा हुआ था। उसे महसूस हुआ कि अब भी उसके हाथ-पैर काँप रहे हैं।

कुछ दिनों बाद फिर दुबारा ऐसा ही हुआ। लोगों ने कहा कि भूत चढ़ गया, तो किसी ने डायन का प्रकोप बताया। माँ उसे लेकर कभी मन्दिर जा रही, कभी डॉक्टर के पास तो कभी ओझा के पास। इस परेशानी में उसका स्कूल छूट गया और सहोदरी का काम। बहुत कठिन समय था उनके लिए। न घर में खाने को अनाज, न शरीर ढकने को कपड़े और न ही दवा-दारू के लिए पैसे। उनका दर्द न किसी को दिखता, न कोई सहायता के लिए साथ खड़ा होता। मोहल्ले के नेताओं के सामने गुहार लगाने पर भी कुछ नहीं मिला। सहोदरी निशा को अकेला छोड़ नहीं सकती थी कि न जाने कब दौरा पड़ जाए। जिनके यहाँ काम मिलता था, उनसे पहले ही उधार ले चुकी थी। उन्हीं दिनों उसे प्रार्थना-सभा के बारे में पता लगा था...किसी ने कहा था वहाँ जाकर प्रार्थना करने से बीमारी ठीक हो जाती है। वह सोच नहीं पा रही थी कि उसे जाना चाहिए या नहीं। जन्म से ही उसके इष्टदेव शिव थे, मगर जाने क्यों उसकी प्रार्थना सुन ही नहीं रहे थे वह। पति के हिन्दू होने से उसकी आस्था और दृढ़ हुई थी मगर उसने पहान के पास और सरनास्थल जाना भी नहीं छोड़ा है आज तक। फिर भी जाने क्यों कोई प्रार्थना पूरी नहीं हो रही थी।

वह जिस मोहल्ले में रहती है, वहाँ कोई चर्च नहीं था। मगर न जाने कैसे पास्टर को पता लग गया और उसके घर आए। सहोदरी को सान्त्वना दिया कि उसकी बेटी के लिए सब मिलकर प्रार्थना करेंगे तो उसका दुख दूर हो जाएगा। और जब तक बेटी ठीक नहीं होती, दवा के साथ-साथ राशन भी दिया जाएगा।

पहली बार सकुचाती हुई-सी प्रार्थना सभा में पहुँची थी सहोदरी। उसे आज भी याद है, पास्टर ने वहाँ उपस्थित सभी अनुयायियों से निशा का नाम लेकर उसकी सेहत के लिए प्रार्थना करने के लिए कहा था। सभी एक स्वर में निशा के स्वास्थ्य के लिए प्रार्थना करने लगे। भावना में डूबी सहोदरी के शरीर का रोम-रोम अपनी बेटी के ठीक होने की कामना करने लगा।

सभा की समाप्ति के बाद उसे अभिमंत्रित तेल देकर पास्टर ने कहा कि उससे निशा के शरीर की मालिश करिए और हर रविवार को प्रार्थना सभा में शामिल होइए। बाद में मिशनरी अस्पताल की पर्ची भी उन्होंने ही कटाकर दी थी...।

यह 'फेथ हीलिंग' थी या पहले से चल रही दवाओं का असर कि एक महीने तक निशा को दौरा नहीं आया और पास्टर के यह कहने पर कि "अगर आपने ईसा मसीह पर विश्वास नहीं किया तो बीमारी से मुक्ति प्राप्त नहीं होगी" सहोदरी ने चर्च जाना शुरू कर दिया।

यही वह समय था जब सहोदरी शशिबाला के घर देवों की मूतिर्यां पहुँचा आई थी।

"मैं ठीक हो ही रही थी कि अचानक माँ ने कहा कि गाँव चलकर रहेंगे। और देखिए क्या हो गया यहाँ आकर।" शशिबाला को समझ नहीं आ रहा था कि निशा को किन शब्दों में सान्त्वना दे...उसने निशा को कन्धे से लगा लिया था। शशिबाला के स्पर्श में कुछ था ऐसा जो निशा को और भावुक किए दे रह था...उसने अपनी हिचकियों को किसी तरह सँभालने की कोशिश की थी...।

"हम उन्हें यहीं गाँव की सासन (श्मशान) में दफनाने लाए थे पर कुछ लोगों ने हमें रोक दिया। दोपहर को पूरे गाँव की बैठकी हुई और फैसला सुनाया गया कि हम माँ को अपने गाँव के सासन में नहीं दफना सकते क्योंकि उसने अपना धर्म बदल लिया था।"

निशा की आवाज़ में जैसे सालों की थकान ने अपना घर बना लिया था...उसकी आँखें किसी कोटर की तरह धँसी हुई थी...बहुत परिश्रम से उसने अपना बोलना जारी रखा था..."गाँव वालों के विरोध के बाद हम लोग शव लेकर बगल के गाँव में ईसाइयों के कब्रिस्तान गए। मगर उन लोगों ने भी दफनाने से मना कर दिया...।"

शशिबाला के मौन ने जैसे अपना धैर्य खो दिया था..."उन्हें क्या दिक्कत थी?...सहोदरी तो ईसाई हो चुकी थी।"

"हाँ, पर उन्होंने अपना रजिस्टर देख कर बताया कि उसका बपतिस्मा नहीं हुआ था। इसलिए...माँ को हम वापस यहाँ ले आए..." निशा रुक-रुक

कर बोल रही थी..."रात हो गई थी। समझ नहीं आ रहा था कि क्या करें, तभी आपकी याद आई...माँ ने कहा था कभी कि कोई मुसीबत आ पड़े शशिबाला दी से सलाह लेना...इसलिए आपको फोन किया।" यह निशा की तकलीफ की इन्तहा थी जैसे...अब आँसू ने भी उसकी आँखों का साथ छोड़ दिया था...दर्द से सीझा उसका चेहरा जैसे जीवित ही प्राणहीन हुआ जा रहा था।

शशिबाला भी जैसे प्रतिक्रियाविहीन हो गई थी...भीड़ में खड़ी वह कभी सहोदरी को देखती, तो कभी उसके खपरैल घर के सामने जुटी भीड़ को, तो कभी सूनी आँखों से उसे एकटक निहारती निशा को...उसने सोचा सहोदरी जन्म से आदिवासी थी, अपने मन से शादी की एक हिन्दू से और बेटी की खातिर ईसाई धर्म अपनाया...पर आज उसकी मिट्टी के लिए कहीं कोई जगह नहीं...सबका होकर भी किसी का नहीं हो पाने की इस तकलीफ को उसने क्या कभी अपने जीवनकाल में भी महसूस किया होगा? वह तो चली गई उसे क्या पता यहाँ क्या हो रहा है उसके पीछे? अगले ही पल उसे लगा यह सहोदरी से ज्यादा निशा का और स्वयं उसका ही निर्वासन है...।

भीड़ छँटने का नाम नहीं ले रही थी...इसी बीच जाने कहाँ से पुलिस की टुकड़ी भी आ पहुँची थी, शायद उन्हें आशंका रही हो कि कहीं कुछ लोग इस तनाव की आड़ में हिंसक न हो जाएँ...।

सहोदरी के जाने के बाद यह दूसरा दिन था...उसका शरीर गलना शुरू हो चुका था...तमाशाइयों की भीड़ जमी थी, मगर सबके हाथ और मुँह बँधे हुए थे...बहुत कुछ कहने-सुनने के बाद निशा और शशिबाला के मध्य उनका मौन बोल रहा था...दोनों की बेचैनी और विकलता को महसूस करने के लिए जैसे हवा भी थम-सी गई थी...शशिबाला की कातर निगाहों ने शान्त खड़े सुदीर्घ, घने और हरे वृक्षों को बयार की उम्मीद में निहारा और तभी उसे सहोदरी की एक बात का ध्यान हो आया...'मेरे बाबा इन वृक्षों को ही देवी-देवता मानते थे...' जाने उस वक्त उस स्मृति में क्या कौंधा था, उसने निशा का हाथ थामा और धीरे से लेकिन दृढ़ शब्दों में

उससे कहा, "निशा, हमारी सहोदरी कहीं और नहीं जाएगी, यहीं रहेगी, इन देवी-देवताओं के साथ...।

सहोदरी की मिट्टी को उसके अहाते में दफन करते निशा और शशिबाला की आँखों में किसी के लिए कोई शिकायत नहीं थी...सामने खड़े विशाल वृक्षों से वह सबका खैर माँग रही थी...उनका भी, जो सहोदरी की काया को आखिरी जगह तक नहीं दे सके...कबीर के बोल उनके भीतर कहीं गहरे गूँज रहे थे...'कबिरा खड़ा बजार में, माँगे सबकी खैर...' उनके गोदने की बिन्दियाँ दूर से चमक रही थीं।

सपनों के ढाई घर

मनोहर की तरफ संशय की नजर से देखती पूर्णिमा अपनी कुर्सी से उठी थी। मनोहर ने जैसे आँखों ही आँखों में उसे आश्वस्त किया—'आप जाइए। मैं यहीं हूँ।'

यह एक अत्याधुनिक फर्टिलिटी सेंटर है। डॉक्टर से मिलने के लिए कई पेशेंट इन्तजार में बैठे हैं। दो नर्सें काउंटर सँभाल रही हैं और आनेवाले पेशेंट का सारा ब्यौरा एक पेपर में लिख के जमा करती जा रही हैं। कुछ देर पहले ही पूर्णिमा ने अपना रजिस्ट्रेशन करवाने के बाद वजन और ब्लडप्रेशर नपवाया था।

डॉक्टर के केबिन में सामने की सीट पर बैठी पूर्णिमा जैसे किसी अनाम-सी झिझक में है, खुद में सकुचाई-सी भी। चश्मे के पीछे से झाँकती डॉक्टर की सवालिया निगाहें उसके गोल चेहरे पर अटक-सी गई हैं। इससे पहले कि डॉक्टर कुछ पूछती, पूर्णिमा ने स्वयं ही अपने संकोच को हौले से धकेला है—"डॉक्टर, मुझे आईवीएफ करवाना है।"

डॉक्टर की निगाहें अब उसके चेहरे से हटकर टेबल पर पड़े उस पेपर पर जम गई हैं, जिसे नर्स अभी-अभी रखकर बाहर गई थी। कागज पर लिखी इबारत को जैसे वह खुद में दुहराती है—'उम्र बावन वर्ष'। और अगले ही क्षण उसकी जुबान पर एक सवाल उभरता है—"क्या आपको पीरियड नियमित आता है?"

पूर्णिमा ने यहाँ आने के पहले आईवीएफ के बारे में खासा रिसर्च किया था। उसे यह जानकर तसल्ली हुई थी कि मेनोपॉज के बाद भी इस प्रक्रिया से गर्भ धारण किया जा सकता है। पर अचानक ही पूछे गए इस सवाल ने

जैसे उसे दो कदम पीछे ठेल दिया और वह लड़खड़ाई-सी आवाज़ में कहती है—"मेरा...मेनोपॉज हो चुका है..." पर अगले ही क्षण अपने आत्मविश्वास को बटोरते हुए वह एक प्रश्न डॉक्टर की तरफ बढ़ा देती है—"पर मैं आईवीएफ की प्रक्रिया से अब भी माँ बन सकती हूँ न?"

डॉक्टर पूछना चाहती थी, 'इस उम्र में आप माँ क्यों बनना चाहती हैं?' पर उसकी जुबान पर आते-आते उसके भीतर मचलते प्रश्न ने अपना रुख बदल लिया है—"क्यों नहीं बन सकतीं!" अब डॉक्टर के चेहरे पर प्रोफेशनल मुस्कान की सुनहली चमक है, जिसकी छाया में पूर्णिमा ने अपने लिए सुकून महसूस किया है।

"आपको पहले अपना पूरा हेल्थ चेकअप करवाना होगा। अगर सारी रिपोर्ट सही आई तो हम आपको 'इन विट्रो फर्टिलाइजेशन' ट्रीटमेंट देंगे, जिसके लिए आपको किसी डोनर से एग लेना पड़ेगा। इस उम्र तक आते-आते गर्भ भी सिकुड़ जाता है, पर चिन्ता की कोई बात नहीं, इसके लिए हम आपको हार्मोनल इंजेक्शन देंगे। और हाँ, आपके पति के स्पर्म की जरूरत तो होगी ही।"

"मैं सिंगल हूँ, डॉक्टर...।"

डॉक्टर अन्दर-ही-अन्दर चौंकी थी पर उसने अपने चेहरे पर इसकी कोई लकीर नहीं उभरने दी। हर पेशेंट की तरह पूर्णिमा भी उसके लिए सिर्फ एक केस होना चाहिए, लेकिन वह अपने भीतर एक खास तरह की दिलचस्पी महसूस कर रही थी। अगले ही पल यह अहसास होते ही कि उसका पेशा इसकी इजाजत नहीं देता, उसने अपने संशय और कौतूहल को सायास दबाया था, "तो फिर आपको दोनों डोनर का इन्तजाम करना पड़ेगा। या आप चाहें तो हमारे बैंक से भी ले सकती हैं।"

"डोनर की चिन्ता नहीं है मुझे। मेरे पास दोनों डोनर मौजूद हैं। आप जब भी कहें मैं उन्हें लेकर आ सकती हूँ।" पूर्णिमा यह भी कहना चाहती थी कि वैसे ही वह बहुत देर कर चुकी है। इसलिए जितनी जल्दी हो सके, यह प्रक्रिया शुरू हो जाए। पर उसने सोचा, डाक्टरी मामले में यह उतावली ठीक नहीं और उसने अपनी उफनती भावनाओं को नियंत्रित कर लिया था।

"फिर ठीक है..." डॉक्टर ने प्रोसेस समझाना शुरू किया था—"आईवीएफ के लिए डोनर को पीरियड के ठीक दूसरे दिन सेंटर आना होगा। पहले उनका ब्लड टेस्ट होगा, फिर इंजेक्शन दिया जाएगा। जरूरत के हिसाब से बारह दिन तक लगातार दवाइयाँ दी जाएँगी ताकि ओवरी मल्टीपल एग्स प्राड्यूस करने लगे।"

पूर्णिमा ध्यान से डॉक्टर की बात सुन रही थी..."मैं आपको डरा नहीं रही, पर हो सकता है इस प्रक्रिया में आपको कुछ कॉम्पलीकेशंस हों। आपकी उम्र को देखते हुए यह भी सम्भव है कि हम पहले प्रयास में सफल ना भी हों...पर इस कारण निराश होने की जरूरत नहीं है। कई बार कम उम्र वाले पेशेंट के साथ भी ऐसा हो जाता है। उस स्थिति में हमें यह भी देखना होगा कि आपकी ओवरी कैसे रीएक्ट कर रही है। तब शायद दूसरे प्रयास में हम और बेहतर तरीके से आगे बढ़ सकें...।"

पूर्णिमा कुछ कहती नहीं पर उसकी आँखों के ठीक ऊपर चिन्ता के बल स्पष्ट देखे जा सकते हैं। डॉक्टर इन लकीरों को पढ़ना अच्छी तरह जानती है..."पर यह सब थेयरेटिकल बातें हैं, जो आपको सिर्फ इसलिए बता रही हूँ कि आप इस प्रक्रिया में जाने से पहले इसके सभी आस्पेक्ट्स को ठीक से समझ सकें। वरना आपकी पर्सनैलिटी और फिटनेस को देखते हुए मैं आश्वस्त हूँ कि आप बहुत जल्दी ही एक स्वस्थ और सुन्दर बच्चे को जन्म दे सकेंगी।" पूर्णिमा के चेहरे पर सम्भावना में लिपटी स्मिति की आभा कौंधी थी। उसने सोचा डॉक्टर जितनी प्रोफेशनल है उतनी ही व्यवहारकुशल भी।

कुछ देर की ही बातचीत में डॉक्टर को पूर्णिमा के बौद्धिक स्तर का पता चल गया था। इसलिए वह विस्तार से उसे ट्रीटमेंट के बारे में समझा रही थी—कब और कैसे डोनर के मल्टीपल एग्स से स्वस्थ अंडे को अलग किया जाएगा, कब ओव्यूलेशन से पहले फाइनल ट्रिगर इंजेक्शन लगाया जाएगा, कब फॉलिकल से एग निकालकर लेबोरेट्री में रखकर उसे सीमेन से निषेचित कराया जाएगा और इस प्रक्रिया से जुड़ी कई अन्य बातें। पूर्णिमा ने किसी गम्भीर विद्यार्थी की तरह डॉक्टर के कहे हर शब्द को अपने मस्तिष्क के हार्ड डिस्क में सेव कर लिया था। करीब आधे घंटे बाद जब वह बाहर आई,

डॉक्टर की केबिन में जाने के पहले उसके चेहरे पर उगी संशय की लकीरों का कहीं कोई नामोनिशान नहीं था।

मनोहर के साथ घर लौटते हुए पूर्णिमा को लगा वह किसी स्वप्नलोक की सैर पर है। वे अनगिन रातें, जिन्हें उसने जागी आँखों से काटा था, सब उसकी स्मृतियों में आवाजाही कर रही थी। असमंजस और दुविधा की लम्बी सुरंग से गुजरते हुए उसने जो निर्णय लिया था, डॉक्टर के दृढ़ और मुलायम शब्दों ने जैसे उसके साकार होने की भूमिका लिख डाली थी। उसने सोचा, स्वप्न और खुशी जुड़वाँ बहनें होती हैं, जिसे उम्मीद की डोर हमेशा आपस में बाँधे रखती है। ऐसा सोचते हुए कब उसके दाहिने हाथ ने मनोहर की बाईं कलाई को मजबूती से थाम लिया, उसे पता ही नहीं चला। रेड लाइट पर गेयर बदलने के लिए जब मनोहर ने आहिस्ते से अपना हाथ उसकी पकड़ से अलग किया, पूर्णिमा खुद में ही सकुचा-सी गई। यह उसके जीवन के सबसे खूबसूरत लम्हों में से एक था। उसने आँखों ही आँखों में मनोहर के प्रति अपनी कृतज्ञता जताई थी। उसी क्षण जाने उसके भीतर कहाँ से यह अहसास जागा था...।

'यहाँ तो संगीता को होना चाहिए था।'

मनोहर और संगीता की आँखों में उसने हमेशा एक-दूसरे के लिए एक खास तरह का अनुराग महसूस किया है। लेकिन यह उनके रिश्ते की सीमा थी या एक-दूसरे की निजता का सम्मान, न उसने कभी इस बाबत उससे कुछ पूछा न उसने ही कभी कुछ अपनी तरफ से बताया। पर इस निर्णय पर पहुँचने के लिए मनोहर और संगीता का साथ ही उसका सबसे बड़ा सम्बल था। पूर्णिमा किसी अनजान डोनर के बीज और अंडे से अपने सपनों की मूर्ति नहीं गढ़ना चाहती थी। पर डॉक्टर के यहाँ जाने से पहले मनोहर ने उसे संगीता की तरफ से भी आश्वस्त कर उसकी दुविधा को बहुत हद तक खत्म कर दिया था। पूर्णिमा ने निमिष भर को अपनी पलकें बन्द कीं और मन-ही-मन उन दोनों की सलामती के लिए दुआ की।

घर आकर संगीता से फोन पर बात करते हुए पूर्णिमा ने गौर किया कि लिविंगरूम के पूर्वी रोशनदान पर लगे घोंसले में मादा चिड़िया ने दो अंडे दिए थे।

संगीता को वह मनोहर के माध्यम से ही जानती है, उससे उसकी सीधी मुलाकात और बात भी कम ही बार हुई है। पर कब, कैसे वह अनजान-सी लड़की उसकी अन्तरंग सहेली-सी हो गई, उसे पता ही नहीं चला। और आज तो जैसे उसकी आवाज़ में माँ के जैसा ममत्व भी आ घुला था।

डॉक्टर की बातों से पूर्णिमा को समझ आ गया था कि उसके पास अभी करीब एक महीना और है। शुरुआत में तो मनोहर और संगीता की ही मुख्य भूमिका है। वह कॉलेज में लम्बी छुट्टी का आवेदन देनेवाली थी पर मनोहर ने ऐसा करने से मना किया—"अभी आगे आपको छुट्टियों की बहुत जरूरत पड़ेगी।"

पीरियड के दूसरे दिन संगीता को लेकर डॉक्टर के पास पूर्णिमा ही गई। उनके लिए यह एक नितान्त नया अनुभव था। संगीता घबरा रही थी। पूर्णिमा को उसने मनोहर के मार्फत जाना था। वह जानती है, मनोहर उन्हें बहुत प्यार भी करता है। पर यह प्यार सामान्य विपरीतलिंगी प्यार जैसा भी नहीं है। ऐसा बेदाग प्यार जिसमें केयर के साथ सम्मान का चुटकी भर नील भी मिला हुआ है।

मनोहर अक्सर उसके साथ के खास और नितान्त निजी क्षणों में भी पूर्णिमा का जिक्र करता है। शुरू में इस कारण उसे पूर्णिमा से एक अनकही-सी ईर्ष्या होती थी। पर बहुत जल्दी ही उसने यह समझ लिया था कि इस तकलीफ से मुक्ति का एक ही उपाय है कि वह पूर्णिमा को उतना ही अपना बना ले, जितना अपना उसके लिए मनोहर है। पूर्णिमा की खुशी की खातिर ही उसने डोनर बनना भी स्वीकार किया था। शायद उससे भी ज्यादा मनोहर की खुशी की खातिर। वह जानती थी कि पूर्णिमा के माँ बनने से मनोहर बहुत खुश होगा। इसके पीछे शायद यह अहसास भी रहा हो कि अपना बच्चा आने के बाद ही शायद मनोहर पर पूर्णिमा की भावनात्मक निर्भरता कम हो सकेगी। पर अब भी कई बार उसके भीतर एक हूक-सी उठती है, यह उसका पहला बच्चा होगा, उसका और उसके मनोहर का...मगर कहलाएगा पूर्णिमा का।

पर दूसरे की खुशी और अपने स्वार्थ के लिए लिया गया यह निर्णय कब उसके अपने स्वप्न में बदल गया, उसे भी कहाँ पता चला था। चेकअप

और अल्ट्रासाउंड के लिए फर्टिलिटी सेंटर के चक्कर लगाती संगीता को यह सोचकर ही एक मीठी-सी पुलक होती कि भले माँ पूर्णिमा बनानेवाली हैं, पर यह बच्चा उसका और उसके मनोहर का ही है। सम्भावित मातृत्व का यह अहसास संगीता के लिए इतना स्निग्ध, आत्मीय और पारदर्शी था कि वह स्वयं को पूर्णिमा में और पूर्णिमा को स्वयं में देखने लगी थी।

संगीता की आँखों में उग आए सपनों की इस कोंपल को मनोहर तो नहीं देख सका पर पूर्णिमा की आँखों ने बहुत शिद्दत से इसे पहचान लिया था। शायद यही कारण है कि वह कभी उन दोनों को एक साथ लेकर फर्टिलिटी सेंटर नहीं आई। मनोहर और संगीता में जब जिसकी जरूरत हुई, वह सिर्फ उसे ही साथ लाई।

प्रयोगशाला में हुए निषेचन के बाद वह दिन भी आ ही गया था जिसके इन्तज़ार में पिछले कुछ महीनों से पूर्णिमा के दिन-रात को पंख लग गए थे। वह अल्ट्रासाउंड मशीन के सामने लेटी है। उसने आँखें बन्द कर रखी है और उसके पूरे बदन में एक कोमल-सी सनसनाहट हो रही है। आज के पहले उसने अपनी धमनियों में दौड़ते रक्तकणों का यह संगीत कभी नहीं सुना था। नर्स बता रही है कि बस पाँच मिनट और, डॉक्टर आने ही वाले हैं। महीनों की प्रतीक्षा के बाद आया यह पल पूर्णिमा के लिए हजारों प्रकाश वर्ष जितना लम्बा हो आया है। उसके लिए यह सिर्फ डॉक्टर की प्रतीक्षा के क्षण नहीं हैं। गर्भाशय में भ्रूण के आ उतरने की यह प्रतीक्षा उसकी नसों में पुलक, उत्तेजना और आह्लाद के रस घोल रही है। तभी उसे पहले दिन डॉक्टर की कही बातें याद हो आती हैं—'कई बार इस उम्र तक आते-आते गर्भाशय सिकुड़ने लगता है...।' क्या उम्र के इस पायदान पर उसका गर्भाशय उसके होनेवाले शिशु को सुरक्षित रख पाएगा? खुद के भीतर उठे इस प्रश्न ने पूर्णिमा को सहसा एक भय के अँधेरे में खींच लिया है। वह सायास इस भय को परे झटक देना चाहती है। कुछ नहीं होने देगी वह अपने बच्चे को...अपनी कल्पना में बसे उस गुलगोथना चेहरे को याद करना चाहती है पूर्णिमा, पर कोई अदृश्य-सी ताकत है जो उसकी आँखों को बन्द किए जा रही है...।

पूर्णिमा ने महसूस किया कि उसके बाहर-भीतर फैले घने अँधेरे को चीरती एक आवाज़ उसके चारों तरफ गूँजने लगी है। यह आवाज मालती भाभी की है। मालती भाभी फूट-फूट कर रो रही हैं और वह बार-बार उनसे पूछे जा रही है, "क्यों रो रही हो भाभी?"

भाभी कुछ नहीं बोलतीं, बस पूनो-पूनो कहती हुई उससे लिपटकर रोती ही जाती हैं।

दौड़कर बाहर निकली पूर्णिमा। उसने कुछ देर पहले ही देखा था एक आदमी भाभी के कमरे से निकलकर तीर की तरह घर के बाहर गया था।

"माँ, वो कौन आदमी था? भाभी के कमरे में क्या कर रहा था? भाभी क्यों रो रही हैं?"

पूर्णिमा अपने उन्हीं सवालों को बार-बार दुहरा रही है, मगर न भाभी कुछ बोल रही हैं न माँ। भाभी की रुलाई और माँ की चुप्पी से झुँझलाहट हो रही है उसे..."बताती क्यों नहीं माँ...?" माँ अब भी कुछ नहीं कहतीं बस खाली नज़रों से उसकी तरफ एकटक देखा रही हैं जैसे किसी शून्य में झाँक रही हों।

नर्स की आवाज़ ने पूर्णिमा की चेतना को झकझोरा है जैसे, "मैडम, मैडम...उठिए...डॉक्टर आ गई हैं।"

सजग हो गई पूर्णिमा। उसकी पलकों की पोर पर ठहरे आँसू आँख खोलते ही गिरकर बिस्तर पर पर बिछी सफेद चादर में लुप्त हो गए कहीं।

डॉक्टर एक नजर मुस्कराते हुए उसकी तरफ देखती है, जैसे आँखों ही आँखों में उसे और खुद को बेस्ट ऑफ लक कह रही हो। अब वह यंत्रवत अपने काम में लगी है। डॉक्टर की नजर सामने लगे मॉनिटर पर है और उसकी सहायिका कैथेटर के जरिये पूर्णिमा के गर्भाशय में भ्रूण स्थानान्तरित करने में मदद कर रही है। पूर्णिमा की बन्द आँखों के सामने कभी मनोहर का चेहरा आ रहा तो कभी संगीता का तो कभी उस आदमी का जो उस दिन मालती भाभी के कमरे से निकलकर बाहर गया था।

पूर्णिमा का कद ऊँचा, रंग खूब गोरा और व्यक्तित्व दबंग था। वह किसी भी शहर में पाँच वर्षों से ज्यादा नहीं टिकती थी। एक तरफ तो उसकी नीली

आँखों और मजबूत कद-काठी को देख मर्दों का दिल उसके पास जाने को मचल उठता था मगर एचओडी होने के कारण डिपार्टमेंट में सब खौफ भी खाते थे उससे। सब जानते थे कि वह अकेली ही रहती है। कॉलेज में लोग उसके निजी जीवन को लेकर हमेशा कयास लगाते। पीठ पीछे उसक बारे में खूब गॉसिप होती—कोई कहता डिवोर्सी है, तो कोई कहता किसी के साथ लिव इन में थी, अब अलग हो गई। पर उसके जीवन का रहस्यमय कोहरा अब तक कोई भेद नहीं पाया था। पूर्णिमा ने भी कभी खुलकर अपने बारे में किसी को कुछ नहीं बताया। उसके लिए अकेले रहने का यह फैसला आसान नहीं था। पर वह सारी बेड़ियों को तोड़कर बहुत दूर निकल आई थी, नितान्त अकेली। उसने हमेशा यह कोशिश की कि वह जहाँ भी रहे, उसे कोई न पहचाने, न कोई कुछ सवाल ही करे। मगर यह मनोहर...।

मनोहर पूर्णिमा का कुलीग है। एक ही कॉलेज में पढ़ाते हैं दोनों। पूर्णिमा अब प्रोफेसर हो चुकी है; जबकि मनोहर ने अभी कुछ ही दिन पहले लेक्चरर के पद पर ज्वाइन किया थ। पूर्णिमा के अन्दर कई रिसर्च स्कॉलर थे, जिनके आने-जाने से घर गुलजार रहता था। मगर कई बार वह बेहद अकेलापन महसूस करती थी। मनोहर भी मनमौजी किस्म का व्यक्ति है, हमेशा अपनी ही धुन में रहता है। कॉलेज के बाद वह गाने की प्रैक्टिस करता था। कई बार स्टाफ रूम में भी वह कोई धुन गुनगुनाता रहता। जहाँ और लोग पूर्णिमा की नजर का सामना करने पर झेंप जाते, वहीं यह मनोहर बदले में मीठी मुस्कान दे देता। पूर्णिमा को उसकी यह बात खास तौर पर अच्छी लगी कि इन छह महीनों के दरमियान मनोहर ने कभी न कोई व्यक्तिगत प्रश्न पूछा न ही उससे चिपकने की कोशिश की।

धीरे-धीरे मनोहर और पूर्णिमा के बीच अच्छी बातचीत होने लगी थी। एक शाम पूर्णिमा के बुलावे पर जब मनोहर उसके घर गया, वहाँ तीन-चार शोधार्थी पहले से ही मौजूद थे। मनोहर की फेवरिट ब्लैक कॉफी के साथ पूर्णिमा ने उसकी तरफ एक प्रस्ताव भी बढ़ाया था—"विभाग के प्रशासनिक काम ही इतना वक्त ले लेते हैं कि इन्हें मैं पर्याप्त वक्त नहीं दे पाती। मैं चाहती हूँ कि इनमें से कुछ के गाइड आप बन जाएँ।"

किंचित संकोच के साथ मनोहर ने कहा था, "मैं आपके साथ इनका को-गाइड बन जाऊँ तो? इस तरह मुझे भी आपके अनुभव से कुछ सीखने का मौका मिल जाएगा।" पूर्णिमा की आँखों में स्वीकृति की चमक थी, शायद उसके प्रस्ताव का आशय भी यही था।

समय के साथ पूर्णिमा और मनोहर की आपसी अंडरस्टैंडिंग बेहतर होती गई। अब वे दोनों महज कुलीग नहीं रह गए थे। मनोहर झारखंड की जिस पृष्ठभूमि से आया था, वहाँ महिलाएँ कामकाजी तो थीं, पर इस तरह स्वतंत्र और एकाकी जीवन जीनेवाली किसी स्त्री को उसने पहली ही बार देखा था। पूर्णिमा का आत्मविश्वास से भरा व्यक्तित्व उसे सहज ही आकर्षित करता। पूर्णिमा ने भी उसे आम पुरुषों से अलग पाया। मनोहर का जेंडरमुक्त व्यवहार उसे प्रभावित करता था।

को-गाइड बनने के बाद अब उनकी शामें अक्सर साथ बीतने लगी थीं। कॉलेज और सार्वजनिक जीवन में अमूमन रिजर्व रहनेवाली पूर्णिमा धीरे-धीरे मनोहर के सामने खुलने लगी। लेकिन तमाम बेतकल्लुफी के बावजूद पूर्णिमा मनोहर से अपने मन का एक कोना सायास छुपाए रखती। उसने कभी भी अपने सिंगलहुड के लिए उससे कोई सहानुभूति नहीं चाही। पर मनोहर पूर्णिमा की आवाज़ में अनजाने ही उतर आए एकाकीपन को पहचानने लगा था। वह अपनी तरफ से हर वह कोशिश करता जिससे पूर्णिमा खुद को एकाकी न महसूस करे। लेकिन उसे इस बात का भी इल्म था कि वह पूर्णिमा का स्थायी समाधान नहीं हो सकता था।

ऐसी ही किसी शाम डिनर के पहले ड्रिंक की चुस्की लेते हुए मनोहर ने पूर्णिमा के आगे मातृत्व का यह विकल्प प्रस्तावित किया था। पूर्णिमा के लिए यह अकल्पनीय था। वह चुप रह गई थी...जाने यह चुप्पी उसका प्रतिकार थी या स्वीकार। घर-परिवार के झंझट से खुद को सायास मुक्त कर चुकी पूर्णिमा को तब कहाँ पता था कि इतनी जल्दी वह अपने भीतर एक नई जिन्दगी की सम्भावनाएँ तलाशने लगेगी।

मनोहर और संगीता किसी देवदूत की तरह उसकी ज़िन्दगी में दाखिल हो गए थे।

डॉक्टर की सलाह पर आब्जर्वेशन के लिए उस दिन पूर्णिमा फर्टिलिटी सेंटर पर ही रुक गई थी। विजिटिंग आवर में मनोहर और संगीता बारी-बारी से उससे मिलने आए थे। कुछ घंटों के अन्तराल पर नर्स आकर हालचाल पूछ जा रही थी। पूर्णिमा के बगल वाली बेड पर करीब तीस-पैंतीस वर्ष की एक महिला लेटी हुई थी। उसका भी आज ही भ्रूण प्रतिस्थापन हुआ था। शुरुआती बातचीत के बाद उस महिला ने जब उसके देर से माँ बनने के निर्णय के बारे में पूछा तो बहुत देर तक खामोश रही पूर्णिमा। उसे समझ ही नहीं आया कि आखिर इस सवाल का क्या जवाब दे वह। कुछ देर बाद उसने बस इतना ही कहा कि कुछ चीजों का शायद वक्त तय होता है। यह सुन मुस्करा पड़ी साथ वाली पेशेंट और बताने लगी कि उसका पति उससे उम्र में दस वर्ष बड़ा है और उससे बहुत प्यार करता है। शादी के पाँच सालों तक जब बच्चा नहीं ठहरा तो डॉक्टर से इलाज शुरू हुआ। पता चला कि उसी में कमी है। बहुत डॉक्टरों के चक्कर काटे, मगर कोई फायदा नहीं हुआ। पर उसके ससुरालवालों को अपने खानदान का चिराग चाहिए। इसलिए अब वह उधार का अंडा लेकर अपने पति के बच्चे को ही पैदा करने के उद्देश्य से यहाँ आई है और यह बात केवल पति-पत्नी ही जानते हैं।

'उधार का अंडा...' इस शब्द ने एक बार नये सिरे से विचलित किया था पूर्णिमा को। उसने तो अंडा और स्पर्म दोनों ही उधार लिए हैं। खुद से एक लम्बी लड़ाई लड़ी है उसने तब जाकर कहीं यह शब्द उसकी ज़िन्दगी में शामिल हो सका है। उसे याद आया कुछ दिन पूर्व मनोहर किसी शोधार्थी को पौध प्रजनन के सिद्धान्त और उसकी विधियों के बारे में बता रहा था—"पेडिग्री मेथड यानी वंशावली प्रजनन आनुवांशिक सुधार की एक ऐसी विधि है जिसमें अलग-अलग पीढ़ियों से बेहतर जीनोटाइप का चयन कर उनके माध्यम से पादपों में बेहतर परागण और गर्भाधान की सम्भावनाएँ विकसित की जाती हैं।" पूर्णिमा ने तो जाने कब से इन चैप्टर्स को सिलेबस से सायास बाहर कर दिया है। प्रजनन, बीज और नस्ल जैसे शब्द उसके भीतर किसी कील से चुभते हैं। प्रशासनिक जिम्मेवारियों की ओट में किसी

तरह खुद को क्लास लेने से तो बचा लेती है वह, पर शोधार्थियों को गाइड करना जरूरी है, इससे नहीं बचा जा सकता। मनोहर को को-गाइड बनाने के निर्णय के पीछे भी शायद यही सबसे बड़ा कारण था। मनोहर के शब्दों की ध्वनि जैसे सीधे उसके कान में उतर रही हैं..."पुष्ट बीज बोने से धरती से अच्छी पैदावार होती है। इसलिए किसान हमेशा ही फसल उगाने के लिए ऐसे बीज सँजोकर रखते हैं...।" पूर्णिमा की पनियाई आँखों में समय का पहिया तेज गति से पीछे घूमता है।

वह एक छोटा-सा कस्बा था, यहाँ से बहुत दूर। अलग समाज, अलग संस्कृति जैसे एक नितान्त अलग द्वीप हो या उससे भी ज्यादा एक कबीला। माँ ने बताया था उसके पूर्वज शाक्यद्वीप से आकर यहाँ बस गए थे। जीवन जीने का उनका अपना ढंग था, अपने ही रीति-रिवाज... शादियाँ भी वे अपने ही कबीले में करते। स्वभाव से बहुत आक्रामक मगर उतने ही हिम्मती और मेहनती। छोटे-छोटे मिट्टी के घरों से बना यह टोला बाकी दुनिया से बेतरह कटा था। खेती-बाड़ी और पशु पालन ही उनके जीवन-यापन का अकेला जरिया था। उन्हें जानवरों और प्रकृति से बेइन्तहा प्यार था...।

कुछ ही दिन पहले उसके भाई की शादी हुई थी। खूब सुन्दर और प्यारी-सी भाभी को देख बेहद खुश थी पूर्णिमा। इन दिनों वैसे भी वह अकेला महसूस करने लगी थी। जिन लड़कों के साथ वह दिन-भर खेलती रहती थी, पिछले कुछ महीनों से वे घर के बाहर नहीं निकल रहे थे। उसकी सहेली सरिता ने बताया था कि कबीले के प्रधान नये महन्त की तलाश में हैं। पुराने महन्त के अभी दो-एक साल ही रह गए हैं इसलिए शीघ्र ही उनके उत्तराधिकारी का चयन किया जाना है...।

पूर्णिमा को आश्चर्य हो रहा था कि जब महन्त की ज़िन्दगी बिना काम किए ही आराम से गुजरती है फिर ये लड़के डरकर घर के अन्दर क्यों छुप गए हैं? कितने तो मजे हैं उनके। न कमाने की चिन्ता, न खाने की। आराम से मन्दिर में रहकर ऐश करो। बस घर ही छोड़ना पड़ेगा न। क्या हुआ...परिवार वालों से तो जब चाहें मिल ही सकते हैं।

उन्हीं दिनों जब एक दोपहर वह स्कूल से घर लौटी तो देखा कि घर के बाहर एक जोड़ी चप्पल रखी है। माँ ने बुलाकर उसे चप्पल की पहरेदारी सौंपते हुए कहा था, "जब तक पुजारी अन्दर से पूजा कर नहीं निकलते हैं, कोई अन्दर जाने लगे तो यह चप्पल दिखा देना।"

पूर्णिमा को कुछ समझ नहीं आया लेकिन वह एक लापरवाह हुंकारी भरकर वहीं आसपास खेलती रही। एक बार भाई घर आया भी मगर चप्पल देखकर उलटे पाँव लौट गया। कुछ देर बाद पुजारी घर का दरवाजा खोलकर बाहर निकले तो वह दौड़ी अन्दर प्रसाद लेने के लिए।

भाभी सिसक रही थीं। उसे आश्चर्य हुआ कि पूजा करने से भी कोई रोता है क्या?

"क्यों रो रही हो भाभी?"

आँसू पोंछते हुए भाभी ने कहा था, "कुछ नहीं, पुजारी अपना अनुष्ठान कर के चले गए। अगर फला तो ठीक, वरना फिर आएँगे।"

पूर्णिमा का किशोर मस्तिष्क यह समझने में पूरी तरह असफल था कि यह कौन सा अनुष्ठान है जिसके बाद भाभी को रोना पड़ता है। पूर्णिमा अजीब सवालिया निगाहों से किसी बुद्धू की तरह भाभी को देखे जा रही थी। भाभी ने बिना कोई जवाब दिए कातर निगाहों से देखते हुए उसे बाहर भेज दिया। पूर्णिमा बेमन से बाहर चली गई पर उसे भाभी का यूँ रोना अच्छा नहीं लगा था। भाभी की उस सिसकती हुई शक्ल को उसकी पुतलियों ने जैसे हमेशा के लिए स्कैन कर लिया था।

मनोहर की आवाज पूर्णिमा को अतीत की वीथियों से निकाल वर्तमान में खींच लाई है।

"डॉक्टर ने आपको छुट्टी दे दी है। पन्द्रह दिनों बाद फिर आकर चेकअप कराना होगा। यदि आपने कन्सीव कर लिया तो ट्रीटमेंट आगे बढ़ाएँगे। नहीं तो..." मनोहर ने खुद को वहीं रोक लिया था।

"नहीं तो, यही प्रक्रिया एक बार फिर दुहराई जाएगी।" मनोहर ने जिस वाक्य को अधूरा छोड़ दिया था, पूर्णिमा ने उसे बिना किसी अतिरिक्त श्रम के सहज ही पूरा कर दिया था। मनोहर एक बार पुनः पूर्णिमा की भावनात्मक

परिपक्वता का कायल हो उठा था। पूर्णिमा अपने आत्मविश्वास और इस्पाती दृढ़ता से अक्सर ही उसे चमत्कृत कर जाती है।

मनोहर के साथ जब पूर्णिमा घर पहुँची तो संगीता ने दरवाजा खोला। उसने गौर किया कि संगीता की आँखें बिलकुल सामान्य थीं, उनमें उस दिन उग आए सपने की वह लकीर फिलहाल दिखाई नहीं पड़ रही थी। तसल्ली भरी एक लम्बी साँस ली पूर्णिमा ने। संगीता का यूँ कम्फर्टेबल होना उसे अच्छा लगा था।

छोटा शहर था, इसलिए तीनों की दोस्ती के खूब चर्चे होते। मनोहर से उसके सहयोगी मजाक करते हुए पूछते, "हमें समझ नहीं आता कि तुम पूर्णिमा मैडम के करीब हो या संगीता के? या फिर दोनों के साथ...।" वाक्य अधूरा ही रहता और स्टाफ रूम में गूँजती हँसी तब तक गूँजती रहती जब तक कोई और महिला सहकर्मी न आ जाए। लोगों का यह मजाक किसी-न-किसी तरह संगीता तक भी पहुँचता और वह दुखी भी हो जाती थी, पर मनोहर इन बातों से कभी विचलित नहीं हुआ। संगीता और मनोहर एक ही कॉलेज से पासआउट थे और बैचमेट भी। संगीता कुछ साल सिविल सर्विसेज की तैयारी करती रही थी, बाद में मनोहर के रेफरेंस पर ही वह इसी कॉलेज में गेस्ट फैकल्टी में लग गई थी।

हालाँकि डॉक्टर ने ऐसी कोई सलाह नहीं दी थी मगर पूर्णिमा ने कॉलेज से पन्द्रह दिनों की छुट्टी ले ली। वह किसी तरह की लापरवाही के लिए लेश मात्र भी गुंजाइश नहीं छोड़ना चाहती थी।

पन्द्रहवें दिन जब डॉक्टर की सलाह पर पूर्णिमा ने खुद ही यूरिन टेस्ट किया, उसकी साँसें बहुत तेज चल रही थी। वह हैरान-सी अपने हाथों में पकड़े प्रेग्नेंसी किट को देखे जा रही थी। लगभग नास्तिक पूर्णिमा का रोम-रोम उस वक्त एक अनजान प्रार्थना में था। पाँच मिनट के उस छोटे से कालखंड में उसके भीतर जाने कितनी भावनाएँ उमड़ीं, कितनी बातें अचानक याद आईं, उसे भी नहीं पता। तमाम आशंकाओं को पीछे धकेल प्रेग्नेंसी किट पर जब दो स्पष्ट और समानान्तर लाल धारियाँ निखर आईं, उसकी खुशी का ठिकाना नहीं रहा। उसने तुरन्त ही मनोहर को फोन लगाया।

घंटे भर के अन्दर पूर्णिमा डॉक्टर के सामने थी। डॉक्टर का कहा कांग्रेचुलेशन उसके कानों में मधुर धुन की तरह उतर गया था। उसे लगा वह किसी स्वप्नलोक में तैर रही है। उसकी उम्मीद की सूखी शाख पर हरे-हरे कोंपल फूटे हैं। उसे यकीन नहीं हो रहा था कि वह वाकई प्रेग्नेंट हो गई है। डॉक्टर ने हर माह चेकअप के लिए आने की सलाह दी थी और उसकी उम्र का ध्यान रखते हुए एक खास इंजेक्शन प्रेस्क्राइब किया था, जो गर्भ की सुरक्षा के लिए उसकी नाभि के पास दिया जाना था। डॉक्टर के गाढ़े स्वर में जैसे खुद के लिए भी हिदायतें मौजूद थीं, "वेल डन पूर्णिमा जी! पर अब और सावधानी की जरूरत है। बेड रेस्ट लिया जाए तो ज्यादा अच्छा है... नो हैवी वर्क, नो ड्राइविंग, नो अल्कोहल...लाइट एक्सरसाइज या बेस्ट है वाकिंग...।"

डॉक्टर के यहाँ से लौटते हुए रिसेप्शन पर पूर्णिमा को फिर वही महिला मिली जो उस दिन उसके बगल वाले बिस्तर पर थी। आज उसका भी पन्द्रहवाँ दिन था। पर उसकी आँखों में एक सघन निराशा थी, "डॉक्टर ने फिर से उस प्रक्रिया को दुहराने के लिए कहा है। मैं तो बिलकुल ही हिम्मत हार गई थी, पर आपके गुड न्यूज़ ने मुझे फिर से हिम्मत दी है। मुझे एक बार फिर अंडा उधार लेना होगा।"

पूर्णिमा ने उसकी तरफ अपना हाथ बढ़ाया था—"बेस्ट ऑफ लक!"

घर लौटते हुए एक बार फिर पूर्णिमा के दाहिने हाथ ने मनोहर के बाएँ हाथ की उँगलियों पर स्पर्श की लिपि में आभार लिखा था। दोनों एक-दूसरे से बहुत कुछ कहना चाहते थे। भावानुकूल शब्दों की तलाश दोनों के भीतर जारी थी। सावधान रफ्तार में चलती कार के भीतर साँस लेते उन तरल क्षणों में दोनों ने महसूस किया कि भावनाओं का सबसे सच्चा अनुवाद स्पर्श और चुप्पी ही कर सकते हैं।

अगले सोमवार को होली है। उस दिन ठीक एक साल पूरा हो जाएगा जब पहली बार मनोहर ने पूर्णिमा को परिवार बनाने का सुझाव दिया था। पूर्णिमा से मिलने उनकी स्टूडेंट मुग्धा अपने पति और दो साल के बच्चे के साथ आई थी। पूर्णिमा की खुशी देखते बन रही थी। मुग्धा के बच्चे के

लिए तरह-तरह के चॉकलेट, गुब्बारे और खिलौने उन्होंने पहले ही मँगाकर रख लिए थे। मनोहर ने पहले कभी पूर्णिमा को इतना खुश नहीं देखा था। उनके लौट जाने के बाद भी उस दिन पूर्णिमा देर तक उस बच्चे की बात करती रही थी। मनोहर इस बात को अच्छी तरह समझता था कि पूर्णिमा की इस खुशी के गहरे नीचे कहीं अकेलेपन की एक गाढ़ी पीड़ा छुपी हुई है। माहौल को अनुकूल जान मनोहर ने उनसे कहा था, "आप क्यों नहीं शादी कर लेती हैं?"

पूर्णिमा ज़ोर से हँसी थी, "इस उम्र में शादी!"

पूर्णिमा ने भले मनोहर के कहे को हँसी में उड़ा दिया हो, मगर तमाम उम्र जिस चीज से भागती रही इस उम्र में उसी की सलाह ने उसके दुखों को खुरच कर हरा कर दिया था।

मनोहर ने भी हार नहीं मानी। पूर्णिमा के भीतर के सन्नाटे को जब न तब हौले से छू ही देता वह। पूर्णिमा हर बार भीतर से कुछ नम होते-होते खुद के लिए एक नया तर्क तलाश लेती। शादी और संसर्ग के प्रति उसके भीतर एक गहरी वितृष्णा थी। बच्चा गोद लेने के प्रस्ताव को उसने इस तर्क के साथ अस्वीकार कर दिया कि ऐसे बच्चे होश सँभालने के बाद अपने वास्तविक माता-पिता की तलाश में लग जाते हैं। आईवीएफ का निर्णय भी वह शायद नहीं ले पाती यदि दोनों डोनर उसके मन के इतने करीब न होते।

अपने भीतर आकार लेती दूधिया किलकारी के अहसास में डूबी पूर्णिमा आजकल यूँ ही अतीत की वीथियों को खंगाल आती है। मनोहर और संगीता ने सुन्दर-सुन्दर बच्चों की तस्वीर से पूर्णिमा के बेडरूम की दीवारें भर दी हैं। ऐसी ही किसी शाम उसने अपनी आलमारी से एक स्केच निकालकर मनोहर को दिया था—"इसे ठीक मेरे बिस्तर के सामने की दीवार पर लगा दो।" यह वही गुलगोथना चेहरा था जो जाने किस जमाने से उसकी कल्पना में बसता रहा है। पन्द्रह दिनों की पिछली छुट्टी में पूर्णिमा ने अपनी कल्पना में पल रहे इस चेहरे को कागज के सफे पर पेंसिल से मूर्त किया था।

पूर्णिमा को याद आया उसके कबीले के सारे बच्चे एक जैसे दिखते थे। चेहरा-मोहरा, रंग-रूप यहाँ तक कि बालों का रंग भी एक-सा।

एक दिन उसने पूछा भी था इस बाबत अपने पिता से। उन्होंने कहा था—"हमारे देवता का आशीर्वाद है इस कबीले को कि पूरे विश्व में हमारे कबीले के लोग कहीं भी चले जाएँ, हमारी पहचान बनी रहे। इसलिए हमारे लिए अलग साँचा बनाया है देवता ने। हम एक ही पिता की सन्तान हैं..." ऐसा कहते हुए उन्होंने किसी मन्दिर की तरफ इशारा भी किया था। कुछ साल देवता का यह आशीर्वाद उसके लिए रहस्य ही बना रहा। पर बढ़ती उम्र के साथ उसने घटनाओं की कतरनों को जोड़-जोड़कर सच का सन्धान कर ही लिया था। पुजारी का चुनाव...भाभी के कमरे में उसका अनुष्ठान...कमरे के बाहर पुजारी की चप्पल...टोले के हर बच्चे का रूपसाम्य...पिता के शब्दों में देवता का आशीर्वाद।

यह उस कबीले का अनकहा विधान था। अगर कबीले के बच्चे स्वस्थ नहीं होंगे, तो दुश्मनों का सामना कैसे करेंगे। इसलिए जरूरी है कि हर घर का बच्चा किसी स्वस्थ और बलिष्ठ इंसान के वीर्य से ही पैदा हो। महन्त का चयन दरअसल उसी इंसान तक पहुँचने की प्रक्रिया थी। पर जैसे ही उस इंसान की शक्ति क्षीण पड़ने लगती उसे गाँव वाले जान से मार देते थे। कई बार इस नियति के भय से महन्त खुद भी कहीं भाग जाता। जाने यह सिलसिला कब से चला आ रहा था। अलग-अलग घटनाओं और श्रुतियों के पैबन्द से तैयार यह तस्वीर पूर्णिमा को भीतर तक सिहरा गई थी। उसके साथ खेलनेवाले लड़के क्यों घर में जा छुपे थे, का राज भी उस दिन राज नहीं रहा था। पूर्णिमा के ज्ञानचक्षु क्या खुले उसकी रातों की नींद गायब हो गई।

सब जानने-समझने के बाद भी उसे इस बात पर भरोसा नहीं होता था कि एक ही पिता के सन्तान हैं उसके कबीले के सारे बच्चे। असह्य है यह जानना उसके लिए कि उसके गोलमटोल भतीजे का पिता उसका भाई नहीं, वह महन्त है, जो बाहर अपनी चप्पल उतार कर बकौल भाभी उनके कमरे में अनुष्ठान कर रहा था। तो क्या वह भी किसी दिन किसी महन्त के बच्चे को जन्म देकर अपने कबीले की रक्षा के लिए एक और सैनिक जोड़ेगी? ऐसा सोचना भी उसके लिए किसी बड़ी यंत्रणा से गुजरना था।

उसे लगा जैसे उसके पूरे शरीर पर एक साथ हजार-हजार केंचुए रेंगने लगे हैं। उन तमाम लिजलिजे केंचुओं को वह अपने शरीर से तत्काल नोचकर अलग कर देना चाहती थी। उस क्षण पूर्णिमा को मालती भाभी की सिसकी याद आई, भाई की खाली और सूखी निगाहें भी...और उसी पल उसने फैसला कर लिया था कि वह कभी शादी नहीं करेगी..., किसी कीमत पर नहीं। न शादी होगी न बच्चे पैदा होंगे।

पूर्णिमा ज़ोर से चीखी थी..."मुझे उन जैसा बच्चा नहीं चाहिए।" वह अनायास ही तेज गति से अपने बिस्तर के सामनेवाली दीवार तक आई और अभी-अभी टँगे उस स्केच को बेतहाशा चूमने लगी। सालों से उसकी कल्पना में पल रहे गुलगोथने बच्चे की वह आकृति उसके कबीले के ईश्वर के आशीर्वाद और साँचे का इनकार थी।

मनोहर ने पूर्णिमा को सँभालकर बैठाने की कोशिश की। उसका बदन काँप रहा था। वह उसके गले से लिपटकर सिसक उठी। आज पहली बार उसके अतीत का सच किसी और के कांधे पर उसके आँसुओं के साथ पिघल रहा था।

अभी तीन महीने शेष थे। उस दिन की घटना के बाद मनोहर पूर्णिमा को लेकर कुछ ज्यादा ही चिन्तित हो आया था। उसे डर था कि पूर्णिमा की इस मन:स्थिति का उसके और उसके गर्भ में पल रहे शिशु पर बुरा असर न पड़े। उसने पूर्णिमा को यह भी समझाने की कोशिश की कि यह सिर्फ उसके भीतर का भय है...उसका असुरक्षाबोध। धरती के किसी कोने पर न ऐसा कोई कबीला है न ऐसी कोई प्रथा। पूर्णिमा उसकी बातें चुपचाप सुनती, पर जब कभी वह भावावेश में होती उसे सँभालना मुश्किल हो जाता।

दवाओं का दुष्प्रभाव था यह कि पूर्णिमा अक्सर उनींदी-सी रहती। न उसे खाने का होश रहता न वक्त पर सोने का। उसके अन्दर चिड़चिड़ापन भर गया था। उसे उठने-बैठने में भी तकलीफ होने लगी थी। वह समझती थी कि गर्भभार के कारण उसकी दैनिक गतिविधियाँ बाधित हो रही हैं, मगर सीधे लेटने पर उसकी साँसें जैसे चढ़ने लगतीं और वह घबराकर बिस्तर पर बैठ जाती।

इस महीने जब पूर्णिमा चेकअप के लिए गई, उसका ब्लड प्रेशर और शुगर दोनों ही बढ़ा हुआ था। मनोहर चिन्तित था। डॉक्टर ने आश्वस्त किया, "चिन्ता की बात नहीं, मैं लगातार ऑब्जर्व कर रही हूँ। प्रेग्नेंसी में कई बार ऐसा हो जाता है। पर हाँ, यह जरूरी है कि इस दौरान पूर्णिमा हर तरह के तनावों से दूर रहें।"

समय का पहिया हर दिन आगे की तरफ बढ़ रहा है।

पूर्णिमा नियमित चेकअप के लिए जाती है। डॉक्टर ने आश्वस्त किया है कि सब कुछ ठीक है। इस उम्र में उनकी इस परफॉर्मेंस का सारा श्रेय डॉक्टर पूर्णिमा की फिटनेस को देती हैं। डॉक्टर का कॉम्प्लीमेंट सुनकर वह किसी बच्चे की तरह खुश होती है। एक यही चीज है जिस पर गर्व कर सकती है वह, कि उसके जीन में है यह खूबसूरती, तन्दुरुस्ती और आज की लड़कियाँ ईर्ष्या महसूस करें, वैसी लम्बाई।

अल्ट्रासाउंड में अब गर्भस्थ शिशु की आकृति साफ-साफ दिखने लगी है।

"बच्चा मेरे जैसा होगा न डॉक्टर?"

पूर्णिमा का सवाल सुनकर डॉक्टर मुस्करा उठती है, "आपने नार्मल प्रेग्नेंसी के लिए पहले कोशिश क्यों नहीं की?"

"बहुत लम्बी कहानी है डॉक्टर...मैंने पन्द्रह वर्ष की उम्र में यह निर्णय ले लिया था कि कभी किसी पुरुष को अपने करीब नहीं आने दूँगी।"

"तो वह जो आपके साथ यहाँ आते हैं?"

इस बार मुस्कराने की बारी पूर्णिमा की है। उसकी मुस्कराहट ने डॉक्टर को थोड़ा उलझा-सा दिया है। पर उसका पेशा उसे इससे आगे बढ़ने की इजाजत नहीं देता। वह बात को वहीं खत्म हो जाने देती है।

इन दिनों अपने अन्दर बच्चे की हलचल महसूस करने लगी है पूर्णिमा। ऐसे में उसे अपने भतीजों की बहुत याद आती है। गोल-मटोल छोटा-सा बच्चा, जिसके होने के बाद उसकी भाभी बिलकुल सामान्य हो गई थी और सब बेहद खुश थे। पूर्णिमा तो सबसे ज्यादा खुश हुई थी कि उसके लिए खिलौना आ गया था घर में। पर जब उसके आगे सच का विद्रूप खुला,

वह परिवार से भागी, कबीले से भागी, मन्दिर से भागी, मर्दों से भागी... भागते-भागते थक चुकी थी वह। अब और भागना सम्भव नहीं था। मनोहर के साथ ने उम्र के इस पड़ाव पर आकर अब एक स्थिरता भी दे ही दी उसे।

भावना से भीगे किसी नाजुक क्षण में उसने जब मनोहर से डोनर बनने का आग्रह किया था, उसे नहीं मालूम था कि गर्भ में विकसित होते शिशु के साथ मनोहर के लिए उसका अनुराग और गाढ़ा होता जाएगा। वह जानती है संगीता और मनोहर एक-दूसरे को पसन्द करते हैं। इसलिए कई बार खासकर संगीता की मौजूदगी में वह मनोहर से एक तटस्थ-सी दूरी बनाकर रखती है। पर जब मनोहर अकेले आता है, वह खुद को खुला छोड़ देती है। मनोहर के पेट पर हाथ फिराने से बच्चा रियेक्ट करता है, इसलिए कई बार वह जान-बूझकर मनोहर का हाथ अपने पेट पर रखती है। एक बार तो अपने हाथ पर बच्चे का 'किक' महसूस कर रोमांचित मनोहर चूम बैठा था पूर्णिमा का पेट। पूर्णिमा ने उन क्षणों को सदा के लिए कैद कर लिया था अपनी स्मृतिकोष में। उसने जीवन में पुरुष-सुख का आस्वाद नहीं जाना न कभी उसे उसकी कमी ही महसूस हुई। पर मनोहर के इस स्निग्ध स्पर्श से जैसे उसके मातृत्व का अहसास पूर्ण हो जाता है।

पूर्णिमा अकेले में अल्ट्रासाउंड की रिपोर्ट को बार-बार देखती है। अपने उभरे पेट पर हाथ रख अपने शिशु को महसूसते हुए अल्ट्रासाउंड पर उभरी आकृति में वह अपनी कल्पना से रचित उस गुलगोथने चेहरे का रंग भरती है। वह बार-बार कहती है डॉक्टर से उसका चेहरा दिखाने को। बस एक आकार ही तो है मगर उसके दो नन्हे हाथ-पैर देख उसका मन करता है कि उन्हें हल्के से छू दे। डॉक्टर आश्वस्त करती है कि भ्रूण के हर अंग का समुचित विकास हो रहा है और एक पूर्णतः स्वस्थ बच्चे की माँ बननेवाली है वह।

संगीता के लिए उसके मन में कृतज्ञता का भाव है पर वह नहीं चाहती कि उसके बच्चे के चेहरे में उसकी कोई छाया हो। ऐसा सोचते हुए कई बार उसे संगीता की आँखों में उभरते सपने की सम्भावना उसके भीतर पिन-सी

चुभने लगती है। उसे अनजाने ही यह भय खाए जाता है कि संगीता का सपना कहीं उससे उसके बच्चे को न छीन ले।

किसी पुरुष के स्पर्श से भी छिटकनेवाली पूर्णिमा आशंका और प्रतीक्षा के बीच मनोहर के कन्धे से टिककर देर तक बैठी रहती है। मनोहर का होना उसके लिए किसी बड़ी आश्वस्ति के जैसा है। पर अपने बच्चे को वह किसी से नहीं बाँटना चाहती, मनोहर से भी नहीं, संगीता से तो बिलकुल ही नहीं। उसके शिशु में उन दोनों का अंश है तो क्या हुआ, उसे सींचा तो उसके गर्भ ने है...उसे जन्म तो वह देगी।

एक-एक दिन कर पूरे नौ महीने बीत गए। आज मनोहर और संगीता एक साथ पूर्णिमा को ऑपरेशन थियेटर तक छोड़ने आए हैं।

पूर्णिमा का दाहिना हाथ अपने हाथ में लिए मनोहर के भीतर पूर्णिमा के शब्द गूँजते हैं—"उस दिन से मैं लगातार खुद को आईवीएफ के लिए तैयार कर रही हूँ। पर मैं यह सोच भी नहीं पाती कि जिसे मैं जानती तक नहीं उसके अंश को मैं अपने गर्भ में कैसे सींच सकती हूँ?" संकोच और झिझक से भरी पूर्णिमा के शब्द टूट-टूटकर उस तक पहुँच रहे हैं—"क्या... तुम...अपना वीर्य...मुझे...दे सकते हो?"

मनोहर सकते में आ गया था। वह पूर्णिमा की खुशी चाहता है, पर यह प्रस्ताव उसके लिए अप्रत्याशित था। भला यह कैसे सम्भव है कि पूर्णिमा के गर्भ में उसका बीज पले...किसी अनजान व्यक्ति के लिए डोनर बनना तो फिर भी सोचा जा सकता है, लेकिन जिसके साथ दिन-रात का साथ है उसके लिए...? एक बार वह तो सोच भी ले लेकिन संगीता कैसे रिएक्ट करेगी इस बात पर?

नर्स की आवाज़ से उसकी तन्द्रा टूटती है..."सर आपको कुछ पेपर भी साइन करने हैं।"

पूर्णिमा का बायाँ हाथ थामे संगीता की आँखों में एक अजीब सी तरलता है...उसे लग रहा है, जैसे वह खुद ऑपरेशन थियेटर में जा रही है। इस वक्त तो मनोहर को उसका हाथ थामना चाहिए था, पर उसने तो अब भी पूर्णिमा का...ईर्ष्या और सपने का एक मिला-जुला रंग उसकी

आँखों में तैर रहा है। पूर्णिमा इस रंग को खूब अच्छी तरह पहचानती है और उस कसक को भी महसूस कर सकती है, जो संगीता के हृदय को हमेशा मथता रहेगा। उसने संगीता की हथेली को जोरों से कसकर अपनी पलकें बन्द कर ली हैं।

स्ट्रेचर ठीक ऑपरेशन थियेटर के दरवाजे तक आ चुका है। पूर्णिमा, मनोहर और संगीता की आँखों में भय, प्रार्थना और प्रतीक्षा का एक-सा रंग है। ड्यूटी स्टेशन से निकलकर आती वह नर्स जो पहले दिन से इस केस को बहुत करीब से चुपचाप देख रही है, इन तीन जोड़ी आँखों को अपने भीतर कैद कर लेना चाहती है। उसने अपने बीस साला करियर में ऐसा दृश्य कभी नहीं देखा था।